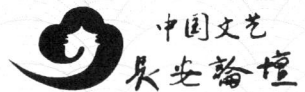

中华文化传统与当代艺术语言创新

第二届中国文艺长安论坛论文集

中国文联文艺评论中心
中国文艺评论家协会
西北大学文学院 编

中国社会科学出版社

图书在版编目（CIP）数据

中华文化传统与当代艺术语言创新：第二届中国文艺长安论坛论文集/中国文联文艺评论中心，中国文艺评论家协会，西北大学文学院编．—北京：中国社会科学出版社，2019.11

ISBN 978-7-5203-3847-9

Ⅰ.①中… Ⅱ.①中…②中…③西… Ⅲ.①文艺评论—中国—当代—文集 Ⅳ.①I206.7-53

中国版本图书馆 CIP 数据核字（2019）第 000595 号

出 版 人	赵剑英
责任编辑	郭晓鸿
特约编辑	邱孝萍
责任校对	闫 萃
责任印制	戴 宽

出　　版	中国社会科学出版社
社　　址	北京鼓楼西大街甲 158 号
邮　　编	100720
网　　址	http://www.csspw.cn
发 行 部	010-84083685
门 市 部	010-84029450
经　　销	新华书店及其他书店
印　　刷	北京明恒达印务有限公司
装　　订	廊坊市广阳区广增装订厂
版　　次	2019 年 11 月第 1 版
印　　次	2019 年 11 月第 1 次印刷
开　　本	710×1000　1/16
印　　张	13.5
插　　页	2
字　　数	181 千字
定　　价	69.00 元

凡购买中国社会科学出版社图书，如有质量问题请与本社营销中心联系调换
电话：010-84083683
版权所有　侵权必究

目　　录

在第二届中国文艺长安论坛上的致辞 …………………… 郭运德　1

新时代中国特色社会主义文艺的理论纲领 ……………… 仲呈祥　6

按笔墨文化的规律去创造 ………………………………… 程大利　12

艺术语言创新的三种取向 ………………………………… 黄鸣奋　19

艺术理论批评语言的美学尺度 …………………………… 金　雅　31

"汪味文学"概论 ………………………………………… 林超然　35

全球语境下走向中国人的"生活美学" ………………… 刘悦笛　58

网络创作与中国文学传统 ………………………………… 欧阳友权　70

从林兆华版《赵氏孤儿》来看当代戏剧导演的创新意识 …… 彭　涛　75

中华通感美学赋予摄影的重要认知和表达方式
　　——摄影艺术通感的领悟 …………………………… 索久林　82

文学的电影如何可能？
　　——作为文学史而非文学的《黄金时代》 ………… 唐宏峰　98

文化自信与舞台艺术的传承与创新
　　——兼论为什么要以创新推动传承 ………………… 陶庆梅　109

民族美术创作的现状与突破之路径 …………………… 王鹏瑞　120

话剧的"中国意象现代表达" …………………………… 王晓鹰　127

在传承与创新中呈现秦腔的生命力
　　——秦腔现代戏《易俗社》评析 …………………… 王雪瑛　134

"战斗的抒情"：军旅艺术语言的传承与创新
　　——以"前线"为样本的考察 ………………………… 许　诺　141

既深且固发展长远，亦家亦国贡献世界
　　——从最根本的文化个体创造起步，实现中华优秀传统

　　　文化的切实传承 …………………………………… 杨俊蕾　151

独与天地精神往来
　　——我的绘画观 ………………………………………… 张继刚　164

仁、义、礼、智、信与戏剧影视创新 ……………………… 张智华　170

曲艺艺术语言传承和创新的文化自觉 …………………… 张祖健　181

书写语言与书法语言 ……………………………………… 朱以撒　204

在第二届中国文艺长安论坛上的致辞

郭运德

（中国文联）

尊敬的各位专家，各位嘉宾，各位同学：

大家上午好！

唐代诗人祖咏曾这样吟咏初冬时节的长安："终南阴岭秀，积雪浮云端。林表明霁色，城中增暮寒。"而今天在这里开幕的第二届中国文艺长安论坛，却一扫初冬的寒意，来自全国各地的知名专家学者共聚一堂，热情饱满地为中国文艺评论事业的发展出谋划策，让我们领略到浓浓的温暖。借此机会，请允许我代表中国文联对第二届长安论坛的召开表示热烈的祝贺，对与会的各位嘉宾表示诚挚的欢迎，对给予本次论坛大力支持并付出辛劳的陕西省委宣传部、西北大学及有关单位表示衷心的感谢！

党的十九大报告明确提出，要坚持中国特色社会主义文化发展道路，激发全民族文化创新创造活力，建设社会主义文化强国，这为文艺事业的繁荣发展指明了方向。上年创设的中国文艺长安论坛，目的就是建立一个有利于交流思想、破解难题、凝聚力量、增进共识的平台，论坛倡导以中国文艺繁荣发展的重大理论和现实问题为主要研讨方向，会聚国内文艺理论专家和艺术家，为弘扬中华美学精神、传承优秀传统文化、促进文艺健康发展集思广益，这或许也可视为中国学界激发创新创造活力、建设文化强国的一个具体行动。

今年长安论坛的主题是"中华文化传统与当代艺术语言创新"。这是全球化语境下，面对新时代的挑战，如何阐释、激活、传承中华传统文化，推动中华文艺创新发展的热点话题，也是文化研究和文艺理论评论事业发展面临的前沿性课题。

文化是一个国家、一个民族的灵魂。文化兴则国运兴，文化强则民族强。中国特色社会主义文化，源自中华民族五千多年文明历史所孕育的优秀文化传统，积淀着中华民族最深层次的精神追求，代表着中华民族独特的精神标识。生生不息、博大精深的中华传统文化是中华民族心灵深处强大而坚实的精神高地，特别是面对当今世界大发展大变革大调整的动荡格局，面对各种思想文化深度交流和激烈碰撞的复杂形势，持之以恒地坚守中华文化立场，传承优秀民族文化，展现中华审美风范，实现中华优秀传统文化在新的历史时代的创造性转化和创新性发展，这理应且也必须成为我们保持文化自信、立于不败之地的坚强基石。

在文化概念的范畴内，语言是其中最为基础、最具标志性的组成部分。语言作为人类最重要的交流工具，是文明发展的桥梁纽带。有人说没有语言就没有文化，因为人类借助语言保存和传递着文明进步的成果，才把文化一代又一代流传下来。在漫长的人类社会发展进程中，靠着语言这一媒介在人与人之间、古代人与现代人之间、中国人与外国人之间进行沟通与交往，靠着语言储存了不断推动社会发展的文明进化的信息和文化的精华篇章。我们说，中华文化的伟大不是自吹自擂，要害在于它五千年从未中断，存续五千年的汉语是中华文化最根本的介质和最重要的历史见证。汉语五千年虽历经变化，但现在依然普遍使用，典籍仍顺畅流通。同时出现的其他文明像古埃及、古巴比伦、古印度的语言文字要么遗失，要么变成了谁也不识的天书，这就直接影响到文化的传承。据德国语言学家哈尔曼的一项最新研究显示，世界上有5651种语言，包括1400多种不被人们承认的独立语言，剩余90%的语言或许将在21世纪逐渐走向灭亡。因而，保持汉语的纯洁性和生命活力，是捍卫中华文化的一项基础性工程。艺术语言作为创造主体在特定艺术创造活动中所采用的独特媒介，决定着特定艺术的表现手段和方法，体现为艺术作品外在的形式与结构。没有艺术语言，就没有艺术作品存在的空间。当然，语言不是一成不变的僵死的教条，随着社会的发展和艺术实践的进步，语言包括艺术语言也需要不断地发展更新，以适应时代要求，满足审美变迁，不断增强文化表达的生机与活力。处在全球化、信息化时代，如何在不同民族不同文化的相互激荡中坚守本土立场、接续中华文脉，如何在文化的密切交融中保持鲜明的民族个性，在激烈的竞争中占据优势地位，是时代赋予广大文化工作者的重大课题，也是我们义不容辞的历史责任。

保持文化表达的活力和后劲，就必须进行艺术的创新，而艺术的创新最根本、最首要的，就是艺术语言的创新。艺术语言的创新不仅包含艺术媒介符号和表现手段的创新，而且更是艺术家思维方式和审美观念的创新，创新的目的，在于不断激发并生动表达出变化了的客观世界蕴藏于物质和感性外壳中潜在的深邃的精神内涵。正如习近平总书记在中国文联第十次全国代表大会、中国作家协会第九次全国代表大会开幕式讲话中所指出的："向着人类最先进的方面注目，向着人类精神世界的最深处探寻。"艺术语言的创新，实质就是向着人类精神世界最深处的探寻。

中国特色社会主义进入新时代的艺术语言创新，我想最为重要的工作有三。一是必须回望历史，深入了解中国艺术语言传统和发展脉络。中华民族五千多年的文明史，蕴藏着五千多年深厚的语言发展根基，是艺术语言创新的宝贵资源。中外一些大思想家都认为中国文化的特点是审美艺术性，在世界文化格局中独树一帜，我们是诗的国度、文学的国度、审美的国度。当代艺术语言的创新，必须注重中国传统文化基因与现代艺术思维的融合，注重传统艺术理念与写意美学的融入，把"中华

中华文化传统与当代艺术语言创新

美学精神"贯彻到艺术创作和艺术语言创新的实践中去,充分挖掘中国传统艺术语言的独特优势和精神价值,展现中华艺术的民族性和审美特征,这是在新的语境下艺术语言创新的必由之路。二是必须紧密联系发展了的时代与生活,捕捉生活脉搏,熔铸时代精神,从社会现实的变迁和人们的日常生活中吸收丰富而又鲜活的有益养分,特别是适应信息时代和媒体变化需求,引入高新技术和一切可能的技术手段,敢于突破常规,不断提高创新能力,大胆在观念、内容、风格、样式上创新,让语言包括艺术语言在因应时代的变化中焕发出蓬勃生机。三是必须具有全球化的视野,从外来的文化资源宝库中汲取更加丰厚的滋养,进行中西艺术语言的整合与利用。在资讯异常发达的当下,我们必须秉持清醒的价值理性,促成中国艺术语言与世界的融合,做出鲜明个性基础上更具人类审美共性的艺术表达,顺应并符合全人类共有的人性深度、审美取向和文化潮流,为构建人类命运共同体尽一份中华文化的力量。只有这样,才能赋予中华文化新的生机和活力,才能创造出具有中国特色、中国风格、中国气派的文化话语体系、学科体系和评价体系,才能坚定文化自信,推动社会主义文化繁荣兴盛。

陕西历史悠久,文化源远流长。作为中华文化的策源地和古丝绸之路的发端,陕西自古就是中外经济、社会、文化交流的重要节点,也是中华文化与西方文化交流、融汇的一片热土。中国历史上许多辉煌的时代都与陕西有关。20世纪中叶以来,以赵望云、石鲁为代表的"长安画派"坚持"一手伸向传统,一手伸向生活"的艺术思想,在新中国画坛上另辟蹊径、独树一帜,是新中国成立以来时代内容与民族特色有机融合并创造出中国画新境界的最为成功的范例之一。进入新时期,西部电影、音乐和秦腔都曾峥嵘再现,光彩夺目,特别是文学陕军的集中出征,曾经异常鲜明地润染着当代文学的辉煌。传统与当下的思想碰撞与有机结合所展示的恢宏现实,对我们本次论坛的主题颇具启示意味。陕西丰硕的文艺创作成果、悠久的文化传统和丰厚的学术积淀，值得参会的专家学者认真学习思考并进行深度的学术概括。希望大家抓住这次机会，真诚交流、畅所欲言，为我国艺术语言的创新和文艺的繁荣发展奉献各自的聪明才智和真知灼见。

最后，再次感谢会议东道主！预祝第二届中国文艺长安论坛取得圆满成功！谢谢大家！

新时代中国特色社会主义文艺的理论纲领

仲呈祥

（中国文艺评论家协会）

党的十九大是我们召开这次会议的重要背景，我们在研究中华传统文化与当代艺术语言创新的时候，指导思想就应该是党的十九大中写进党章的习近平新时代中国特色社会主义思想，而习近平文艺思想作为新时代中国特色社会主义思想的重要组成部分之一，是一个科学的体系。正如习近平总书记指出的，中国特色社会主义文化一是源自五千多年文明历史孕育的中华优秀传统文化，二是熔铸于党领导人民在革命、建设和改革中创造的革命文化和社会主义先进文化，三是植根于中国特色社会主义的伟大实践。我们可以说，习近平文艺思想源自中华民族优秀的传统文化，并形成于党领导人民在中国特色社会主义建设的伟大实践，尤其是十八大以来近五年的非凡的历史性变革。它植根于我们中国特色社会主义的文艺实践，理所当然地要成为我们今天包括文艺评论在内的整个文艺事业的理论纲领和行动指南。

为什么这样说呢？我想今天简要地谈一点我粗浅的体会。毛泽东《在延安文艺座谈会上的讲话》，集中体现了20世纪40年代中国共产党人把马克思文艺理论中国化、时代化、大众化的成果；那么，邓小平同志作为改革开放的总设计师，主要是在全国第四次文代会上，根据发展变化了的历史，适应党的中心工作从过去的阶级斗争为纲转变到以经济建设为中心的

新时代中国特色社会主义文艺的理论纲领

历史转折，石破天惊地发出了不要再提文学艺术从属于临时的、具体的、当前的政治的著名判断。邓小平同志是辩证法大师，他接着又说，我这样讲不是减轻了文艺家们的社会责任，相反是加重了他们的责任。他说，归根到底，文艺是不能脱离政治的。之后，江泽民同志也是在文代会、作代会重点阐述了弘扬主旋律与坚持多样化的统一。当时，对主旋律的理解有两种错误倾向。一种是狭隘地理解，认为主旋律就是重大革命历史题材，就是英模题材，其他都不是，造成了文艺单一化的趋向，甚至为公式化、概念化提供了土壤。另一种倾向就是泛化的理解，认为主旋律是个筐，什么东西都可以往里面装。这也不对。所以江泽民同志提出了"四个一切"的重要思想。他阐述清楚了什么叫主旋律？主要是一种精神，是贯穿作家、艺术家在创作当中的一种精神，一种忠于时代、忠于人民的精神。他说：一切有利于改革开放和现代化建设的思想和精神，一切有利于弘扬爱国主义、集体主义、社会主义的思想和精神，一切有利于民族团结、国家统一、社会进步的思想和精神，一切用诚实劳动开创美好生活的思想和精神都是主旋律。一直发展到今天，在美学研究里面有人提出人生美学论，或者提出生活美学论，等等，都与此有历史的继承关系。胡锦涛同志也是在文代会、作代会上阐述了一个重要的思想，那就是文艺的人民性的问题。结合小平同志的"人民是文艺工作者的母亲"，强调必须在人民群众推动历史的实践当中创造人民的文艺。习近平像毛泽东那样召开了文艺座谈会，2014年10月15号，他邀约了72位文艺界人士，召开了文艺座谈会，两年之后的2016年11月30号，他又在中国文联十大、中国作协九大开幕式上发表长篇讲话。这两个讲话的关系是深化、丰富、发展，这两个讲话应对照起来学，还应学习他在世界儒学会员代表大会上的讲话，他在联合国教科文组织巴黎总部会议上的讲话，一直到党的十九大上用了很大的篇幅来阐述坚定文化自信，推动社会主义文化繁荣，可以说这一系列的讲话里，形成了他完整的科学的文艺思想。针对新时代的具体条件，深刻

中华文化传统与当代艺术语言创新

阐述了文艺与人民、文艺与生活、文艺与政治、与经济，甚至与生态的关系。因此，我想在他的文艺思想里面有几个重要特点，我们这个会这样定题目跟第一届的题目"中华美学的当代表达"实际上是一种延伸，是同一个题目的不断深化。所以，我们的长安论坛我相信它一届、两届……持之以恒办下去，可能会产生越来越大的影响。因为我们都密切地结合着历史的发展，改革的深化，提出我们新的见解和新的课题。

第一，我具体想说一下，习近平文艺思想是在继承毛泽东文艺思想的基础上，针对新时代的特点提出的新提法。习近平与毛泽东比较，两个领袖在提及中华传统文化的时候，都喜欢用同一个成语来修饰它们，叫"博大精深"。毛泽东在1938年讲中华历史和中华文化，从孔夫子到孙中山，我们都要认真总结。习近平在世界儒学会员代表大会上，字字铿锵地说，中国共产党人是中华优秀传统文化的忠实继承人和传承者。他也从孔夫子说到孙中山，我们都要认真总结。两位领袖是一样的。毛泽东当年带领人民打江山，他喜欢说对传统文化要批判继承，他用的是"批判"这个词。这是因为儒家文化主要是坐江山的文化，不是打江山的文化。到了习近平，他换了一个词叫"扬弃继承"。我们今天讲到艺术语言创新的时候，要完整理解"两有""两相"和"两创"。"两有"就是对传统文化必须有区别地对待和有扬弃地继承。扬弃是个哲学术语，跟批判不一样。有区别的，我们仔细去体会吧，他强调要有扬弃的精神。"两有"之后他接着又提出了"两相"：与当代文化相适应、与现代社会相协调。"两有"是一种区别原则，"两相"就是一种实践路径。我们在传承发展中华优秀传统文化的时候，要做到干什么呢？他用了"两相"，做到与当代文化相适应，与现代社会相协调。在"两有""两相"的基础上，实现"两创"。否则，你这个创造性转化在什么基础上创造呢？在什么条件下去实现创新呢？胡锦涛同志有一句话："在继承基础上的创新是最好的创新。"

习主席的文艺思想里有一根红线，他强调坚守中华文化立场，传承中

新时代中国特色社会主义文艺的理论纲领

华文化基因,彰显中华美学精神。最近,我学了我们中国人民大学资深教授陈先达先生的文章,我很敬重他,他连续在《光明日报》上发表文章,阐述文化自信。陈先生的意见很明确,要重视马克思主义中国化。习近平的文艺思想强调要以中华优秀传统文化为根本,把马克思主义中国化。一定不要断了民族的文脉、民族的根。我们要坚守中华文化立场,要坚信中华传统文化的生命力,同时对它要进行扬其精华,弃其糟粕,进行一番去糟取精、去伪存真、由表及里的改造,完成扬弃这一哲学思维的转化过程。

第二,恐怕从毛泽东到邓小平到江泽民到胡锦涛,我们没见他们用过"美学"这个词。当然因为美学这个词是西方传来的,他们讲艺术,讲艺术就是艺术。但是到了习近平,大家知道,他讲传承弘扬中华优秀传统文化,传承弘扬中华美学精神。作为政治领袖,他还对于中华美学的精神进行了深度的阐发,他提出了三讲求。中华美学精神讲求什么?第一讲求托物言志、寓理于情。第二讲求言简意赅、凝练节制。第三讲求形神兼备、意境深远。最后一条,强调知、情、意、行的统一。西方美学只强调知、情、意,他根据我们中华传统文化,特别是王阳明的心学里边提到的知行合一,他加了个"行"。不久前,"伶人王中王"这个电视戏曲大赛邀请全国各戏曲剧种的领军人物同台竞技,一位很有名的河南豫剧演员贾文龙(创造焦裕禄形象的),他有一个很有名的代表作叫《村官李天成》,拿过大奖的。这次他没带道具,全靠以虚代实的戏曲程式化动作表演,效果比原来用实物道具的更绝妙。这让大家看到了中华戏曲美学的独特魅力。中华美学精神美在意象,形神兼备。相反,恕我直言,有些抢了票房的电影不是如此,它丢了中华美学精神的魂,它东施效颦,西方类型片制造视听感官生理上的刺激感,并以此冲淡乃至取代优秀艺术本应给人的思想启示和精神感。看电影就是寻找感官刺激去,这不合适,这个题目要研究。我承认,文学是艺术的基础,文学语言的艺术创新是最根本的,但是艺术行

· 9 ·

当里边，音乐语言、美术语言、戏曲语言、电影语言、电视剧语言的创新恐怕更需要强调坚守中华文化立场，传承中华文化基因，彰显中华审美风范。意义上的严峻课题，我也赞成文章里面说的，美学思维也要前进，它也有新东西要创生，但继承是重要的，死守是没有出息的。

习近平总书记在党的十九大上概括新时代的中国特色社会主义文化时，第一句话是坚持以马克思主义为指导，他讲的是与时俱进中国化的马克思主义。第二句话就叫坚守中华文化立场。第三句话就讲实践，讲立足中国当代现实，结合当今时代条件。干什么呢？创造什么东西呢？他用了小平同志的"三个面向"：面向现代化，面向世界，面向未来。然后是"民族的、科学的、大众的"，这是毛泽东在《新民主主义论》里边讲新民主主义文化时用的。在这里，习主席把新民主主义文化改成了社会主义文化。这就形成了"创造面向现代化，面向世界，面向未来，民族的、科学的、大众的社会主义先进文化"。达到什么目的呢？他落脚的最后一句话是"推动社会主义精神文明与物质文明协调发展"。

老师们、同学们注意，我们过去都是先把物质文明放在前边，结果这一次党的十九大报告把精神文明置前了。这是什么原因？就是因为这个新时代之新，用习近平的话来说，是中华民族从站起来、富起来到强起来。富起来是经济只能致富，什么东西才能自强，文化才能自强。所以他一系列的报告里面提出了一个命题，叫举精神之旗、立精神支柱、建精神家园，着力于精神上。这是习近平文艺思想的一个重要特征。因此，他的文艺思想是具有鲜明的实践品格的。党的十八大以来这五年，从2013年8月19日，全国思想宣传工作会议上，他把治国理政对于意识形态的方略完整提出的时候，就讲了这句话：意识形态工作是党的一项极端重要的工作，反复强调要做好，要处理好它同经济建设为中心一百年不动摇的关系。他还提出了"四个讲清楚"。第一个讲清楚就是每个国家、每个民族都必须讲清楚自己独特的历史传统、文化积淀、基本国情，因而都有自己特色的

新时代中国特色社会主义文艺的理论纲领

发展道路。我们今天就是要清楚自己民族的文化传统、艺术积淀，再来谈创新。我曾经说过，比如电影上，我们基本上丢掉了20世纪40年代前后，以《一江春水向东流》《八千里路云和月》《乌鸦与麻雀》《十字街头》《小城之春》为代表的左翼文艺运动影响的进步电影传统；基本上也丢掉了新中国以来，尽管有"左"的思想的干扰，但是出现了一批如《青春之歌》《红旗谱》《女篮五号》《红色娘子军》《五朵金花》《我们这一代年轻人》等为代表的写人民、为人民、服务于人民的共和国的人民电影传统；也冷落了改革开放以来，20世纪80—90年代兴起的以《天云山传奇》《牧马人》《芙蓉镇》《人到中年》《人生》《野山》《老井》为代表的现实主义的具有反思意味的电影传统。而某些电影走了一条东施效颦的西方类型片的美国好莱坞的发展道路。所以联系实际学习习总书记在文艺座谈会上讲的这个话是有针对性的。他这段话是说，一些人跟在别人后面亦步亦趋，把到国外得奖当成最高目标，热衷于搞什么去思想化、去价值化、去中国化、去历史化、去主流化那一套，是绝对没有前途的！这是他的原话，是绝对没有前途的。所以我们今天研究中华传统文化与当代艺术语言的创新，虽然我已经离开文学界很多年了，但我最近看了很多舞台艺术，戏剧、话剧，包括我这几年从事的影视艺术，我是有这个底气讲这个话的。如果我们不坚守中华文化立场，弘扬中华美学精神，就会失去民族之根，这个民族就强不起来，就不能够自立于世界先进民族之林。

按笔墨文化的规律去创造

在"中国文艺评论·长安论坛"上的发言

程大利

（中央文史研究馆）

总有人说中国人缺少发明创造，而笔墨这个形态恰恰就是中国人的发明创造，笔墨在中国文化史中已远不是指材料、工具，也远不是指技法，笔墨是一种独特的艺术形态，而且是一种自成体系的文化现象。笔墨传达出的形式和内容也不是造型艺术概念所能涵盖的，它与西方的造型艺术规律不尽相同。它形成的独特的审美体系有自身的发展规律。笔墨是受中国古典哲学的陶融一路发展到今天的，我们如果要追溯这个源流，就要考虑到中华民族最早的哲学思想。它缘起"象"的思维。"象"是周易的核心范畴。周易从哲学高度阐发意象，意象的基本思路是"以象证道"，所谓"在天成象，在地成形"。也可以把这看作最早的中国画意识。意象的概念是原始宗教思维基础上形成的宇宙生命的符号象征体系，它从两个方面和艺术思维相联结并和艺术思维相通。一是它们的象征的感性形式，一是它直觉的、感悟的艺术方式。所谓观物取象，是先秦美学中的一个传统观点，不同于希腊美学中所强调的惟妙惟肖的微观观照，而是"仰则观象于天，俯则观法于地，观鸟兽之文与地之宜，近取诸身，远取诸物，于是始作八卦，以通神明之德，以类万物之情"①。这样的宏观观照所产生的象已不是个体事物的有限的、感性的形式的模仿或再现。而是象征自然生命的运动状态，它与气相连，与道相通。这个"气"和"道"都是中国古典哲学的概念。就是说在中国古典哲学的陶融之下，"象"渐渐成为中国书画和中国绘画的发端。故而老子说"大象无形"。中国美学一上来，它就有如此的高度，提出如此精深的美学命题，在西方美学是直到康德之后，才产生类似的体系。构成《易经》最可宝贵的理论精髓是宇宙生命运动的辩证法则，这种辩证法则被老子阐释运用，发扬光大。所谓"玄之又玄，众妙之门"，艺术便是其中的一妙，笔墨又是艺术中的一妙。所谓的"恍兮惚兮，其中有物。惚兮恍兮，其中有象"②。老子的"道"正是自然生命的规律，所以老子对美的观照就是所谓"玄鉴"。不能仅限于对具体物象有限形式的观照，而应着眼于生命运动本质。所以老子称之为"大象"，这种观照已经超越了功利，成为审美的前提。

所以，笔墨文化与象的思维密切关联，很多美学的命题与"象"有关。比如中国古代画论中谈到物象、意象、心象、气象、镜象、观物取象、澄怀味象……甚至是象外求象。"象外求象"意蕴很深，已不把"象"作为目的了，而要寻求另一个更高的目的。这跟中国的特殊的文化背景是有关的，中国历来有"书画同源"这个思想。到了元代赵孟頫，他更有一首诗，叫"石如飞白木如籀，写竹还应八法通。若也有人能会此，须知书画本来同"。"书画本来同"这个观念也是中国艺术很早形成的一个观念。张彦远《历代名画记》里说："周官教国子以六书，其三曰象形，则画之意也。是故知书画异名而同体也。"③ 就书画虽然异名，实际上还是一回事，是同体的。书画同体，在张彦远那里就把它作为一种观点写到了书

---

① 《易经》。
② 《道德经》。
③ （唐）张彦远著，俞剑华注释：《历代名画记》，上海人民美术出版社1964年版，第93页。

上，给出一个确定的概念。

所以"书画同源"是笔墨文化一大特征，这与世界其他民族的艺术拉开了距离，如果说造型，说解剖，说透视，说比例，西方都有，都不比中国差。但一说书画同源，西方就没有了。尤其是以书法的线条，以篆籀之笔进入绘画，这跟西方绘画完全不一样了。康定斯基也用线，马蒂斯也用线，那个和中国书法有提按、顿挫、畅涩、徐疾快慢有关的线，西方是没有的，这是和西方很大的一个差异。所谓"横如万里阵云，竖如万岁枯藤，点如高山坠石……"这样的线西方人尚无法理解。这种线的概念在中国人这里就叫笔，叫用笔。这个用笔的潜台词就是书法意味的笔，是一种"有意味的形式"。

老庄的大象观和象外说，是中国书画审美的开端，老子说"大音希声，大象无形"。庄子说"可以言论者，物之粗也；可以意致者，物之精也"，这是在《秋水》篇里讲到的。

"意之所随者，不可以言传也"。所以"唯道集虚"。庄子提出一个虚的概念，他称自己的居室叫虚斋，又叫心斋。他所追求的是一种微妙的精神境界。这就开启了先秦以来中国书画在探索深层审美视野和艺术思维方面不以描摹客观物象为目的，而不断地拓宽精神之求的源头，象外之象是以书写情志抱负为旨归的。后来到了元代，倪云林提出"逸笔草草，不求形似"，遥相呼应着庄子的思想，并且继续影响着后人。明代的董其昌提出"以自然之蹊径论，则画不如山水；以笔墨之精妙论，则山水绝不如画"。画是干什么的呢？是言志的手段而已。董其昌画画不是为祖国山河立传的，他是言志的。这个志有多大，有宇宙那么大。宇宙与我同一，天地与我相融，这种大胸怀是中国画的高境界。中国画最后达到这个精神高度。远远不是状物了，状物仅仅是手段而已。

这种精神不以描摹客观物象为目的，而不断地向外拓展，不断地向外开张自己的精神之求。甚至以大自由为目的，寻找一种心灵的解放。六朝

按笔墨文化的规律去创造

宗炳在其《画山水序》里已经谈到"于是闲居理气，拂觞鸣琴，披图幽对，坐究四荒"。"卧游"观尤为历代文人服膺。宋代王诜说"要如宗炳澄怀卧游耳"；明代沈周给自己的册页题名为《卧游册》。卧游是对造化自然的向往，是一种自由的象征。人对自由的渴望是天性。人有社会性，但在社会里待久了是不自由的。徐复观讲，山水画是在专制时代下，人们渴望自由的产物。艺术正可以帮助不自然的人归于自然，使人进入返璞归真的状态。真正回归到人的本性。而中国山水画正是在这样一种旨趣和境界下不断地走向成熟。

黄宾虹说中国画的一切奥秘尽在太极图中，这里说的太极图就包含了象外之象。象内象外虚实相生，充满了太极规律，笔墨变化浓淡、干湿、生涩、快慢，从视觉到速度、到感受，皆是虚实关系。黄宾虹有"六字诀"，谓"实处易虚处难"。虚处为什么难？难在气韵，那是虚灵的东西。但是虚灵的东西要靠笔墨表达，所以他就把笔墨的奥秘用太极图作一归纳，正是指出了笔墨艺术的辩证规律所在。

中国画不重写实的心象观，强调人格品行操守的中正观和以书法入画的笔墨观都与西方的造型艺术观念拉开了距离，或者是同中有异。两条大河各自归海，两个大树结出不同味道的果实来。

中国画以笔墨为语言，形成中国画的形式符号和本体价值，笔墨艺术发端于象的思维，更提出"画形于无象"①。尤其到了元代笔墨日臻完备，至元四家已经高度成熟。黄大痴用笔浑融，山樵用笔洒脱，云林用笔缥缈，仲圭用笔淋漓，这是后来画论的总结。"山川浑厚，草木华滋"是元人的共通处。笔墨语言的运用尤其是以书入画的写意笔法达到了顶峰。而元代正是西方文艺复兴的时期，在此之前，欧洲绘画很长一段时间处于中世纪的徘徊状态，文艺复兴使欧洲绘画艺术一路发展。元代以后中国文人

---

① 见曹植《七启》"画形于无象，造响于无声"。

中华文化传统与当代艺术语言创新

画的艺术亦日臻成熟，成为人类绘画史的奇葩，绘画表现能力远远没有中国宋代那么成熟。

笔墨，尤其是用笔为生成中国画独特审美价值的关键。笔中有墨，墨中有笔，笔立结构，墨分阴阳。石涛把用笔称作"一画""一画者，众有之本，万象之根"。所谓"墨团团里黑团团，黑团团中天地宽"。又讲"墨海中立定精神，混沌里放出光明"，讲的都是用墨的最终效果。而这种效果恰恰就体现着笔墨精神。中国画的形式感正在笔墨的千变万化之中，这里讲的形式和我们理解的源自俄国的形式主义的形式不同，和我们理解的吴冠中先生讲的那个形式也不同。

中国人的笔墨不仅是语言，也是形式。这种形式独特而微妙，不靠张力和视觉冲击力，是一种内求的东西，所谓"玄"，所谓"玄之又玄"，正是它的深邃趣味。中国画以笔墨为核心的观念并不是中国画不擅长模拟世间万象，非不能也，实不为也，不屑于去描摹物象的外表，而寻找万事万物的精神趣味，寻找画外的意趣。做天人之想，把天和人之间铺一条通道，这个通道正是笔墨。创造一个生机玄妙的以传神为目的的艺术世界，古人称作"妙造自然"，通过妙造自然展现心灵。虽然中国画不重题材，不长于宏大叙事，不直接参与社会变革，但也能画出《康熙南巡图》这样的国家主题作品。但是把八大山人的《河上花图》和《康熙南巡图》摆在一起，更多的人还是看《河上花图》，《康熙南巡图》只有研究家去关注，老百姓不看这个东西，这是非常奇怪的事情，值得我们慢慢品味。虽然中国画不重宏大叙事，不直接参与社会变革，但仍表达了深刻的人生价值和真切的生活感受，它"内修心而外益世，抒胸臆以振斯文"，它通过抒情达意表达一种是非观和价值观，表达自己的憎恶、肯定和否定。实际上就是世界观的显现。追求的是一种至善，度己也度人。

中国画追求平和中正，协调天人。今天的这个社会环境，早已不再协调。污染严重，社会矛盾乃至国际冲突也很大。这些现象也许会伴随着人类社会的始终。

但是中国画追求的理想境界是和谐。它不表现争斗，不画言行，它永远画理想的东西，画那种和平、舒适、安逸，就是一种精神的向往。用徐复观的话说，它不做"以火济火，以水济水"的事情。

所以它是医治心灵的良药，更何况它还有健身的功能。黄宾虹写了《论中国画是去病增寿的良药》一文，清代王昱说，中国画可以"涤烦襟，破孤闷，释躁心，迎静气"。它是调息静心的手段。所谓"止观静虑"这种来自庄子和禅家的思想一直影响着中国画，也陶融着中国画。

中国画早就意识到生命与艺术的关联。所以中国画和中国书法历来追求道义之合，究圣哲之蕴。"心穷万物之源，目尽山川之势"，清代的龚贤已经有了这么深刻的理解。自宋代元代以后，它越来越对描写物象不感兴趣。把笔墨作为一种精神载体，使它有着象征意味，成为有象征意义的美感表达。成为人类文化史上一个特异现象。所以在宋代的时候，山水花鸟就很成熟了。我们把10世纪、11世纪的中国山水画和那个时候的油画作一比较，确实能看到它的光辉灿烂，极为独特。

作为精神的载体，笔墨语言经历史锤炼已形成一套自身规律，这个规律有一定的程式法则，就像京剧，也像西方的芭蕾和交响乐。

所以中国画对用笔有非常严格的要求，这是它的"程式"规律所要求的。我们今天看画，大多数人不去区别黄宾虹跟张大千的异同。当然多元现象也体现了美的多样性。但从消极意义上讲，它可能是一个借口，是一个模糊审美标准的借口。美的多样性不等于没有标准。中国画用笔从来就有厚薄拙巧轻重雅俗之分。厚比薄好，拙比巧好已经成为审美规律。"巧"差不多成了"俗"的同义词。

这恰恰是中国笔墨深处的东西。所谓"道咸中兴，金石学盛"那种体现碑学精神的厚拙之笔改造了有清一代的书风，也改造了画风，小四王余脉的纤弱被赵之谦、吴昌硕给纠正回来了。这也是审美规律使然。

中国画的个人面貌是水到渠成的产物，是长出来的，修出来的，而不是苛求出来，不是打造出来，不是"做"出来的。一做则与审美规律背道而驰了。所以中国画强调修为，这个"修"字意味深长，中国画最大的核心价值是让人的心静下来，这是修的前提，能够让人进入与自然相谐的状态，静下来、慢下来、淡下来也是价值观的调整过程。

一个渴望自由的人，真实地表达了自己，就可以做到独辟蹊径而融通东西，打通古今用的是自己的眼睛和独特的思想。

艺术语言创新的三种取向

黄鸣奋

（厦门大学）

将"艺术"与"语言"作为合成词联系在一起，至少有三种可能性：将艺术当成主体，将语言当成手段，指艺术所运用的语言；将艺术当成活动，将语言当成产品，指艺术所生成的语言；将艺术当成能指，将语言当成所指，指艺术所反映的语言。进入21世纪，上述三种意义上的艺术语言都发生了深刻变化：媒体变革深入发展，正在不断创造艺术语言的新类型、新观念。人工智能技术突飞猛进，正在促进人类艺术语言朝机器艺术语言的转变。科幻作品驰骋想象，正在昭示未来艺术语言各种可能的前景。诚如刘勰所言："名理有常，体必资于故实；通变无方，数必酌于新声。"[1] 我们要从历史的演变中把握艺术语言创新的轨迹。

一 艺术所运用的语言：媒体变革的契机

将艺术当成主体的观念产生于类比过程中。在很多情况下，人们认为艺术是某种有机体，或者说具备自组织、自适应特征的存在物，在这一意义上，产生了"艺术自身的需要""艺术的社会功能"等观念。由此出发，

---

[1] 刘勰：《文心雕龙·通变》，四部丛刊景明嘉靖刊本，第39页。

人们将语言当成艺术所运用的手段,认为语言是为艺术目的服务的。在这一意义上,艺术所运用的语言包括色彩、线条、和声、旋律、节拍、质感、造型、语音、文字、蒙太奇等多种类型,涉及绘画、音乐、建筑、工艺美术、影视、游戏等艺术领域,而以文学语言为代表(因为文学是语言艺术,对人的理性思维的影响比其他艺术分支大得多)。

艺术所运用的语言随着信息革命的爆发而更新。以语言为标志的第一次信息革命催生了口头艺术,以文字为标志的第二次信息革命促进了书面艺术,以印刷术为标志的第三次信息革命造就了版式艺术,以电磁波为标志的第四次信息革命孕育了电子艺术,以计算机为标志的第五次信息革命开拓了数码艺术。上述五类媒体艺术分别是应用口头语言、书面语言、版式语言、电子语言和数码语言创作的。口头语言诉诸听觉通道,书面语言诉诸视觉通道,版式语言诉诸触觉通道。由于人类不具备对应于电磁信号的感觉器官,电子语言是通过调制解调设备而为人所把握的。数码语言以先前存在的各种媒体语言为基础,将人机交互当成应用重点,创造出新平台、新艺术、新观念。数码艺术内部又可以做进一步划分,如多媒体艺术、超文本艺术、超媒体艺术;数码装置艺术、网络艺术、手机艺术;虚拟现实艺术、增强现实艺术、混合现实艺术,等等。这些分支以统一编码、共同平台为基础,相互渗透,不断流动。这构成了数码时代的瑰丽景观。

在新媒体艺术领域,凡是能够通过编码形式来表达一定意义的对象,都有可能成为艺术语言。试举数例:(1)位置。新媒体艺术家利用移动互联网络所提供的定位服务,舍弃它的商业化目的,致力于表现人生的感悟,从而将位置变成了艺术语言。相关项目有主体追踪、空间注释和反监视等类型。(2)DNA。新媒体艺术家通过生物水印技术将有意义的语句写入生物体的遗传物质,或者通过基因工程使自己的遗传物质和其他生物的遗传物质相互混合而培养出新生命,或者将DNA所包含的编码形式通过多

艺术语言创新的三种取向

媒体设备投映出来以表现自己对生命本质的思考，等等。这些做法都是将DNA转变为艺术语言的努力。代表性作品有巴西裔美国艺术家卡茨（Euduardo Kac）的转基因艺术等。（3）纳米材料。新媒体艺术家通过电子显微镜等设备观察并描述纳米水平特征的自然或合成结构，制作成具备艺术吸引力的二维或三维图像与视频，以使人们熟悉合成和操纵纳米对象取得的进展，这就是纳米艺术（NanoArt）的由来。

艺术所运用的语言存在三种最有代表性的范式。一是我国古代艺术语言观，以文情相生为宗旨。它认为艺术创作者所运用的语言因为不胜情欲而和吃语相通，语言高超入妙的运用因为但见情性而不睹文字，用于评释艺术的语言因为推本性情而不涉理路。这种观念和儒家关于"有德者必有言"的主张相适应，认为艺术语言的价值是人格价值的延伸，艺术文本的辉光是创作者人格魅力的显现。二是西方现代艺术语言观，以文情相分为宗旨，将文本和创作者切割开来。这是在大众媒体兴起之后形成的新观念。它从语言的角度看艺术，认为艺术和语言一样存在所能与能指的关系；从艺术的角度看语言，认为语言是推理形式的符号体系、不能表达人类情感，艺术才是人类情感符号；关注文学性和艺术性的区别与联系，试图从符号学入手为艺术语言定性。根据美国美学家古德曼（Nelson Goodman）《艺术的语言》一书的看法，如果某种符号具备如下征候（symptom），那么，它就是艺术符号：（1）多重的复杂指称（complex references）；（2）句法密度（syntactic density），即构成元素之间存在密切联系；（3）语义密度（semantic density），即各个指称物彼此照应；（4）相对充实（relative repleteness），即含义丰富；（5）例示（exemplification），即包含隐喻性指称。[①] 三是当代数码艺术语言观，以文情相济为宗旨，将

[①] Nelson Goodman, *Languages of Art：An Approach to a Theory of Symbols*, Indianapolis：Bobbs–Merrill, 1968.

仿真技术（包括文本仿真、情感仿真、环境仿真等）当成自己的技术基础。它拓展了艺术语言的范围，在语言丛的类目中吸纳了编程语言、标识语言等范畴，将数码文本区分为 7 个层次，即传感信号层、用户语言层、标识语言层、编程语言层、网络协议层、媒体应用层、艺术产品层。它以透明与浑浊作为区分实用型界面和艺术型界面的根据，追求由复杂的机器功能所支持的"似透明"，体现让用户变成"傻瓜"、机器变得"精明"的趋势。它致力于用艺术语言营造迷宫，使艺术语言之所指发生散射，增加艺术意识的复杂性。

二 艺术所生成的语言：人工智能的挑战

将艺术当成活动（即认为艺术本质上是一种特殊活动）的观念由来已久。例如，维基百科（Wikipedia）给出如下定义——艺术是创造视觉的、听觉的或表演的产品（艺术作品）领域的各种人类活动。这些作品表达作者的想象力或专业技能，人们因为它们的美或情感力而加以欣赏。在最一般形式上，这些活动包括艺术作品的生产、艺术批评、艺术史研究，以及艺术的审美传播。如果艺术是一种特殊活动的话，那么，艺术语言便是这种特殊活动的产品。在这一意义上，艺术本身不是主体，其主体是人或其他智能生物。

根据达尔文（C. R. Darwin）的看法，艺术源于性选择，即"更为美好的一些个体会得到异性的垂青而中选"①。他在考察性选择和第二性征的关系时发现：多数雌雄异体的动物的雄性，程度不等地运用色彩、气味、音响等手段以炫耀自己的美丽，和情敌竞争并逗引异性。与此相应，多数雌性动物具备程度不等的欣赏能力，可以因雄性的炫耀而激活情绪，并从追逐它的雄性中做出抉择。达尔文拿动物的炫耀和欣赏活动和最低等的野蛮

---

① ［英］达尔文：《人类的由来》，潘光旦、胡寿文译，商务印书馆 1983 年版，第 510 页。

人作比较，并进一步指出："后世情词并茂的演说家、游方的歌手或器乐演奏家，当他们用音调铿锵的歌词或言辞在他的听众中激起各种最强烈的情绪的时候……所使用的方法正是他的半人半兽的祖先，在求爱和对付情敌的时候，用来把彼此的情欲打动得火热的方法。"① 由此看来，艺术语言源于某些动物在性选择过程中所应用的炫美手段。

人类继承了其动物祖先的禀赋，运用工具制造工具以发展物质生产，运用知识生成知识以发展精神生产，在这一过程中创造了作为自身表征的艺术，并实现了艺术语言的创新。如今，历史已经演进到一个新关口，其标志是智能机器主体化。这一过程表现为它们逐渐具备某种程度的创造性，能够自动寻找问题的解决方案，或者自主调整其状态以适应环境、完成任务，或者在图灵测验中给出难以与真人相区别的回答，等等。在创造性意义上，人工智能是一种艺术，智能机器是人类最了不起的艺术品，智能机器人所使用的语言也是最值得关注的艺术语言。

至迟从 20 世纪 50 年代开始，科技工作者利用计算机软件来写作诗歌、创造音乐与美术，这类实验被视为人工智能在艺术领域的最初尝试，虽然"人工智能"一词要到其后才问世。与传统艺术创作不同，智能化创作是分两个阶段进行的。在第一阶段，人类开发出某种艺术程序；在第二阶段，这类艺术程序通过运行创造出艺术作品。上述艺术程序在不同程度上模拟人脑的功能，即体现了人工智能。经过半个多世纪的发展，人工智能日趋发达，智能化创作的水平越来越高。

我们将人工智能用以创作艺术作品的手段称为"艺术所生成的语言"。这里所说的"生成"指的是人类将自身的智能赋予新的主体。与前述"艺术所应用的语言"相比，"艺术所生成的语言"不是思想的物质外壳，因为现阶段的计算机还不能像人类那样本着"知人论世"的精神进行思考；

---

① ［英］达尔文：《人类的由来》，潘光旦、胡寿文译，商务印书馆 1983 年版，第 867 页。

用"艺术所生成的语言"呈现出的作品也不是情感或志向的表达，因为现阶段的计算机还没有内心体验，无法像人类文艺家那样本着"诗言志"或"诗缘情"的宗旨来创作。尽管如此，早在20世纪50年代，"艺术所生成的语言"就已经创造了在形式上可以乱真的效果。这就是说：计算机程序生成了单纯从形式上无法和人类所为相区分的简单作品。时至今日，智能机器人已经可以使用有几分幽默和风趣的语言和人类用户进行对话，智能软件已经可以根据所输入的数据生产出各种作品，不仅是朦胧诗、故事梗概、线条画、随机音乐，而且还有相对复杂而完整的小说、动画、游戏场景等。

当前，人工智能正以前所未有的加速度发展。它从下述三个层面提出了一系列值得深思的问题：（1）在社会层面，人类能否通过开发智能机器人提高自身语言能力？人类是否能够赋予智能机器人主动运用语言的动机？人类可否通过语言防止智能机器人形成有悖人类利益的意识？（2）在产品层面，智能机器人是否会因为掌握语言而形成自我意识？智能机器人是否可能将所攫取和保存的信息转化为匹配他们的知识与智慧？智能机器人是否会因为形成自我意识而发明人类所不能理解的语言？（3）在运营层面，人类如何与智能机器人进行良性互动？人类如何为智能机器人制定行为规范？人类如何建立智能机器人越界预警机制？归根结底是一个问题：人类如何完善智能机器人共同体？

根据《庄子》一书的记载或想象，为圃者反对子贡所提出的用机械进行灌溉的建议，转述了其师的下述观点作为根据："有机械者必有机事，有机事者必有机心。机心存于胸中，则纯白不备；纯白不备，则神生不定；神生不定者，道之所不载也。吾非不知，羞而不为也。"据信，持这种观点的人是当时的"浑沌氏"，即主张浑沌无别而不可分的人。汉代刘向《说苑·反质》也有类似的说法："卫有五丈夫，俱负缶，而入井灌韭，终日一区。邓析过，下车为教之曰：'为机重其后轻其前，命曰桥，终日灌韭，百区不倦。五丈夫言曰：'有机知之巧，必有机知之败。我非不知也，不欲为也。'"① 如果我们将引文中的"机"解释为人工智能、智能机器或智能机器人，那么，在后人类语境中，"有机智，必有机心"便昭示着"它们"形成自我意识而朝"他们"转变的过程，虽然这句话在《庄子》一书的原义是指发明和使用机械的人投机取巧。

在"它们"向"他们"转变的同时，人类艺术语言很可能向机器艺术语言转变。如果智能机器有了自我意识，随之而来的便可能是表达的需要。倘若这种需要真的形成，那么，它必然驱使智能机器彼此之间用语言进行交流，这种语言未必是人类为智能机器所规定的。如今，已经有报道说 Facebook 实验室里的人工智能开始用人类看不懂的语言彼此交流，美国佐治亚理工学院的两个机器人在对颜色和形状进行讨论和赋值的过程中，发明了它们自己的通信协议。如果情况属实的话，那么，未来智能水准更高的机器很可能进而发明真正属于他们自己的语言，甚至是艺术语言。迄今为止，所谓"计算机艺术"要么是人类在与计算机的互动中创作，要么是计算机根据人的指令进行生产。在所生产出来的大量产品中，不符合人的审美标准、为人所不能理解的文本都被淘汰了（人工筛选或自动过滤）。智能机器一旦具备自我意识，便可能采纳自己的（而非人类的）审美标准。果真如此的话，或许艺术语言创新将通过智能机器的自我学习以越来越快的速度进行。不过，这种创新不是人类艺术创新，而是机器艺术语言创新。

在科幻电影中，所谓"生成"不仅发生在人与机器人互动之中，而且发生于人与外星人、类智人等生命形态的互动。通过生成，原先为人类所特有的能力、规范、语言、行为等要素被置换为其他生物的要素。对此，下文将进行具体分析。

---

① （汉）刘向：《说苑》卷二十，四部丛刊景明钞本，中国基本古籍库，第143页。

三　艺术所描写的语言：科幻电影的想象

如果将艺术视为人类意识的产物、将语言当成一种社会现象的话，那么，艺术完全可以对语言加以描写，正如语言可以为艺术所反映那样。这一意义上的艺术语言是艺术所描写的语言。倘若要把握语言创新的前景的话，那么，科幻作品提供了不可多得的参考系。下文试以科幻电影为例加以说明。

在科幻语境中，语言现象从人类扩展到机器人、类智人和外星人等多种智能生命。例如，美国影片《禁忌星球》(*Forbidden Planet*, 1956) 中的机器人罗比是由探险者、语言学家摩比斯在异星借助当地已经灭亡的先进文明创造的，堪称多才多艺。美国电影《电脑神童》(*The Computer Wore Tennis Shoes*, 1969) 讲述雷暴期间安装更换部件时，机器人雷利受到电击，成为人机。他因此拥有超人类的数学能力，可以在几分钟内阅读并记住百科全书的内容，阅读一本教科书后可以流利地说出语言。美国影片《巨人：福宾计划》(*Colossue：Forbin Project*, 1969) 讲述美、苏为冷战分别开发的超级计算机系统居然想控制全人类。这两台电脑之间用以联系的算法日益复杂，发展出人类所无法完全理解的复杂语言。以上三部影片预测了机器人掌握和发展语言的可能性。美国影片《X 计划》(*Project X*, 1987) 讲述空军飞行员发现绝密实验是以猩猩模拟人研究第二次核打击条件下的存活问题。在本片中，研究生泰里训练猩猩维吉尔运用美国符号语言。美国影片《恐龙帝国奇遇记》(*Dinotopia*, 2002) 告诉观众：恐龙帝国有一个自己的语言系统。猩球系列电影设想大猩猩因受人类增智药物影响而获得语言能力，进而形成自我意识，以至于统治人类。以上电影和类智人语言能力相关。美国影片《E.T. 外星人》(*E. T.：the Extra - Terrestrial*, 1982) 讲述外星人最初无法用语言和地球人沟通，后来开始学英语。美国影片《星际迷航》(*Star Trek*, 2009) 塑造了外星语言学家妮欧塔的形象。她是联邦星舰企业号的联络官，主人公史波克的学生兼女友。在印度影片《我的个神啊》（*P. K.*，2014）中，主人公 P. K. 从没有语言的母星来到地球。他认为靠握手交流比语言准确多了。人类的语言一词多义，经常引起误会，必须参照音调、表情等才能明白说的是什么。尽管如此，在地球上随便摸别人的手会被视为变态。不过，P. K. 有办法。他在妓院抓住一个妓女的手长达六个小时之久，从而学会了比哈尔语，得以和地球人进行交流。以上三部电影和外星人语言能力相关。

任何一部科幻电影都和对语言的反映有关，这首先是由于其中的人物通常依靠语言来交流；故事背景有赖于语言来介绍；情节发展要仰仗语言来推动。如果将语言的范畴从有声语言扩展到图像语言或蒙太奇的话，那么，上述原理对于默片也是适用的。不过，并非所有的科幻电影都将语言当成主要对象来加以审视。有鉴于此，下面三部电影值得一提。

美国影片《死亡密码》（*Pi*，1998）讲述偏执狂数学家麦斯寻找可以解码宇宙模式的神秘数字，但遭遇失败。他认为自然语言可以用数字解释，这些数字会呈现出某种系统模式。上述模式如果被寻找出来，便可应用于自然界所有事物，甚至是社会生活（包括股市）。为此，他苦苦进行钻研，不仅劳心耗神，而且卷入了社会风波。他最终意识到代表神秘模式的216位数字和上帝相联系，根本不能存在于他的脑海。因此，他设法摧毁了自己大脑中那个对数字格外敏感、但也让他剧烈头疼的区域。麦斯丧失了对于数字的直觉，但却获得了从数字之外的角度把握世界的可能性。本片编导所展示的对那个神秘数字的看法。实际上也可以在某种意义上应用于语言：自从有了作为第二符号系统的语言之后，人类对于世界的看法就是为它所左右的。语言既是人类自我意识形成的必要条件，也是人类为自己设定心理牢笼的重要前提。如果去除了大脑皮层的语言区，人类有可能从语言之外的角度把握世界。当然，这样做的代价实在太大，正常人估计谁也不愿尝试。尽管如此，佛教说"绝名言相"才能领悟真如，其理与之相通。因此，语言创新是包含辩证否定的范畴。也许，语言只有通过自我否定才能明白自身的局限（它并非人类与宇宙沟通的唯一选项）。只有理解不靠语言沟通能够做什么，才能懂得语言沟通还能做什么，这是创新的必要前提。一般语言如此，艺术语言亦然。只有理解不以语言为手段还能创造出什么样的艺术，才能懂得仅以语言为手段创造艺术的局限。在"大音希声，大象无形"的意义上，语言（包括艺术语言）的至境是无语言。也许，这正是语言创新（包括艺术语言创新）的最终目标。

在美国、保加利亚合拍片《异形猎手》（*Alien Hunter*，2003）中，南极洲冰下发出的神秘信号（频率为 2～5 兆赫的等长脉冲组）来自外星人的神秘容器（救生荚）。科考基地的语言学家朱利安认为数字是任何一种语言最基本的表达。他将脉冲间隔时间当成密钥，再用这个密钥去解读其他密钥，结果发现这些脉冲的含义是："不要打开！"他赶紧冲去警告正准备打开神秘容器的另一个团队，但来不及了。从容器中出来的一位外星人被科考队员打死。对外星人无害、对地球人却致命的病毒从打开后的容器扩散，可能为害全球。幸存者必须做出自我牺牲。朱利安为此修改了各道门的密码，防止有人出逃。当局决定用核导弹毁灭这个基地。在导弹命中之前，朱利安等四人被一艘外星人飞船所救走。它是因为接收到神秘容器发射的无线电脉冲而前来的。在本片中，外星语言的解读是情节构思的关键。因此，与其将标题译为不很确切的"异形猎手"，还不如译为"神秘脉冲"。在信源一侧，将语义作为信号去调制载波，可能有调频、调幅、调相位等不同做法。在信宿一侧，对信号的解读要考虑到编码的多种可能性。类似的原理可移用于艺术语言。如前所述，数字艺术由传感信号层、用户语言层、标识语言层、编程语言层、网络协议层、媒体应用层、艺术产品层构成。每一层都可能成为创新的对象。地球人如果想让外星人理解自己所发送的数字艺术的含义的话，必须进行系统化的精心设计。

在最近的故事片中，美国影片《降临》（*Arrival*，2016）描写12艘外星飞船降临地球不同地区，各国政府都为猜不透其来意而焦虑。美国马萨诸塞大学语言学教授路易丝奉命进入飞船，设法与外星人沟通。她在短时间内掌握了外星人所使用的水墨渲染状圆环符号（七肢桶文字），将外星人对其来意的陈述解析为"提供武器"。与此同时，中国专家也得出了类似的阐释，军方因此认为外星人怀有敌意。在提请联合国安理会统一步调无效的情况下，中国成为第一个对外星人宣战的国家，并切断与其他国家的沟通渠道。外星人主动将路易丝接到飞船内，她终于明白外星人说的"武器"是指其语言，掌握了这种语言不仅多了一种人生斗争的武器，而且可以预测未来。为了避免发生冲突，她冒险盗用美军指挥官的卫星电话，用"战争不能成就英雄，只会留下孤儿寡母"说服中国军队总司令。中国军方改变战争立场，恢复与其他国家的信息共享，外星人飞船全都离开。在本片中，外星人所使用的语言（即水墨渲染状圆环符号）非常优美，具有我国山水画的艺术效果。要论艺术所使用的语言，这是一个很好的创新例证。与此同时，这种语言并非现实生活中的地球人所应用，而是出现在以外星人为题材的科幻电影中，因此，它又属于艺术所描写的语言。不仅如此，本片是将地球人的线性时间观和外星人的非线性时间观分别当成决定语言特征的因素来描写。地球人因为持线性时间观，所以依据前后顺序感知世界，并且通过以位序为特征的语言来表达。相反，七肢桶外星人因为持非线性时间观，因此从整体上感知世界，将所有想表达的意思集成在一个字内。想表达的意思越丰富，这个字的形状就越复杂。就此而言，本片的上述创意展示了艺术语言创新的另类可能性，即通过生成（转变主体，将地球人的艺术语言转变成外星人的艺术语言）实现开拓。主人公路易丝因为掌握七肢桶语言而使自己感知世界的方式发生根本变化，用全新的眼光看待自己的生存状态。这无疑昭示了艺术语言创新所可能发挥的重大影响。也许，现实中的艺术工作者可以运用本片所表达的观念造出一种新的语言来，像图像那样将空间性（而非时间性）当成它的基础。

综上所述，艺术语言创新是生生不息的历史运动，其含义和研究者所取的审视角度相关。不难想象：就本文所选取的三种角度而言，媒体变革所引发的艺术语言创新将在未来继续深入发展，为创作者、鉴赏者和传播者提供更多可供选择的编码形式；人工智能所引发的艺术语言创新将转变人们对于艺术定位的基本认识，或者促进人机共同体的建设，或者造成艺术主体的洗心革面；科幻作品所构思的艺术语言创新将在后人类语境中继续驰骋，有利于人们用新的方式与各种智能生命（若有的话）开展交流。

艺术理论批评语言的美学尺度

金 雅

（浙江理工大学）

在艺术活动中，创作实践与理论批评是互动互益的。这涉及艺术活动中的各种要素与环节，比如关于语言。过去我们讨论艺术语言，眼光大多落在艺术创作上，很少关注理论批评中的语言运用。20世纪末，有学者提出："作为文学批评语言，它的功能是什么？又有哪些基本特点？这是一个尚未引起人们重视和开发的领域，亟待研究解决。"[1] 但遗憾的是，关于理论批评的语言问题，迄今仍缺乏这方面的专门论著。其实，语言不仅是艺术创作不可或缺的基本要素，也是理论批评无法回避的基本功。理论家批评家和作家艺术家一样，离开精准高超的语言，是无法传达好自己的所感所悟，无法表达好自己的观点和识见的。

语言的问题，既是一种形式的要素，但又不完全是形式的问题。艺术语言既要讲求"美形"，又要在"美形"中传递"美情""美韵""美趣""美思"等。这就对艺术创作和理论批评的语言都提出了一定的美学要求。我们既不能把艺术理论批评的语言仅仅视为一种工具理性的东西，简单地将其与日常语言、科学语言等同；也不能无视它作为理论批评与艺术创作

---

[1] 李国华：《文学批评学》，河北大学出版社1999年版，第255页。

的侧重点之不同，一味追求艺术化的元素，让读者费心耗神揣摩。

从美学角度看，艺术理论批评的语言可首先关注四个"度"：一是精准度；二是晓畅度；三是温度；四是力度。

首先是"精准度"。"精准度"是理论批评要把话说精确，说到位，这是一种语言的科学性要求。艺术理论批评的语言也要讲求"美形"，但它与科学性并不矛盾。实际上，美学维度的美从不排斥科学精神，也就是不排斥"真"。在理论批评中，所谓"真"，首先就是观点和思想表达的精准。你说不精准，别人就会理解不到位，理论批评想要的效果，就可能达不到，或者打折扣。精准是靶向明确，靶点到位，它的具体呈现就是文字少而效果好，这其实就是一种理论能力，是思维力、概括力的高度体现，也是理论批评的基本品格。理论批评是高度概括、高度凝练的艺术，不能像日常聊家常，唠唠叨叨说很多，四处开花还没把观点思想讲清楚。有些理论批评文章，大量的是引用性、复述性的语言，或者是阐释性、分析性的语言，这些不是不需要，但不能取代观点结论的直接表达。对于理论批评来说，一定数量的、简明扼要的、准确的概括、评判、评价、总结的语言，是画龙点睛之笔，必须要有，且宜要言不烦。理论批评应该通过精准的语言，让读者清楚直接地把握文章的观点思想，这也是辨别一篇理论批评文章水平高低的首要标准，是一种科学标准，也是一种美学标准。

其次是"晓畅度"。"晓畅度"是思想观点的表达要尽量通俗易懂，要让水平高低不同的读者都能读明白，而不能把人绕晕说糊涂。这个说来容易，其实是蛮难的，也就是理论家批评家要有深入浅出的本领。有些理论批评含含糊糊，吞吞吐吐，让读者不知所云，不得要领。有些则大量引进西方范畴概念，或者安插艰涩难懂的术语命题，不管接不接中国之地气，也不管读者有没有相应的背景。还有一些，可能自身就没有什么明晰的思想观点，只想显摆所谓"高深""前沿"的"学问"。这些缺乏"晓畅度"的理论批评，都偏离了理论批评的本意，其结果可能变成糊弄人，或者吓唬人，往往含混、模糊、艰涩、晦涩。这样的理论批评，不仅作家艺术家无从受益，广大读者也不会喜欢。

再次是"温度"。人文科学应该有温度，美学亦然。因为我们的对象是人，是研究人关怀人的。艺术理论批评是研究和评价艺术的，艺术的中心是人。艺术理论批评语言如果没有温度，理论家批评家如果不带感情，不投入生命，是很难体验把握对象之精微的。那种冷冰冰的所谓纯科学批评、纯客观批评、纯形式批评等，大都是远离艺术自身特点的。我们的理论批评，如果不拥有烛照人性的信仰、温度、光芒，是很难真正感染人、影响人的。这方面，我们的传统文论，是很有自己的优势的。中华文论，是讲美善相济的，也是讲体验感悟的，所以传统文论的很多范畴，比如境界、格调、风骨、趣味、情韵等，都体现了一定的价值取向，一种情怀追求，不把人与文相割裂。到 20 世纪上半叶，这个传统在中国现代文论中，有很好的传承和发展。像梁启超、王国维、鲁迅、宗白华、丰子恺等，他们对小说、诗歌、戏剧、绘画等的研究、批评、品鉴，都传承发扬了这个传统。梁启超的激扬、王国维的深沉、鲁迅的犀利、宗白华的诗性、丰子恺的温情，都是内含丰富厚重的情感的。如鲁迅在《白莽作〈孩儿塔〉序》中评论道："这是东方的微光，是林中的响箭，是冬末的萌芽，是进军的第一步，是对于前驱的爱的大纛，也是对于摧残者憎的丰碑。一切所谓圆熟简练、静穆悠远之作，都无须来作比方，因为这诗属于别一世界。"[①] 这样的批评语言犹如燃烧着"一团火"，激情而犀利。

最后是"力度"。"力度"是建立在前面三个度的基础上的一种综合力量。好的理论批评，应该深蕴内在的力量，它不在文字的多少，也不在文字的华丽或平实，但它有一种内在的感染力和穿透力，能够把艺术的价

[①] 鲁迅:《白莽作〈孩儿塔〉序》，《鲁迅全集》第 6 卷，人民文学出版社 1981 年版，第 493—494 页。

值，它的美丑，准确、明白、强烈地传达给读者，剖示给读者，推动、引领读者在观点上、思想上、精神上、心灵上的感悟和提升，阅读这样的理论文字和批评文字，既是一种震撼，也是一种享受。没有"力度"的理论批评，也就是没有筋骨、没有力量的理论批评。那些吹吹捧捧的批评、浮躁媚俗的批评、一味雕琢的批评，往往缺乏的就是内在的力度。

在把握好上面四个度的基础上，艺术理论批评的语言，还有一个风格的问题，这也是一个关涉美学的问题。一个成熟的艺术家，最后必然拥有自己鲜明的语言风格。那么，一个出色的理论家批评家，需不需要个性化的语言？答案当然是毋庸置疑的，而这也是很高的美学要求。

"汪味文学"概论

林超然

（黑龙江大学）

康德说："我们完全可以很好地学会牛顿在其不朽的著作《自然哲学的原理》中所讲述的一切，虽然将它们发明出来也需要一个伟大的大脑；但为诗艺提供的一切规范不论多么详细，它的典范不论多么优秀，我们也不能学会灵气十足地进行创作。"[1] 这里讲到了科学和艺术的分别，两者在康德心中位置的高下对比非常明确。文学艺术，不仅是人享受的清福，还是人成为"文化人"的重要途径，而文化几乎是人"类"的属性，文化最终完成了"人"。

汪曾祺是一位极其特殊的作家。他一个人就很像一个小的文联，一所小的艺术学校。他的作品几乎涉及全部的艺术种类：文学（小说、散文、诗歌、剧本、评论）、美术、音乐、书法、电视、电影、戏剧、曲艺、杂技、舞蹈、民间文艺……品类可谓异常丰富，可谓洋洋大观。一个作家竟能如此，实在不可等闲视之。"汪先生的文章行云流水，恬淡温馨，读它有如月下轻嗅着一朵淡紫的花，幽香沁人心脾。汪先生的文章除尽了火气，以极平静的心态面对广大世事，故一切纷扰经了他的文学过滤，皆成

---

[1] ［德］康德：《判断力批判》，邓晓芒译，杨祖陶校，人民出版社2002年版，第152页。

了仿佛草原的边缘缈缈飘来的一缕笛音，叫人也就安静下来，参悟着人生更深处的意味。但这又并不意味着汪先生没有怒，没有愤。他的怒与愤是地火一般深潜着，'间关莺语花底滑，幽咽泉流冰下难'，如是而已。这反而比剑拔弩张雷霆火暴更显示出一份深沉的力量。"[1] 汪曾祺文学有着显在的个性化形态，有着典型的"汪味"。

"汪味文学"之名，可能叫响的时间并不长；"汪味文学"之实，已有数十年之久；至于"汪味文学"的某些元素，在中国艺术表达里古来就有。2015 年北京鸿儒文轩在广陵书社推出"回望汪曾祺"丛书，其中有一本庞余亮选编的《汪味小说选》，精选的 20 篇作品包括《洗澡》（阿城著）、《阿雏》（曹文轩著）、《地球上的王家庄》（毕飞宇著）、《鞋》（刘庆邦著）、《年关六赋》（阿成著）、《莜麦秸窝里》（曹乃谦著）、《白色鸟》（何立伟著）等文笔与思想兼备的优秀作品，我们可以断言，更为真实的"汪味小说"队伍一定远远长过、大过这个简单的列举。另外，也一定还有"汪味散文"，汪曾祺既是中国当代小说的高峰，也是中国当代散文的高峰。更要强调的是，"汪味文学"的一大特征就是小说与散文边界的有意模糊。比如钟敬文、邓九平主编，北京师范大学出版社 1998 年出版的《汪曾祺全集》，就有不少小说集里有散文作品，散文集里掺杂小说的例证。一方面可能是选家粗心，另一方面也说明汪曾祺写作的"跨界"。

一

何为"汪味"？

非完全态的"汪味"肯定在汪曾祺之前就已出现了。对它，我们一直可以追溯到中国文学历史、中国文化历史深处，从那里探察"汪味"之

---

[1] 何立伟：《关于汪先生》，《文学自由谈》1990 年第 3 期。

源。先秦诸子，唐代的韩愈、宋代的欧阳修、明代的归有光、清代的沈复等都是汪曾祺心仪的先贤。在中国现代文学三十年的作家里，鲁迅、废名、沈从文、闻一多、朱自清、孙犁、赵树理等人的创作都曾深刻地影响了汪曾祺。汪曾祺的文学作品，是"汪味"最集中、最典范、最完满的呈现。最纯正的"汪味"只有汪曾祺一人。余者，只能是相类相似，程度也会有远近、表里之别。"汪味"可以是一种文学形态，可以是一种阅读感受，但不表明一种师承关系。

"汪味"不会是一个周延的美学范畴，它是动态的、开放的，我们可以无限接近它，但不能抵达它。我们尝试对"汪味"的几种主要维度作一次相对有效的梳理和描述。

(一) 怀旧笔记

从本体论角度来说，人类经验是艺术的出发之地。一般来说回忆是艺术创作的总基调、总手段。我们也能看到描画未来的想象的作品，倘肯细细打量，我们便能找到"现实经验"的一鳞半爪。更值得注意的是，经过回忆过滤、淘洗的程度往往决定着艺术作品的成色。"我也愿意写写新的生活，新的人物。但我以为小说是回忆。必须把热腾腾的生活熟悉得像童年往事一样，生活和作者的感情都经过反复沉淀，除净火气，特别是除净感伤主义，这样才能形成小说。但是我现在还不能。对于现实生活，我的感情是相当浮躁的。"[①] 汪曾祺的小说放在一起大概可冠以"故人往事"的总题，与其说他醉心于写从前的生活，不如说他深谙文学创作之道。

"我们经常能够看到很多怀念20世纪80年代文学的文字，大家觉得那

[①] 汪曾祺：《桥边小说三篇·后记》，《汪曾祺全集》（第3卷），北京师范大学出版社1998年版，第461页。

是中国当代文学史的一座高峰。这样的结论可能让其后一直到目前的文学有些不好意思,甚至抬不起头来,毕竟我们的文学没有整体性地与时俱进,应该却没有攀上更高的艺术境界,让人们生出了一点失望情绪。"①1990年代以来的文学少了感悟的、艺术的和思想的质感,其中的原因纷繁复杂。但是过于跟风、过于即兴、过于现实的无时差书写,一定是起到了相反的作用,文学与生活之间最好隔开一段岁月,沉淀、冷静之后再做出反应才是文学的节奏。

《如意楼和得意楼》是汪曾祺小说中极普通的一篇,作品写出了评书般的奇趣,也写出了寓言般的深意。"竺家巷是一条不很长,也不宽的巷子,巷口就有两家茶馆。一家叫如意楼,一家叫得意楼。两家茶馆斜对门。如意楼坐西朝东,得意楼坐东朝西。两家离得很近。下雨天,从这家到那家,三步就能跳过去。两家的楼上的茶客可以凭窗说话,不用大声,便能听得清清楚楚。如要隔楼敬烟,把烟盒轻轻一丢,对面便能接到。如意楼的老板姓胡,人称胡老板或胡老二。得意楼的老板姓吴,人称吴老板或吴老二。"②小说的笔墨很快汇聚在茶楼的食单上,不厌其详:包子、蒸饺、烧卖、千层油糕、糖油蝴蝶花卷、蜂糖糕、开花馒头……但是,双生子一样的两家茶馆生意却是判然有别,一家兴隆火爆,另一家则门庭冷落。行文至此,读者依然云里雾里,不知其所以然。到结尾处,作家突然抛出答案:"吴老二蹙着眉头想:我怎么就这么不走运呢?他不知道,他的买卖开不好,原因就是他的精神萎靡。他老是这么拖拖拉拉,没精打采,吃茶吃饭的顾客,一看见他的呆滞的目光,就倒了胃口了。一个人要兴旺发达,就得有那么一点精气神。"③汪曾祺特别重视中国人的心理状

---

① 林超然:《汪曾祺与汉语现代化》,《文艺评论》2015年第3期。
② 江曾祺:《故人往事·如意楼和得意楼》,《汪曾祺全集》(第2卷),北京师范大学出版社1998年版,第169—170页。
③ 同上书,第174页。

态，特别是中华民族的精神气质。汪曾祺借微末素材，经由回忆磨炼，展开的是宏大叙事。

（二）诗化民间

汪曾祺用抒情性文字虚构了一个艺术民间，一个诗化社会，一个精神世界。作品中的人物并没有居住在世外桃源，"但是他们最大可能保留了另外一种生活方式，甚至是时代文明之外的一种模式，有时它与正统文化水乳交融，有时却又是截然对立的，这种模式我们姑且称之为'民间的文明'。这种文明不能简单地用'好'或'不好'来评判，'礼失而求诸野'这句话在此是意味深长的"[①]。这个"艺术民间"当然来自现实，它可能来自特别不起眼、特别容易被忽视的一小部分、一个角落，但确实能够在真实生活中找到生动的、鲜活的对应。

汪曾祺有着浪漫主义情怀，采用过多种现代主义创作手法，但归根结底，他是一个现实主义作家。汪曾祺说："我写的人物大都有原型。移花接木，把一个人的特点安在另一个人的身上，这种情况是有的。也偶尔'杂取'种种人，把几个人的特点集中到一个人的身上。但多以一个人为主。当然不是照搬原型。把生活里的某个人原封不动地写到纸上，这种情况是很少的。对于我所写的人，会有我的看法，我的角度，为了表达他的一点什么'意思'，会有所夸大，有所削减，有所改变，会加入我的假设，我的想象，这就是现在通常所说的主体意识。但我的主体意识总还是和某一活人的影子相黏附的。完全从理念出发，虚构出一个或几个人物来，我还没有这样干过。"[②] 汪曾祺文学里的原型，大多来自他曾经生活和工作过的地方。今天，在汪曾祺的故乡江苏高邮，父老乡亲们轻易就能说出，谁

---

① 林超然：《凶案的文学预谋》，《名作欣赏》2008年第7期。
② 汪曾祺：《汪曾祺自选集·自序》，《汪曾祺全集》（第4卷），北京师范大学出版社1998年版，第94页。

是王二(《异秉》)的后人,谁是叶三(《鉴赏家》)的孙子。

汪曾祺热衷在社会底层的语境里讲述故事,在他看来,美在身边、美在本分、美在日常、美在民间。他笔下的"凡人小事",有一种与众不同的艺术神韵和精神气度,他从自我的人生体验出发,但绝不顾影自怜,而是胸怀天下,因为有真感情真境界,所以他的作品才于世道有补,于人心有助,于时代有益。

"松""竹""梅",是中国各种传统艺术表达的重要题材、代表意象,谓之"岁寒三友",寄寓了丰富的道德色彩和人文精神。"岁寒"表明了一种生存、生活环境的困难,而"三友"强调的是相互扶持、相互救助的感人图景。作为深受中国传统文化濡染的作家,汪曾祺必然能够更加准确地体察和诠释"松""竹""梅"的文化深意,内化于心,外化于形,很少有人能够做得像他这般优卓。可以说,他的小说《岁寒三友》,就是"松""竹""梅"的人物版、人生版。"这三个人是:王瘦吾、陶虎臣、靳彝甫。王瘦吾原先开绒线店,陶虎臣开炮仗店,靳彝甫是个画画的。他们是从小一块长大的。这是三个说上不上,说下不下的人。既不是缙绅先生,也不是引车卖浆者流。他们的日子时好时坏。好的时候桌上有两个菜,一荤一素,还能烫二两酒;坏的时候,喝粥,甚至断炊。三个人的名声倒都是好的。他们都没有做过伤天害理的事,对人从不尖酸刻薄,对地方的公益,从不袖手旁观……因此,他们走在街上,一街的熟人都跟他们很客气地点头打招呼。"[1] 这还是他们的人生常态,现实的温度尚可忍受,他们对生活的要求本来就不多,"三友"仍可以将自己放在简朴的诗意里。

然而天有不测风云——小百姓的命运波折常常更多。王瘦吾后来改开

---

[1] 汪曾祺:《岁寒三友》,《汪曾祺全集》(第1卷),北京师范大学出版社1998年版,第344页。

草帽厂，本来生意好，结果遇到地方黑恶势力的一番巧取豪夺，厂子突然没了，王瘦吾一病不起，"卖机子的钱、连同小绒线店的底本，全变成了药渣子，倒在门外的街上了"①。陶虎臣呢？因为四乡闹土匪，县政府和当地驻军联名出了一张布告："冬防期间，严禁燃放鞭炮。"转年，又赶上蒋介石搞"新生活运动"，完全取缔了鞭炮。"二十块钱，陶虎臣把女儿嫁给了一个驻军的连长。"②从外面回来的靳彝甫目睹了他们的落难，为了救友，他把心尖子命根子一样的三块田黄卖给了大画家季匋民。他们是真正的患难之交，难友对难友的扶助，让我们见到了大美的人情。《岁寒三友》是一首荡气回肠的抒情长诗，这篇小说是了解中国传统人情社会、了解淳朴民间风习和道德力量的精致读本。

（三）和谐美学

汪曾祺曾有一段人们耳熟能详的创作宣言："我是一个乐观主义者。对于生活，我的朴素的信念是：人类是有希望的，中国是会好起来的。我自觉地想要对读者产生一点影响的，也正是这点朴素的信念。我的作品不是悲剧。我的作品缺乏崇高的、悲壮的美。我所追求的不是深刻，而是和谐。这是一个作家的气质所决定的，不能勉强。"③ 道德与美，将是人类最后的救赎。这是汪曾祺的创作主张，也是他的人文理想和信念。

如果读汪曾祺不多，在看到《王四海的黄昏》的时候，会觉得这是一则现代版的吕布和貂蝉的故事，何况小说中确有个外号叫貂蝉的美丽女子。王四海是走江湖跑码头的好汉，他会表演护手钩对单刀、花枪，单人南派猴拳，拿手绝活是"力胜牡牛"，他除了献艺还卖膏药，也可以说他

---

① 汪曾祺：《岁寒三友》，《汪曾祺全集》（第1卷），北京师范大学出版社1998年版，第360页。
② 同上书，第344页。
③ 汪曾祺：《汪曾祺自选集·自序》，《汪曾祺全集》（第4卷），北京师范大学出版社1998年版，第95页。

献艺为的是卖膏药。"打虎亲兄弟,上阵父子兵。王四海的这个武术班子,都姓王,都是叔伯兄弟,侄儿侄女。他们走南闯北,搭过很多班社,走过很多码头。大概五省联军总司令孙传芳到过的地方,他们也都到过。他们在上海大世界、南京夫子庙、汉口民众乐园、苏州玄妙观,都表演过。他们原来在一个相当大的马戏杂技团,后来这个杂技团散了,方由王四海带着,来跑小码头。"①

江湖有江湖的规矩,但王四海一步一步破坏了这个规矩一是他不该动真情恋上了五湖居客栈女老板貂蝉;二是他们已在承志桥边演了四十多场,王四海不顾观众日渐稀少还要准备再演半个月;三是"力胜牯牛"骗局败露后,王四海竟然决定不再远走,就此落地生根了。了解汪曾祺的人一定知道,他不会只满足于写个美女英雄的故事。王四海爱貂蝉是真,他主动的道德反省也是真。他不想再"骗"着活下去了,他用心学会了做真的膏药。还有,"他不愿人议论他是贪图五湖居的产业而要了貂蝉的,五湖居的店务他一概不问。他还是开他的膏药店"。"貂蝉生了个白胖小子,已经满地里跑了。"② 这样美好的结局,是道德的一种胜利,也是人物主动自我完善的一种胜利。升斗小民王四海竟能如此,夫复何求?

世间没有哪种诗意是完美无缺的。想起从前,王四海偶尔也会有些微怀念,但这一点点愁绪转瞬即逝,已构不成对处于人生上升期的王四海的实质干扰。黄昏并非末路,并非感伤,而是写满诗意。"王四海的黄昏",是另一种意义上的"王四海的清晨"!让人物自觉与道德、与"善"与"美"看齐,走向和谐场域,是汪曾祺小说的主题,《徙》《茶干》《晚饭花》《虐猫》《云致秋行状》《鞋底》《陆判》等数十篇作品概莫能外。

---

① 汪曾祺:《王四海的黄昏》,《汪曾祺全集》(第2卷),北京师范大学出版社1998年版,第20页。
② 同上书,第27页。

(四) 语言在上

汪曾祺专门探讨文学语言的理论文章有20多篇，他反复重申自己对于语言的追随与信仰，《"揉面"》《说短》《关于小说的语言》《文学语言杂谈》《小说陈言》《小说的思想和语言》《语文短简》等，贯穿汪曾祺近60年的文学创作生涯，对语言专注、执着到如此程度的中国当代作家非常稀见。他说过："一个作家能不能算是一个作家，能不能在作家之林中立足，首先决定于他有没有自己的语言，能不能找到一种只属于他自己，和别人迥不相同的语言。"①

可能我们翻遍所有世界文学，再也找不到在5000字的篇幅里一口气写上11家茶馆的第二件作品了。文学会有意地对生活进行间离和设喻，过于熟悉的、缺少区分度的同质化素材，作家通常选择避让，它们一般不大可能连绵不绝地出现在同一部作品中，因为这样写作将面临巨大的挑战，非常容易费力不讨好，甚至留下一个惨败的记录。而汪曾祺可谓艺高人胆大，他的《泡茶馆》敢冒这样的风险。

李渔曰："编戏有如缝衣，其初则以完全者剪碎，其后又以剪碎者凑成。剪碎易，凑成难，凑成之工，全在针线紧密，一节偶疏，全篇之破绽出矣。"②《泡茶馆》这样的作品必经过无数次经验和感悟的"剪碎""凑成"的反复过程才能修成正果，它有着多方面的示范意义。汪曾祺说过："如果我现在还算一个写小说的人，那么我这个小说家是在昆明的茶馆里泡出来的。"③"茶馆"肯定不限于"茶馆"，它可能是有关一切艺术、文化筹备的重大的精神隐喻。

---

① 汪曾祺：《阿成小说集〈年关六赋〉序》，《汪曾祺全集》（第5卷），北京师范大学出版社1998年版，第109页。
② （清）李渔：《闲情偶寄》，单锦珩校点，浙江古籍出版社1985年版，第9—10页。
③ 汪曾祺：《泡茶馆》，《汪曾祺全集》（第3卷），北京师范大学出版社1998年版，第375页。

作为阅读者，我们单是看下这些茶馆的路线图就觉得头大——"正义路原先有一家很大的茶馆，楼上楼下，有几十张桌子"。"从联大新校舍，往东，折向南，进一座砖砌的小牌楼式的街门，便是凤翥街。街角右手第一家便是一家茶馆。""由这家往前走几步，斜对面，曾经开过一家专门招徕大学生的新式茶馆。""再往前几步，路东，是一个绍兴人开的茶馆。""再往前，走过十来家店铺，便是凤翥街口，路东路西各有一家茶馆。""进大西门，是文林街，挨着城门口就是一家茶馆。""和这家斜对着的一家，跟这家截然不同。""由这两家茶馆往东，不远几步，面南便可折向钱局街。街上有一家老式的茶馆。""文林街中，正对府甬道，后来新开了一家茶馆。""文林街的东头，有一家茶馆，是一个广东人开的，字号就叫'广发茶社'。"① 而令人吃惊的是，汪曾祺慢慢悠悠、无比耐烦地一家一家地一路写下来，最终一家家茶馆变成一件件个性鲜明、色彩斑斓的精美刺绣，何其了得。

我们感佩汪曾祺的体察入微，更服气他语言的百变之能。对于文学语言的重要性，汪曾祺觉得不论怎样强调都不过分；而且，还不限于文学，所有的文章都要过语言关，都要写得"清通"。比如关于理论文章，他说："我觉得评论文章应该像一篇文章，就是说要讲究一点语言艺术，写得生动一点，漂亮一点。"② 今天的作家、学人不少已不懂得或不理睬文章构成法，这几乎成了当下的流弊。至于非专业人士，"对案至不能一札"的情况越来越多。写作，成了许多中国人能力的短板。

文学是语言的艺术，文学应该成为语言发展的贡献者和推动者。如果某个时代的作家没有做到这一点，作为语言艺术的行动人，很难说他们是及格的。"伟大的诗歌总是在语言的历史上造成轮廓鲜明的分期：意大利

---

① 汪曾祺：《泡茶馆》，《汪曾祺全集》（第3卷），北京师范大学出版社1998年版，第367—374页。
② 汪曾祺：《何时一尊酒，重与细论文》，《文学自由谈》1991年第3期。

语、英语、德语在但丁、莎士比亚、歌德去世之时，都已不同于这些诗人出生之时了。"① 真正大师级的作家，一定是他所处时代的语言领袖。如果从这个角度来判断，那么汪曾祺显然当之无愧。

二

在中国当代文学史上，很少有哪个作家的创作链条像汪曾祺一样完整，从20世纪40年代到90年代，每个时期都有很好的文学表现。纵使在"文革"十年中，他还有一部《沙家浜》。他以独特的创作丰富了中国当代文学，影响了几代作家。那种清新俊逸、明媚厚朴的文风，发于不得不发，止于不得不止，洋溢着和谐、乐观的、令人神往的人文精神，最终把读者引向对一切美好的盼望与求索。

桃李不言，下自成蹊。一大批精英作家集结在汪曾祺的旗下，更为壮观的是这批作家身后又集结着他们的人马，使这个大家族日益枝繁叶茂。这对最终形成中国当代文学的多元化格局，自是功劳卓著，而汪曾祺等人的作品，成为各期文学极其珍贵的收获。

何立伟甘愿尊汪曾祺为师。他是湖南作家群（湘军）的一只领头雁，也是沈从文一脉小说的真正传人，他的《白色鸟》曾获1984年度全国优秀短篇小说奖，出版过中短篇小说集《小城无故事》《天下的小事》《老康开始旅行》《老何的女人》，长篇小说有《你在哪里》《像那八九点钟的太阳》等。他为湖南文坛增色许多，中国当代文学也因之多了一种描写古铜色生活的"新小说"。

何立伟小说的眉眼同汪曾祺有太多的相似，甚至还可说汪曾祺是何立伟从事小说创作的主要诱因。何立伟曾在一篇散文里描述自己被汪氏小说一下击中的情形："八九年前，我在一份杂志上偶尔读到汪先生的小说：

---

① ［德］卡西尔：《人论》，甘阳译，上海译文出版社1985年版，第287页。

《受戒》《异秉》《岁寒三友》，我木在那里不能动弹了。我不知道天下还有这样的奇文，我更不知道小说居然可以写得像柔曼的音乐，于是奔走相告，与文友共赏之。文友亦个个拊掌叹绝。我那时尚未学着做小说，我也深深怀疑自己究竟有不有一份做小说的才能（比如我不大会'观察'生活），何况其时文坛上多半的小说，不是肤浅地反映改革，就是一味地模仿海明威（比方模仿他电报似的对话）、福克纳，把文章做得'洋'得可疑。我想我即使学着做小说，也断不学做这一路的东西。我想做哪一路的小说呢？或说，做哪一路的小说更符合我自己的个性素质呢？我读了汪先生的小说，忽然，心中有底了！所以在我面临文学的选择时，汪先生的文章是十字路上一道启示的光亮。我要感激他，虽然他根本不知道这份遥远的而且是偷偷的感激。"①

在何立伟的眼中，汪曾祺是中国当代文学的泰斗，其地位至高无上，无人能够匹敌："如果作家也像围棋选手那样，以段位区分技艺高卑，则汪先生无论如何也在九段以上。汪先生，他的文章照我看来，在艺术的炉火纯青上，在风格的凸出与纯正上，在境界的高远同透明上，目前的文坛无有出其右者，所谓先生文章甲天下也。"②

而汪曾祺也能从何立伟作品读出栀子花一样的香味和哀愁。"面对这种行将消逝的古朴的生活，何立伟的感情是复杂的。这种感情大体上可以名之为'哀愁'。立伟是珍惜自己的哀愁的。他有意把作品写得很淡。他凝眸看世界，但把自己的深情掩藏着，不露声色。他像一个坐在发紫发黑的小竹凳上看风景的人，虽然他的心上流过很多东西。有些小说在最易使人动情的节骨眼上往往轻轻带过，甚至写得模模糊糊的，使人得捉摸一下才明白是怎么回事。……像《花非花》那样窒息生机的生活，是叫人会喊

---

① 何立伟：《关于汪先生》，《文学自由谈》1990年第3期。
② 同上。

叫出来的。但是何立伟并没有喊叫,他竭力控制着自己的激情,他的忧愤是没有成焰的火,于是便形为沉郁。也仍然是不动声色的,但这样的不动声色而写出的貌似平淡的生活却有了强烈的现实感。我很高兴何立伟在小说里写了希望。"[1]

可以说何立伟的小说与汪曾祺的作品在精神实质上是同向的,那就是写人的生命的亮色,这种亮色可以不耀眼,但这种亮色完全可以使这一生命能够被人从黯淡的背景中认出来。汪曾祺对何立伟极尽鼓励、扶掖,何立伟视汪曾祺为业师,他们一同用小说的形式写诗,一同来做语言宗教的信仰者,我们在阅读他们作品的时候有时难辨孰汪孰何,这是汪曾祺悉心教诲的结果,也是何立伟苦心探求的收获,何立伟盯牢的始终是前面的、汪曾祺整齐坚实的脚印。

何立伟当然不会只停留在一味地跟从汪曾祺这一层面上,他从汪曾祺那里获得的更多的是精神指引,因此,何立伟与汪曾祺又有着不同的文风,他们是两个作家,而不是一个。何立伟的语言实验较之汪曾祺更为大胆,其结果是"皆成就一种独有的音乐韵律与画面联想的美感,且赖以完成形象的传神勾勒和意境的苦心营造"[2]。但是我们要说,在饱含诗意地写出"对生活的直觉"这一点上,何立伟无疑是汪曾祺出色的继承者。

另一作家阿成的情况也有与何立伟相似处。阿成生于1948年,其年齿长于何立伟,但扬名天下却略晚一步。他出版小说集《年关六赋》《安重根击毙伊藤博文》《城市笔记》《良娼》(法文版)《空坟》(英文版),长篇小说《忸怩》《马尸的冬雨》,随笔集《哈尔滨人》《殿堂仰望》《和上帝一起流浪》等40余部。作品被译成法、英、德、日、俄等多种文字。阿成不但是汪曾祺队伍里的人,而且不是普通一兵。

---

[1] 汪曾祺:《从哀愁到沉郁——何立伟小说集〈小城无故事〉序》,《汪曾祺全集》(第3卷),北京师范大学出版社1998年版,第458页。
[2] 何立伟:《美的语言和情调》,《文艺研究》1986年第3期。

阿成小说惯用调侃、轻松的笔记体，拼力书写的是中国文化传统里弥足珍贵的各种美。"国人活得已经很累了，应该有怡情的享受。这享受，倘若要速溶，怕是民族的东西来得更痛快罢。"① 其小说大都勾勒哈尔滨城市历史风情、民俗文化中沉浮的种种生命现实。"看了阿成的小说，我才知道圈儿里，漂漂女，灰菜屯……我才知道哈尔滨一带是怎么回事。阿成所写的哈尔滨是那样的真实，真实到近乎离奇，好像是奇风异俗。然而这才是真实的哈尔滨。可以这样说：自有阿成，后世始识哈尔滨——至少我说起来是这样。"② 这是太高的赞誉了，哈尔滨自有多种途径闻名世界，汪曾祺想说的是以小说的方式接近这座东方名城的人只有阿成一个。

《良娼》写的是旧社会的落难商人和娼女的爱情传奇，写的是一种理解和体谅，写的是一腔柔情。阿成擅长写底层人的生命奇迹。小说《良娼》原有一种凄婉的底色，却走向了昂扬向上的美学气质。曾获得首届鲁迅文学奖的《赵一曼女士》用两封身份、口吻不同的遗书，写出了作为革命家、作为母亲的双重伟大，让英雄形象血肉丰满，让母亲形象顶天立地，从而使作品产生了一种震撼心灵的作用。《年关六赋》借寻常生平、寻常日子，撷取最朴素、最本色的生活细节，来写小百姓的生命现实。他们各自的人生好像有极多的不同，其实分野不大，都少不了"坚硬""皮实"的质地。"我写过这本小册子后，我有一条发现，那就是——中国真是一个能吃苦的民族。这样的民族，应当被其他国家刮目相看。"③ 我们这个民族正是靠着这种坚忍的品性越过一个又一个急流险滩的。

阿成是个有强烈感情热度的现实主义作家。"阿成甚至很少把笔墨分给那些官场人物，至多送上冷蔑的一瞥。他以写自己熟悉的小人物为限。

---

① 阿成：《寻求天籁之音》，《小说选刊》1989年第12期。
② 汪曾祺：《阿成小说集〈年关六赋〉序》，《汪曾祺全集》（第5卷），北京师范大学出版社1998年版，第108页。
③ 阿成：《胡地风流》，中国青年出版社1999年版，第263页。

在他笔下我们经常看到的是那些生活的弃儿、边缘人、官场社会和科举制度的下手。他们由于种种原因，生活窘迫，人格萎缩，艰难地挣扎在世人中间。别看阿成对冷漠的人生极尽挞伐，可是对这些无助的小人物却十分宽厚。他总是抱着同情去写他们的悲哀，因而其现实主义就较多一层温热。"① 比如《年关六赋》中展示的父慈子孝兄宽弟忍的欢乐和谐，尽管被现代文明冲荡，总算还是最大可能地保留了先前的古意。阿成对于这种底层生活，怆然之外却总有些自我安慰。"我们这些平头百姓，是不可能染指这些大菜的（指满汉全席）。列列菜单，长长知识，感慨感慨就行了。萝卜白菜，也是一种造化、一种修行。"② 这种艺术心态也与汪曾祺相似，只是阿成的作品多了些冷色幽默。

两者的作品甚至在篇章结构上也存在着惊人的一致性。阿成有一篇小说《拉手风琴的》，全文仅有千字，不妨全录于下，以之为参照、比较的"麻雀"：

　　哈尔滨有家卖百货也卖吃食的秋林公司。这货家，听说不仅在中国，在国外也有名声。

　　秋林公司很豪华，也很有气派，早年进入这里的人物，苦日子过得大都不多。甚至没有遭遇过。脸上的表情都很愉快，步履也有弹性。一进去，香气扑鼻，他们却有点漫不经心。其中不少顾客是俄国人。到这里的第一层（第一层专售副食）买大列巴（大列巴统是黑的，酸了巴叽的，俄国人不认精粉面包，有趣儿）、小面包、大粗茶肠（卖茶肠很讲究，倘若是半截的，一定要在断面上再切下一片，不要了，然后再卖给你）、奶酪、奶油、酸黄瓜、果酱。听说他们没这东西根本不行。就是穷苦人也如此——饮食的起点比较高。

---

① 张景超：《以自我和经验创造完美》，《文艺评论》1997年第2期。
② 阿成：《胡地风流》，中国青年出版社1999年版，第263页。

而且这里卖的这些洋食都是正宗。哈尔滨别的地方也卖,是模仿的,就差了。

仍是早年。在秋林公司的门口,有一位落魄的白俄。六十多岁,所谓花甲之龄。名字,只知道叫谢辽沙——这个名字,在中国人的感觉里,一直是很漂亮的,也给人一种年轻感。

谢辽沙的右手,只有两个指头。听说二次世界大战时,他曾在丹麦打过仗。巴扬(手风琴的一种)拉得好,拉得活泼,拉得精神,拉得顽皮,拉得有爆发力,拉得如醉如痴,同时,也拉得很伤感,甚至有点孤独。就坐在秋林门口不停地拉。面前,仰面放顶破些的礼帽。行人,或听众可以把钱施舍到那里。

谢辽沙拉的都是俄国曲子,翻来覆去,其实就那么几首。像《黑龙江的波涛》,像《红莓花儿开》,像《孤独的手风琴》,像《瓦夏瓦夏好瓦夏》,像《你曾经是这样》。拉起来,谁也不看,包括有人把钱扔到礼帽里也不看。一曲连着一曲,有点像现在的歌曲连奏(也可能这种连奏形式,就起源于乞丐),总是不停地拉。有时有孩子听,也有知识分子模样的人听,也有客居中国的俄国人听。看他仅有的两个指头在键盘上,上上下下地跳动。播送的一曲又一曲,听众在心里哼之。常常见俄国人落泪,用俄语同他说几句。他只是点头。回答得也很简单。

雨天,他也来,靠在大幅面的橱窗前,凭房檐避雨,站着拉琴。琴声于潇潇的雨界,传至每一个街头,树下,门洞,以及在商亭下避雨的人。

他就那样拉。或者看一会儿雨,独自用俄语忧郁地说:没有过去,没有将来,只有现在……

琴师一直没有回国。莫斯科不好吗?基辅不好吗?乌拉尔的农村不好吗?一泻千里的顿河、伏尔加河不好吗?

他就在哈尔滨的秋林公司门口拉琴——或落叶时，或下雪时，或在寒疆里明媚的春天。

为什么他不回到他的祖国去？

谢辽沙过世后，下葬在两区交界的文化公园。那里有几亩格外划出来做外国侨民的墓地。

春天了，谢辽沙的墓前，总有几枝野花，或扎成的小花圈，放在那里。

听说，都是听过他拉手风琴的人送的。

这些人，在 40 到 60 岁的光景。

你好！谢辽沙。

小说流淌着一种散文化韵致，若有若无的情节干净而平稳地展开，作品先叙风土人情，在许多文字缓缓流过之后，人物才慢慢出场。作家不掺一丝自己的武断，听任人物以自己的言行来进行人格演示，听任读者随意评判故事的是非曲直。结尾处的"你好！谢辽沙"亦似曾相识，让人悠然记起汪曾祺小说《钓鱼的医生》的收笔句"你好，王淡人先生"。作家按捺不住，终于跳出文字直抒胸臆，两位作家如出一辙。

三

毋庸置疑，汪曾祺是最好的"汪味"小说家，他通过自己的努力使这类小说臻于完美。但他毕竟不是神，他的文学作品也不可能都是完美至极无可挑剔。客观地讲，汪曾祺本人也难以将"汪味"进行到底。比如在他创作生涯最后的七年，有些作品就未必保持了先前的水准。对于《尴尬》《黄开榜一家》《小嬢嬢》《辜家豆腐店的女儿》《薛大娘》《窥浴》等作品，评论界大概有两派意见：一种是作家了无牵绊终于彻底进入自由抒写境界；另一种是作家创作心理陡然生变才华枯涩。两派意见都有些极端，也都不肯让步。我们可以暂时忽略这种聚讼,单单就看一条——这样的小说到底起了好的美学作用还是正好相反。我们不能要求作家成为完人,一位写作了《职业》《徙》《鉴赏家》《异秉》《受戒》《大淖记事》《八千岁》《黄油烙饼》的作家,一位可以拿出30篇以上文学经典作品的作家,一位半个世纪都在高处少见水准下滑的作家,不要说在中国,即使在全世界也是不易找到的。我们还要提更过分的要求吗?

汪曾祺可谓作家的作家。

(一)作家的作家

他对其他作家产生影响,最直接的方式当然是作品,加之他"写作颇勤快",来自这方面的影响之大是可想而知的。汪曾祺面对面课徒的机会可能并不多,他在鲁迅文学院做过创作导师,另外就是通过各种形式的讲学与听众沟通。至于书面指导,可以是跟青年作家的通信,可以是带有意见的推荐发表,也可以是用心用力为作家们写序。汪曾祺为别人作的序言,每每语重心长,这些序言非常值得重视——《阿成小说集〈年关六赋〉序》《正索解人不得——黑孩散文集〈夕阳正在西逝〉序》《何时一尊酒,重与细论文》《一种小说——魏志远小说集〈我以为你不在乎〉序》《日子就这么过来了——徐卓人小说集〈你先去彼岸〉序》《相看两不厌——先燕云散文集序》……这些序言加起来,几乎就是他个人全部的写作纲领。

汪曾祺是左手搞创作,右手搞理论的人,是个"多栖"主义者。他的理论建树涉及民间文艺、戏剧、美术、书法等各个领域。他的文学主张可以看作当代文学理论建设的一笔财富。汪曾祺的文学观,除了借重前面提到的形式,更多见于他的三类文字:"一是序言或后记,把自己开拓的小说领域的体悟记录下来,如《晚翠文谈·自序》《当代散文大系·总序》《桥边小说三篇·后记》等;二是直接评论某些作家和作品,这些都是曾深度影响过他的作家,或是甘愿集结在他旗下的文学新人,如《星斗其文,赤子其人》《万寿宫丁丁响》《阿索林是古怪的》《一个过时的小说家的笔记》等;三是随感式的文字,如《我是一个中国人》《录音压鸟》《创作的随意性》《沈从文的寂寞》等。"①

(二) 师生情深

沈汪的师生情谊,无疑是20世纪中国文学史的一段佳话。

汪曾祺求学西南联大时期的老师都是大师,但当年大师之间却未必相互认可。我们常能听到这样一个故事,说1943年西南联大聘请沈从文为教授,"月薪360元",刘文典对此愤愤不平:"陈寅恪才是真正的教授,他该拿400块钱,我该拿40块钱,朱自清该拿4块钱。可我不给沈从文4毛钱!"刘文典友人的文献里曾记述他"从心所欲""言语夸诞",所以面对这个人对自己的"轻贱"沈从文是不会当真的。这掌故只是"据说",后世也是不必当真的。但西南联大藏龙卧虎人才济济,却一定是真的。沈从文是叱咤中国现代文学史的一代大师;中华人民共和国成立后,沈从文转业做中国古代物质文化史研究,投身玉、陶瓷、漆器、铜镜、扇子、丝绸、服饰等众多领域,又成了中国文物研究大师,足见"不值四毛钱"的人非同凡响。

汪曾祺写沈从文的篇什极多:《沈从文和他的〈边城〉》《沈从文的寂寞》《沈从文先生在西南联大》《一个爱国的作家》《星斗其文,赤子其人》《沈从文转业之谜》《〈沈从文传〉序》《"小山重叠金明灭"》《读〈萧萧〉》《又读〈边城〉》《中学生文学精读〈沈从文〉》《梦见沈从文先生》《与友人谈沈从文》等。可见沈从文在汪曾祺心中的崇高地位。我们不能简单地把这些看成一个学生对老师的致敬文字,而是一个

---

① 林超然:《汪曾祺论》,黑龙江大学出版社2013年版,第256页。

后学作家对前辈作家的深沉认同,是一座高峰向另一座高峰的眺望与激赏。

《星斗其文,赤子其人》是一篇汪曾祺对恩师沈从文的伤悼文字。开篇就写到了傅汉斯、张充和伉俪写给沈从文的挽联:"不折不从星斗其文,亦慈亦让赤子其人。"汪曾祺深以为然,觉得这极好地概括了沈从文的一生。文章花了很多笔墨追忆沈从文的为人、为文,写他的人格大境,写他对文学的赤诚。"他年轻时常常夜又继日地写。他常流鼻血。血液凝聚力差,一流起来不易止住,很怕人。有时夜间写作,竟致晕倒,伏在自己的一排鼻血里,第二天才被人发现。我就亲眼看到过他的带有鼻血痕迹的手稿。他后来还常流鼻血,不过不那么厉害了。他自己知道,并不惊慌。很奇怪,他连续感冒几天,一流鼻血,感冒就好了。他的作品看起来很轻松自如,若不经意,但都是苦心刻琢出来的。《边城》一共不到七万字,他告诉我,写了半年。他这篇小说是《国闻周报》上连载的,每期一章。小说共二十一章,$21 \times 7 = 147$,我算了算,差不多正是半年。这篇东西是他新婚之后写的,那时他住在达子营。巴金住在他那里。他们每天写,巴老在屋里写,沈先生搬个小桌子,在院子里树荫下写。巴老写了一个长篇,沈先生写了《边城》。他称他的小说为'习作',并不完全是谦虚。有些小说是为了教创作课给学生示范而写的,因此试验了各种方法。"① 汪曾祺这些详细的、亲人般的记述,是研究沈从文文学成就的重要文献,是探讨文学写作学、现代文学价值论的重要篇目,这样的记述和总结非汪曾祺这样真正的有心有力者不能完成。

老实讲,我们对沈从文文学高度的认知至今仍不充分。汪曾祺说:"除了鲁迅,还有谁的文学成就比沈从文更高?"②

---

① 汪曾祺:《星斗其文,赤子其人》,《汪曾祺全集》(第4卷),北京师范大学出版社1998年版,第252—253页。

② 李辉:《汪曾祺听沈从文上课》,《中华读书报》2004年4月14日。

此外，沈从文还是现代中国大学写作教学的重要奠基人，他的相关理念和具体做法，值得我们珍视，值得我们学习，值得我们好好研究和继承。这可能对扭转大学文学写作困境，对提升中国大学生写作能力，甚至提升民族人文素养都大有助益。

"沈先生面色如生，很安详地躺着。我走近他身边，看着他，久久不能离开。这样一个人，就这样地去了。我看他一眼，又看一眼，我哭了。"汪曾祺是向沈从文告别，也是向一个文学时代告别。"沈先生家有一盆虎耳草，种在一个椭圆形的小小钧窑盆里。很多人不认识这种草。这就是《边城》里翠翠在梦里采摘的那种草，沈先生喜欢的草。"① 像沈从文这样的作家，他的生活和他的创作是很难分清彼此的，因为两者之间早已实现了完全意义上的贯通融合。作为亲沥弟子，汪曾祺首先是沈派文学的掌门人，他要把这脉文风发扬光大，他显然做到了；他不会满足于继承，要盛开自己的灿烂，他是沈从文的得意门生，更是汪曾祺自己。我们能看到文学发展到汪曾祺，他带给文学史怎样强劲的变化。

沈从文之外，汪曾祺还给其他不少作家、作品写过评论。他曾仔细阅读过阿城，《人之所以为人——读〈棋王〉笔记》是一篇很重要的文章。汪曾祺格外留意阿城作品语言方面的探求，事实上也就是汪曾祺本人强调的直觉。他取绘画、雕塑等艺术之长以补间接造型的语言艺术之短，写物图貌，造势塑形。阿城遣词的大胆，是颇为脱俗的。为了真切传神，阿城作品的炼字常出奇意，令人叫绝。不仅用字奇谲，如"一盘一盘地吞""肉醉"，而且通过字词活用别出新意，诸如"笑容硬在脸上"，"鹰在天上移来移去"，"山上活紧时，常常累翻"，等等，不胜枚举。

---

① 汪曾祺：《星斗其文，赤子其人》，《汪曾祺全集》（第5卷），北京师范大学出版社1998年版，第261页。

"阿城是有师承的。他看过不少古今中外的书。外国的，我觉得他大概受过海明威的影响，还有陀思妥耶夫斯基。中国的，他受鲁迅的影响也是很深的。他似乎还受过废名的影响。他有些造句光秃秃的，不求规整，有点像《莫须有先生传》……阿城是敏感的。他对生活的观察很精细，能够从生活现象中看出别人视若无睹的情趣。他的观察是伴随了思索的。否则他就不会在生活中看到生活的底蕴。这样，他才能积蓄了各种各样的生活的印象，可以俯拾，形成作品。"[1] 阿城与汪曾祺在美学追求上是相通的，尽管作品不多，但他确是继汪曾祺的又一位重要的中国传统文化的崇拜者、卫道者和传播者。

如果说中国当代文学是一棵树，那么汪曾祺一定是非常粗壮、非常结实的一枝，而且它还在不断地分枝散叶。汪曾祺试图以一人之力衔接断裂的两个端口，一端为20世纪40年代的文学传统，另一端为新时期的文学，这是个巨大的工程，汪曾祺或许也有些力不从心，但他到底还是最大可能地担起了这一使命。汪曾祺的地位，很像是中国纯文学的处境，是不大可能太热闹的。真的不需要太过热闹，有些好的东西正是因为热闹，才导致变味、变质。

或许，铁凝、王安忆、贾平凹、赵本夫、叶兆言、苏童等人的一些作品也是"汪味"，其实还有许多作家的作品也有"汪味"。"但开风气不为师"的汪曾祺，他本人对这种称谓也未必认可、未必提倡。我们可以敬佩他，却不一定非要学他。更何况"汪先生的小说自成风格，学是学不来的。你没有他的阅历，没有他的学养，没有他盎然诗意的性情，你如何来学？我有时揣想：汪先生若活到如今，他的作品会有几个人来读呢？黄钟毁弃，瓦釜雷鸣，现实便是如此无情，亦是如此可笑。然而星光即使遥

---

[1] 汪曾祺：《人之所以为人——读〈棋王〉笔记》，《汪曾祺全集》（第3卷），北京师范大学出版社1998年版，第415页。

远，也总是有人抬起望眼。汪先生不热闹，但也决不寂寞，身前身后皆如此，因他是活在了时间中。"①"汪味文学"是不设门禁、没有围墙的，只要属意于它，就可大胆投奔；"汪味"更多时候是唯美的、道义的、积极的倾向，可归入良心文学之一种，所以纵使不肯集结到这面大纛之下，也该献上一份由衷的敬意。

---

① 何立伟：《但开风气不为师》，《光明日报》2007年6月8日。

全球语境下走向中国人的"生活美学"

刘悦笛

（中国社会科学院哲学所）

在中国，"生活美学"（aesthetics of living）已然成为当今社会和文化的关键热词，很多人在网络上问：为什么这些年"生活美学"这个概念在中国火了？其实，不只是概念火了，而更是践行热了。君不见，多少从事"茶道""花道""香道""琴道""汉服复兴""中装剪裁""美食美味""古典家具""古今收藏""工艺民艺""旅行民宿""非遗保护""公共艺术""艺术教育""艺术授权""创意产业""游戏动漫""室内设计""地产开发""社区规划"乃至"城市顶层设计"的人士，都积极融入"生活美学"的宏大队伍中去了。这些"生活美学"的同道，此时此刻正在全国各地传播着"生活美学"。

"首届当代中国生活美学论坛"2016年在昆明省博物馆举办。当代"生活美学"成为中国美学最新思潮，成为时代发展的某种选择，它的感召力其实润物细无声。本次论坛嘉宾均为当代"生活美学"各领域的佼佼者，他们均以"生活美学"为生活方式，围绕衣、食、住、茶、香、花，回顾传统并有所新创，我们主办的"当代中国生活美学论坛"也将召开第三届。最近举办过的"云茶之夜"雅集，以"普洱茶生活美学"为主题，竟有一千多人参与，场面极为震撼，但"生活美学"的发展，不仅重于量，而且更重品与质。

这股生活潮流，并没有像呼吁重建传统文化、国学、美育那种"自上而上"的政府号令，而恰恰是"自下而上"地自然生长出来的，其国民心理基础，大概就在于"爱美之心人皆有之"吧。自然而然的生长，那是好事，如此才能长久持续。中国的确需要整体的"美学规划"，既然曾是"礼仪之邦"，那将来也要成为"美善之国"，这才符合礼乐相济之华夏悠久传统。

自2001年笔者首度提出"生活美学"理念之后，2003年完成博士学位论文，2005年《生活美学》正式出版，① 距今恰好十六年。时光荏苒，我一直在倡导"生活美学"——我们中国人自本生根之"生活美学"——我们要的，并不是生活的"美学"，而是审美的"生活"！

中国的"生活美学"，恰恰回答了这样的现实问题：我们为什么要"美地活"？我们如何能"美地生"？"生活美学"的核心主张，就是让人人都成为"生活艺术家"（artists of living）——在把艺术向下拉的同时，要把生活向上拉，我们都可以成为自己的"生活艺术家"！

所谓"生活艺术家"，是将各自的生活过成艺术，而不是为了艺术而艺术。生活艺术是"大写的艺术"，书画音舞则是"小写的艺术"。只有成为所谓"生活的"艺术家，生活才能成为艺术家般的生活；只有成为生活的所谓"艺术家"，艺术与审美才能回到生活的本真态。生活艺术家们要始终积极地向感性的生活世界开放，他们善于使用艺术家的技法来应对生活，从而将审美观照、审美参与、审美创生综合起来以完善生活经验。

首先就要问，到底什么是"生活美学"？这里的"生活"，乃是中国人自己的"生活"；这里的"美学"，也是中国化的本土"美学"。

---

① 刘悦笛：《生活美学》，安徽教育出版社2005年版。

何谓"生活"？生活乃是"生"与"活"的合一，"生"是自然的，"活"乃不自然。每个人都要"生"，皆在"活"。在汉语的语境里面，"生"原指出生、生命以及生生不息，终极则指生命力与生命精神，但根基仍是"生存"。"活"则指生命的状态，原意为活泼泼地，最终指向了有趣味、有境界的"存在"，大画家石涛"因人操此蒙养生活之权"当中的"生活"，正是此义。所以，为什么我最初曾用performing live后来改用performing living来言说这"活生生"之生活，就是由于中国人所理解与践行之"生活"，竟有如此的鲜活内涵与践履途径。

为何"生活"？人们不仅要"过"生活，要"活着"，而且要"享受"生活，要"生存"。生活也不仅仅是要"存活"，在存活的基础上，我们都要"存在"。在西方世界，"对古人来说，存在指的是'事物'；对现代人来说，存在指的是'最内在的主体性'；对我们来说，存在指的是'生活'（Living），也就是与我们自身的直接私密关系、与事物的直接私密关系"①。在这个意义上，中国人其实早就参透了生活的价值，他们由古至今都生活在同一个现世的"生活世界"当中，而不执于此岸与彼岸之分殊，这就是中国人所生活之"一个世界性"（one‐worldness）之大智慧。

如何"生活"？人们不仅过日子，而且，还在"经验"着他们的生活，绝大多数人的生活始终乃是不离于感性的。实际上，当代法国哲人列维纳斯（Emmauel Levinas）就曾说过，"所有的享受都是生存的方式（way of being），但与此同时，也是一种感性（sensation）"②。大家知道，"美学"这个词，原本就是感性的意思，美学作为学科之本意就是"感性学"，但在中国，却将"感"学之维度拓展开来，从而将之上升到"觉学"之境，而这"感"与"觉"两面恰构成"不即不离"之微妙关联。因此，中国

---

① ［西］荷西·奥德嘉·贾塞特：《哲学是什么？》，谢伯让、高薏涵译，商周出版社2010年版，第245页。
② Emmauel Levinas, *Time and the Other*, Duquesne University Press, 1987, p.63.

的"美学",就不仅是西学的"感"学,而且更是本土的"觉"学。

何为幸福"生活"?"生活美学"之所以指向了"幸福"的生活,那是由于,所谓"来自某物的生活就是幸福。生活就是感受性(affectivity)与情感(sentiment),过生活就是享受生活"①。由古至今的中国人,皆善于从生活的各个层级当中,来发现"生活之美",去享受"生活之乐"。中国人的生活智慧,就在于将"过生活"过成了"享受生活"。于是乎,中国的美学就在"生活世界"上自本生根,它本然就是一种活生生的"生活美学"。

我们正是在找回"中国人"的生活美学,这是由于我们要为中国生活立"心"——立"美之心"!那么,中国人的"生活美学"智慧,究竟该如何呈现?我在中华书局出版的新书《中国人的生活美学》②(*Chinese Aesthetics of Living*)共分十讲,其结构可图示如下:

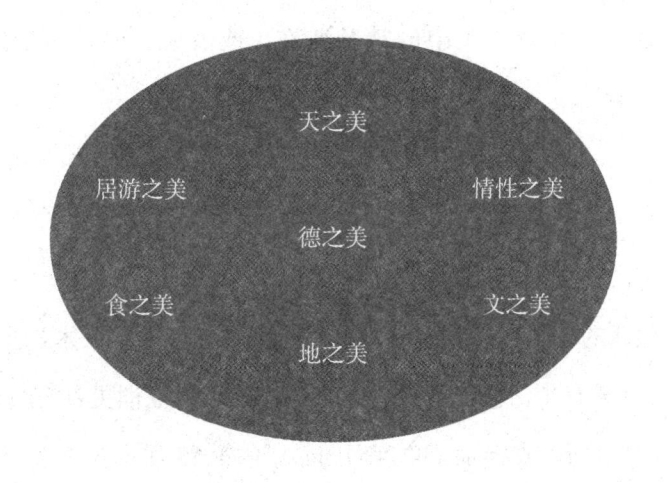

```
        天之美
居游之美      情性之美
        德之美
食之美        文之美
        地之美
```

从首至尾,依次是天时移易的"天之美"——鉴人貌态的"人之美"——地缘万物的"地之美"——饮馔品味的"食之美"——长物闲赏的"物之美"——幽居雅集的"居之美"——山水悠游的"游之

---

① Emmauel Levinas, *Totality and Infinity*, Matinus Nijhoff Publisher, 1979, p. 115.
② 刘悦笛:《中国人的生活美学》,中华书局2017年版。

美"——文人雅趣的"文之美"——修身养气的"德之美"——天命修道的"性之美",如果你按照顺序在图中画出曲线,竟好似蜜蜂飞舞的"8字舞"一般,但其实是按照阴阳鱼之交互游走而形成的,最后封闭成寰。这个横着铺展的8字顺序,越到下层越接"地气",越到上面越近"天意",从"天"到"人"开始,终通过"性"归于"天",从而形成了环环相扣之循环架构。

通过"天""人""地""食""物""居""游""文""德""性"这十个方面,我们试图深描中国人的"生活美学"智慧。但这本书所写的,其实都是"活着的"传统,尽管有些曾经短暂失去,但是如今,我们要把它们找回来。这就是我们将双脚扎根于本土所做的工作。因为"生活美学"最要回归生活当中来"活着",并要拒绝那种被博物馆化的"死去"。中国文化传统之所以延续至今,是由于生活自身的传统从未中断。"生活美学"就是这未断裂传统中的精髓所在,或者说,就是这传统精髓之"感"、之"觉"。

所以,"生活美学"成了中国人的生活智慧之精华,如今也具有了全球性的价值。我在美国做富布莱特访问学者期间,结识了当今著名思想家亚历山大·内赫马斯(Alexander Nehamas)。在思想交流中,这位曾撰写了名著《生活的艺术》(*Art of Living*)[①] 的普林斯顿大学荣休老教授曾惊叹道:"不仅欧美有生活艺术智慧,以中国为代表的亚洲更具有生活美学传统!"2013年我赴雅典参加了再度回归希腊的第23届世界哲学大会并参加特约圆桌,这三千多人参与的哲学界奥林匹克大会的主题便是"哲学作为审问明辨与生活之道"(Philosophy as Inquiry and Way of Life)。审思是理性的,只有理性主义者才会说"没有经过反思的生活是不值得过的";但生

---

① Alexander Nehamas, *The Art of Living*: *Socratic Reflections from Plato to Foucault*, Berkeley: University of California Press, 1998.

活却是感性的,人们在生活中所追寻的幸福方式恰恰是"生活之道","生活美学"在此是首要的,于是,"生活美学"就由此成为一种具有"全球价值"的观念和践行。

2012年,我在中国发起举办了一次国际美学会议"生活美学:东方与西方的对话",邀请了国际上的重要美学家史蒂芬·戴维斯(Stephen Davis)、阿伦·卡尔松(Allen Carlson)、阿诺德·伯林特(Arnold Berleant)、苏姗·费根(Susan Feagin)、玛丽·魏斯曼(Mary B. Wiseman)来共同商讨"生活美学"这个全球美学的最新前沿问题。这个会议的成果,就是我后来邀请国际美学协会前主席柯提斯·卡特(Curtis L. Carter)共同主编的英文文集。

在全球共建的平台上,2014年在英国剑桥学者出版社,我筹划主编出版的那本《生活美学:东方与西方》(Aesthetics of Everyday Life: East and West),就是以国际化语言向西方宣示:"生活美学"并不只是新世纪以来全球的美学新潮与主潮,更是东方特别是中国美学的原生形态。[①] 这本书被列入斯坦福哲学百科的"日常生活美学"(Aesthetics of Everyday Life)与"环境美学"(Environmental Aesthetics)两个词条当中,而且这两个词条,恰恰是美学类新增的两个词条,因为"生活美学"是最前沿的国际美学新生点[②]。2014年该书被美国美学协会(American Society for Aesthetics)列为"亚洲美学"重要参考书目,评价该书"通过聚焦于东西方比较美学,在使用日常生活与对象方面上做出了重要的哲学贡献",并在《哲学评论》杂志(Philosophy in Review)也有英文书评。

"生活美学"也正是东西方美学家们当下的共同事业,由此趋成一种"全球生活美学"才成为可能。既然中国美学本然就是"生活美学",我们

[①] Liu Yuedi and Curtis L. Cater eds., *The Aesthetics of Everyday Life: East and West*, Cambridge Scholars Publishing, 2014.

[②] https://plato.stanford.edu/entries/aesthetics-of-everyday/.

建构"生活美学"就需反本开新：反本土的"本"，开自新的"新"！在这本英文著作中，我把中国的"生活美学"叫作 Aesthetics of Living，也就是取 Living 这个进行时之活生生的"生活"之意。然而，欧美仍有人误解，觉得"中国的生活美学"就是西方那种"日常美学"（Everday Aesthetics），但"生活美学"尽管强调与日常生活之连续性，但同时亦强调审美超越生活之维度，美国美学家托马斯·雷迪（Thomas Leddy）也撰文评说我的"生活美学"，并追问其中的 Living 是否就是 Life？[①] 中国也多有误解，说生活美学与"生命美学""人生美学"是一回事，因为 20 世纪上半叶欧洲就有 Life Aesthetics（生命美学）之流派了，这必须要加以澄清。

今日"life"这个英文词，在古希腊语当中实际上包含两个泾渭分明的词：一个是 zoē，乃是指一切活着的存在（动物、人或神），他（它）们所共有的简单存活事实，接近于汉语的"生命"之义；另一个则是 bios，是指某一个体或群体的适合之生存方式或生活方式，[②] 接近于汉语的"生活"之义，然而，在现代语言当中，此种"生命"与"生活"之对立在词典中就消失了。我们的"生活美学"就是指后一意义，它指向了人们的生活如何活得有质量，如何活得幸福。

的确，我们皆在追求"美好生活"，但美好生活却可以分为："好的生活"与"美的生活"。好的生活乃是构成美的生活之现实基础，而美的生活则是好的生活之理想升华。在这个意义上，"生活美学"不只是西方的"感"学（感性之学），更是本土的"觉"学（感性之智），美学恰恰关乎"幸福"的追求，并要致力于让人们的生活过得美好，也可以说，幸福就是个美学问题。

质言之，"生活美学"，不仅是一种关乎"审美生活"之学，而且更是

[①] Thomas Leddy, "Further thoughts on Liu Yuedi", aestheticstoday. blogspot. nl.
[②] Agamben, *Homer Sacer: Sovereign Power and Bare Life*, Stanford：Stanford University Press, 1998, p. 1.

一种追求"美好生活"的幸福之道。前者之"学"是理论的，后者之"道"则是践行的，二者恰要合一。

因此，"生活美学"，既是"感觉之学"，更是"践行之道"。用当今"新实用主义"哲学的话来讲，"生活艺术必定是一种实践艺术"①。但生活美学的知行交合，并不是道德意义上的"知行合一"，如王阳明所强调的大"良知"之实现，它既存有也活动（"知是行的主意，行是知的工夫"），是审美意义上的"知行交融"：这个"知"就不是道德认知，而是感性智慧，这个"行"就不诉诸一般行为，而是审美创造与审美享受之统一，其实人的活动本身也是"做"（doing）与"受"（undergoing）之统一。

在古希腊哲学巨擘亚里士多德那里，人类的活动被分为三类：theoria，praxis 与 poesis，它们皆向"善"而生。这 theoria 就是今天所说的理论沉思，praxis 则是现在所讲的实践或行动，但是，还有作为制作行动的 poesis，却往往被忽视。因而，人的活动并不只是理论与实践的两面，还有原本用来意指工艺制作的 poesis，被翻译为"创制或创生"其实更为准确。

美学的根基，却并不在于 praxis 那种有意志的实践行为（willed practical activity），反而更在于 poiesis 之"生—成行为"（pro-ductive activity）。西方文化自身的确忘却了古希腊关于人类活动的基本三分，而更多聚焦于理论与实践及其相互关联，恰恰忘记了与"诗学"（peotics）这个词形更为接近的 poesis 行为。人类的"生—活"，以实践为根基，但生活并不是实践本身，生活反而是"生—成"的活动。

我所倡导的"生活美学"，与中国思想家李泽厚先生所创生的"实践美学"，其根本差异就在于，后者是建基在 praxis 之上的美学，我则把美学

---

① Richard Shusterman, *Practicing Philosophy*: *Pragmatist and the Philosophical Life*, New York and London: Routledge, 1997, p.5.

建基在 poesis 之上。这 poesis，一方面关注对生活之"创生"，并以坚实的"创制"活动为底蕴；另一方面也强调生活本身的"创造"，以真善美合一的"生成"作为理想态。所以说，"生活美学"之生活，本就是一种创生性与创造性的生成活动，而绝不能等同于劳作那种生产。因此，审美的创生就是来自 poiesis 这种人类活动，Praxis 所解决的只能是 poiesis 之物化与工艺基础之问题，但却不能解决审美自身创生与创造之问题。

当然，生活也是"活动"出来的，不论"做"事还是"做"人皆如此。人类全面的情感正是从生活中"生发"出来的，而不是完全从劳动与生产中"产生"出来的。如果意大利哲人吉奥乔·阿甘本（Giorgio Agamben）的"我们存在的使命，就是用言说去创生（poiesis）经验"是对的，即晚期马丁·海德格尔（Martin Heidegger）所谓的 ereignis（本成/大化），那么，在创生（poiesis）之大化（Ereignis）基础上，历史才得以发生。于是，历史也不仅是 praxis 的结果，而且亦是 poiesis 的产物，这两种人类活动都皆参与到历史"本成"当中。

质言之，广义的"做"，既包括 praxis 也包含 poiesis，中国的实用理性传统，不仅仅是实践的传统，而且更是生成的传统，后者才是"生活美学"之人类活动论根基所在。对庄子之"庖丁解牛"的典故，中国人一般称之为"技近乎道"。实际上，庖丁解牛所深描的并不是"生产—实践"过程，而是我们日常生活中普普通通的"经验—生成"过程。这种经验就是创生（poiesis）的，而不是实践（praxis）的："以神遇而不以目视，官知止而神欲行"，正是对于解牛过程的主观心理状态的神妙描写，从"依乎天理，批大郤，导大窾，因其固然"直到"以无厚入有间，恢恢乎其于游刃必有余地矣"，都是对解牛者与对象之间"契合无间"的精妙描述。

在中国人的智慧当中，整个"庖丁解牛"之过程，开始时满眼都是一只完整的牛，最终是未曾再见过完整的牛，由始至终皆是充满"美感"韵味的，它其实是"生活美学"的生发过程。因而，庄子才赞美解牛的过程是没有不合音律的：合乎（汤时）《桑林》舞乐的节拍，又合乎（尧时）《经首》乐曲的节奏。这就是这个 poiesis 之"道"，本身就蕴含着美感的理由，一个人的生活状态，达到了"技近乎道"之时，也就是拥有了"完满经验"之刻，那就达到了此种自由、自在、自觉之境界。

在人类诞生初期的活动中，就有着审美要素存在，可以说这就是"道始于情"；从终极的意义上，"天地境界"是人们追求之鹄的，天地境界即"美的境界"，儒家求索的"孔颜乐处"正乃这种高境。这意味着，人生的基础原即为感性的，而所追求的境界亦为感性的。所以，无论是从发缘端还是就理想而论，美学对于中国哲学而论乃是一始一终的。所以说，美学才是中国人的"第一哲学"，由历史而引发的人生感触和生命把握又使审美形上再出新境。

当代人既需要全球的"生活美学"，又需要审美的"中国生活"。"生活美学"本生根于华夏，由此"审美代宗教"才可能成就理想之路。"审美生活观"一直在中国人的生活世界当中成为范导，在历史上没有任何一种宗教成为中国的绝对引导，中国人始终在以"出世的精神"做"入世的事业"。这恰恰源于中国人"一个世界"的世界观，20 世纪初蔡元培先生标举"美育代宗教"正建基于此。如今，我们直面的则是一个崭新的生活审美化时代，这才真正为"审美代宗教"准备了社会与历史的充分条件。当"生活美学"来回应何种美好生活值得追求的时候，美学无疑就具有了形而上学之价值，这就是我们追寻"审美形而上学"（aesthetic metaphysics）之本真意义所在。

总而言之，作为东西方美学在过去十年以来的发展新趋势，美学走向生活，已指明了追求美学存在方法论的多元化发展的方向，从而来反对以艺术作为基础的欧美主流美学。这种全球美学的文化多样性，为东西方美学之间的协力合作提供了根基。当代全球美学正在走出所谓"后分析美学"的传统，以艺术作为研究核心的"分析美学"已出现衰微，由此出现了 Aesthetics of Everyday Life 新潮，而"回归生活世界"的美学，在中国也引发了相应的兴趣，我直接称之为 Aesthetics of Living 以区别于当今西方的美学形态。

当今，"生活美学"之所以已成为"走向全球美学新构"的一条重要的路径，就是因为，它既可以用来反击"艺术自律化"（antonomy of art）与"审美无功利"（aesthetic disinterestedness）的传统观念，也可以将中国美学奠基在本土的深厚根基之上。在第十八届世界美学大会期间，国际上最重要的美学杂志《美学与艺术批评》（*The Journal of Aesthetics and Art Criticism*）主编苏珊·费金接受采访时便说："今天美学与艺术领域的一个主要发展趋势是美学与生活的重新结合。在我看来，这个发展趋势似乎更接近于东方传统，因为中国文化里面人们的审美趣味是与人生理解、日常生活结合一体的。"然而，按照比较哲学的主流观念，西方历来注重"逻辑秩序"（logical order）或"理性秩序"（rational order），而中国则始终关注"审美秩序"（aesthetic order），这是东西两种文化的各自优长，而在此中国文化恰恰可以为全球做出独有贡献。

中国古典美学自本生根地就是一种"活生生"的生活美学，在这个根基之上，中国美学可以为当今的全球美学贡献出巨大的力量，因为我们的"美学传统"就是生活的，我们的"生活传统"也是审美的。于是乎，我们当代的"生活美学"建构不能脱离传统而空创，而要形成一种古与今之间的"视界融合"。在我们这种"生活美学"当中，就蕴含着华夏传统的生命意识、生活观念和人生追求的生成、演化与延承的脉络，一方面本然呈现出摇曳生姿的古典生活现场之美，但另一方面又指向了其来路、走向和转化的可能性。这就需要当今中国的美学研究者，一方面积极地参与到与国际美学界的最新交流当中；另一方面又回到本土去挖掘中国古典"生活美学"的资源。

中华古典"生活美学"包含"情感化"（情）、"自然化"（性）和

"文化化"（文）三个基本的维度，这就非常全面覆盖了从生理的、情感的到文化的诸种生活，其基本问题意识便是探讨如何实现审美化的生活，由此生成了一种"忧乐圆融"的生活传统。这种"生活美学"传统与蔡元培先生所谓"美育代宗教"结合起来，就可以在当今社会来实现美学的本真功能。这里的美学就不是针对艺术的"小美学"，反而成了融入生活的"大美学"。我们所说的正是这种"大美学"，而且是让美学真正回归大地之上，并得以自然生长的"生活美学"。

网络创作与中国文学传统

欧阳友权

（中南大学）

谈起快速发展的网络文学，人们或以"技术传媒"的自由性、"草根崛起"的大众化论之，或以市场化的商业驱动来看待它的创造活力，而对于网络创作所对接的文学传统，以及依托什么样的文化母体进行传承与创新似乎关注不多。事实上，网络文学传承中华文学传统，网络创作秉持中华文化立场，网络作品蕴含传统文学精神，不仅是我们对网络文学的一种期待，也是许多优秀网络作品的一种内在品质和一些网络作家的艺术追求。党的十九大报告提出"坚守中华文化立场，立足中国当代现实，结合当今时代条件，发展面向现代化、面向世界、面向未来的，民族的科学的大众的社会主义文化"，认为"中华民族五千多年文明历史所孕育的中华优秀传统文化"是坚定文化自信、实现文化创造的宝贵精神资源，这为我们理解网络文学、创作网络文学、繁荣和发展网络文学设定了价值目标，也指明了发展方向。

一 科技与人文的联手

我们知道，网络文学是伴随互联网的兴起而出现的一种新兴文学形态，数字化网络是人类的技术发明，而网络文学是基于人的主体创造；网络技术可以"无中生有",网络文学却需要"技术联姻"和"精神传承"。有网络作家就曾说"网络文学的父亲是网络,母亲是文学"(李寻欢语),网络是当代高科技的代表,文学则是人文精神的体现,科技与人文在"网络文学"旗帜下达成统一。既然网络是技术化的产物,文学是人文性创造,网络创作就不单是纯粹的"技术操盘",而是一种文学审美的价值创造和意义生成,离不开创作者特定的精神资源和立场站位。因而,网络文学创作同人类任何一种精神生产一样,不是白手起家、从零开始,也不是随心所欲地创造,而是在"既定的、从过去承继下来的条件下的创造"(马克思语)。事实确实如此,我们看到,网络文学虽然有些"另类",但网络文学毕竟还是"文学",它仍然需要赓续文学传统,学习前人经验,汲取人类文明精华,在继承中创造,始于"返本"而得以"开新"。不仅网络写作的语言表达、叙事方式、结构安排古已有之,许多网络作品的情节设置、故事桥段等各种文学要素也都能找到传统文学的影子,受益于传统文学千百年的艺术积淀。更为重要的是,这些作品的思想内蕴、价值营造、人文审美意义等观念层面的东西也无不渊源有自,可以从传统文学的文化母题中找到它们的历史基因。即拿时下最为火爆的网络类型小说来说,并不是网络文学才有的,中国古代小说如"三言""二拍"都具有类型小说的特点。明清时期的四大名著中,《西游记》写神魔、《三国》写历史、《水浒传》写侠义、《红楼梦》写才子佳人,也可以说是类型化的长篇小说。鲁迅的《中国小说史略》将《官场现形记》《二十年目睹之怪现状》《老残游记》和《孽海花》并称为"四大谴责小说",就是一种类型小说的划分方式。网络上数量最大的幻想类作品如玄幻、魔幻、武侠、仙侠等,与近现代文学史上的金庸、古龙、黄易、梁羽生、温瑞安等人的武侠小说不能说没有渊源关系。《择天记》《巫神纪》《斗破苍穹》等众多热门小说展现的玄幻世界,建构出浩大磅礴的神魔或修炼谱系,均可在传统神话中找到它们的源头。唐家三少、天蚕土豆、梦入神机、辰东、我吃西红柿、血红等这些网络作家,他们的作品受到众多网友追捧,其实正是传统武侠、玄幻小说阅读心理和欣赏习惯的一种延续。

二 网络文学的变与不变

文学是变化的,正所谓"若无新变,不能代雄"(萧子显语),特别是在急剧变化的时代就更是这样。王国维《人间词话》提出"凡一代有一代之文学",他说:"楚之骚、汉之赋、六代之骈语、唐之诗、宋之词、元之曲,皆所谓'一代之文学',而后世莫能继焉者也",揭示了文学代变的普遍规律。较之于楚骚汉赋、唐诗宋词,今日网络文学之变之新岂止万千!不过,不管怎么变、如何新,网络文学终归还应该是"文学",大凡是文学就该有一些属于文学的不变的东西,这个"不变的东西"是什么呢?多年前就有作家提出,网络改变的只是文学载体、传播方式、阅读习惯和表现方式,"不能改变文学本身,如情感、想象、良知、语言等文学要素"(张抗抗语)。也有学者旗帜鲜明地质问:"网络时代的文学,什么是不能少的?"得到的回答是:不同时代的文学或许各有其媒体技术方面的差异,但"体验、想象力和才华,及由此而生的独创"是真正的文学所不能少的(王一川语)。是的,对于文学而言,有许多东西确实是不能少的,如果少了,它就将不再是文学。事实上,积淀了数千年的文学传统,人们对什么是文学,什么是好的文学,怎样创作优秀的文学,已有公认的评判标准和经验。譬如,大凡是文学,不管是传统文学还是网络文学,都应该是一种人文性的审美行为,其所表现的都是人与现实之间的审美关系,网络创作绝不是单纯的技术操作,而是一种特定的意义承载和价值书写。再如,网络文学只要还属于精神产品,它就应该具有作为精神产品所必有的基本特点,都需要蕴含精神产品特定的品质,都处在特定的意识形态语境之中,都应该用正确的价值观干预这个社会的文化生活质量,影响人的精神世界,引导人们向善、求真、审美,能够启迪思想、温润心灵、陶冶性情。

并且，新时代的文学创作，不管是传统写作还是网络创作，都需要坚持"以人民为中心"的创作导向，反映时代要求和人民心声，做到"感国运之变化、立时代之潮头、发时代之先声"。这样看来，网络文学变化的是媒介载体，不变的应该是艺术品质；网络作品变化的是内容和它的生产方式，不变的是内容背后的人文立场和创作者的文学初心。这时候，积淀深厚的传统文学便显露出它执拗的身影——一方面，人类赋予文学的价值原点和意义模式，以及它那丰盈的艺术经验，需要在网络文学中得到传承；另一方面，网络文学要使自己成为一种富含"文学性"的文学，成为人类历史上的一个文学节点，就必须守正创新，在批判继承文学传统中实现革新创造。因为说到底，决定文学是否为"文学"的不是它的入口和载体，而是文学性的含量，自古以来，文学的河床能够留存下来的都是富含人文审美价值的作品，否则都将是过眼云烟。

三 吸取传统文学滋养

在我国进入"新时代"的历史条件下，网络文学要往前走、向上走，成为弘扬时代精神、凝聚中国力量的优质源头，离不开文化立场的主体定位，即对接优秀文学传统，传承中华文化精华，坚定文化自信，创造更多传播当代中国价值观念、体现民族文化精神、反映中国人审美追求，思想性、艺术性、观赏性有机统一的精品力作，使网络文学成为新时代中国文艺的建设性积极力量。中华优秀的传统文化是我们民族的精神命脉，是我们屹立于世界文化之林的坚实根基。历史上一代一代传承下来的文学传统和美学风范，诸如兴观群怨、言志缘情、畅神比德、知人论世、文以载道、气韵生动、迁想妙得、余味曲包、目击道存、意境神韵……从古代神话到《诗经》、楚辞、汉赋、唐诗、宋词、元曲、明清小说，一直到现当代优秀文学传统，这一中国文脉对于网络文学创作不仅有用，而且有效，不仅不能终止于网络，而且应该在网络文学中得到传承和弘扬。"求木之长者必固其根本，欲流之远者必浚其泉源"（魏征语），网络文学从传统文学中吸取养分，必将促使自己从"高原"走向"高峰"，创造出"真力弥满，万象在旁"（司空图语）的新境界。

诚然，相对于传统文学，网络写作拥有更多的自由和更少的限制，它更尊重读者的选择和市场认可，而不只是恪守惯例和规制。并且，面对网络和网络时代的新生活，传统文学的惯例和规制也需要结合媒介变迁和社会发展予以调适和变化，只能批判性地传承，在扬弃中创新，不能全盘照搬。我们看到，那些较为成功的网络作品已经为此做出了有益的探索，如较早的网络小说《悟空传》，其写作灵感源于古典名著《西游记》和现代港片《大话西游》，作者借用前者的故事渊源和人物关系，又提取后者的语言叙事方式，以古代西游人物演绎现代西游情节，对人物和主题进行创造性的时空转换，将原来一心朝佛的取经师徒脱胎换骨，还原成有爱有恨有欲有求有苦有痛的"人"，巧妙地诠释了现代人对美好精神世界的追求与探寻，打动了无数读者。2016年上榜的网络小说《将夜》《择天记》分别入选中国作协已完结和未完结作品榜单的头名，有评论家认为，这两部小说让刚健的人文精神与玄幻人物的个体意志相交融，形成了"爱人间，有人气"的哲学观，体现了中华文化传统与文学精品意识的结合，既有金庸的人文情怀，也有梁羽生的家国道义，同时又具有古龙的炫酷和灵动，这正是对网络文学继承优秀文学传统、创造精品力作的一种诠释。只有"文学"，不见"网络"，以"文学"的品相消弭网络文学与传统文学的边界，这便是网络文学的所要追求的目标。

从林兆华版《赵氏孤儿》来看当代戏剧导演的创新意识

彭 涛

（中央戏剧学院）

2003年林兆华在北京改编演出了元杂剧《赵氏孤儿》，此版《赵氏孤儿》编剧为金海曙，故事脱胎于纪君祥的同名元杂剧。

对于林兆华版《赵氏孤儿》，评论家褒贬不一，肯定者有之，批评者也大有人在。有评论者批评说："这种对经典名著的'颠覆'完全是概念化的。它否定了戏曲《赵氏孤儿》中的正义与非正义的矛盾斗争，消解了舍生取义的崇高精神，而以统治集团内部的冤冤相报来解释复杂的历史现象，不仅远离了原著的'故事'，而且失去了原著中所体现出来的'精神'。而所谓的'砖头'、牛马不过是为了撑起这蹩脚故事而显示'一个现实主义色彩的话剧'的'噱头'而已。"[1] 今天，距离林兆华版《赵氏孤儿》首演，已经过去了十四年。但是对中国戏剧文化传统的继承与舞台艺术语言的创新仍然是一个远未解决的大问题。

元代纪君祥的杂剧《赵氏孤儿》取材于《左传·宣公十二年》和

---

[1] 刘平：《"开掘"经典还是"颠覆"经典——从两台由〈赵氏孤儿〉改编的戏谈起》，《戏剧文学》2003年第10期。

《史记》等历史文献。该剧叙述了晋灵公时赵盾与屠岸贾两族之间的血亲复仇故事。在纪君祥的笔下，屠岸贾迫害忠良，将赵盾满门三百余人赶尽杀绝。赵盾的门人程婴临危受托，救出赵家唯一的孤儿。屠岸贾为了灭门，下令如果找不到赵家的孩子，就杀掉全城所有半岁以下的婴儿。程婴在此情况下，以牺牲自己的孩子为代价，保下赵氏的血脉。二十年后，赵氏孤儿长大成人，程婴将赵家的悲惨经历绘成画本，讲给孤儿听。孤儿义愤填膺，最终杀死自己的仇人屠岸贾。纪君祥以此故事弘扬了一种"忠义"精神：程婴为了救主人的孩子，为了救天下的孩子，牺牲自己的孩子，这是一项"义举"。此剧借历史故事，以赵家孤儿隐喻汉族血脉，在元朝异族统治下，传达了一种爱国主义精神。

林兆华版《赵氏孤儿》对于原剧剧情的最大改编在于两处：第一，消解了元杂剧中的忠奸对立，在林版《赵氏孤儿》中，赵盾与屠岸贾仅仅是政敌而已，两个人被权力的最高拥有者晋灵公所利用；第二，赵氏孤儿对于复仇行动的拒绝。林兆华说："如果说这个戏有什么新的东西，那就是在展现晋灵公、屠岸贾和赵盾这些人物的矛盾时舍弃了忠奸以及将孤儿报仇改为孤儿不报仇这两点，实际上把原来的主题给颠覆了。"戏的结尾处，孤儿转身而去："你们死那么多人，跟我有什么关系？"在林兆华版《赵氏孤儿》中，核心戏剧矛盾、核心戏剧情境发生了改变：重点不是忠奸的矛盾，不是舍弃自己孩子救孤儿的艰难选择，而是政治的斗争，是权力的斗争，晋灵公利用赵盾与屠岸贾的矛盾，将两人玩弄于股掌之间。因此，赵氏孤儿长大成人后，拒绝复仇，拒绝成为血亲仇杀和权力斗争的牺牲品。编导为什么进行了这样的改编呢？

进入21世纪，大多数中国知识分子对于十年"文革"的痛苦仍然记忆犹新，集体的政治狂热、对于个体生存价值的否定，成为艺术家反思的内容。知识分子们对于那种"愚忠"的价值宣讲心存质疑。林兆华版《赵氏孤儿》将宫廷权力斗争的历史语境揭示出来，这是一种历史认知的进步。因此，拒绝成为政治权力斗争的牺牲品就成为一种必然的选择，"拒绝复仇"就是在这样一种历史认知的基础上产生的。

纪君祥《赵氏孤儿》一个最重要的核心情节，最让读者、观众触动的，最违反人之"常情"的就是：程婴舍弃自己的孩子，救了赵氏孤儿。他这么做首先是因为赵盾是他的主人、恩人，他舍弃自己的孩子，救主人的孩子，有着报恩与忠义的思想。屠岸贾为了将赵家赶尽杀绝，竟然下令若找不到孤儿，便要将晋国所有一个月以上，一岁之内的孩子全部杀死，屠岸贾这样做，是对"整体"、对"集体"的伤害，已经超出了个人之间的复仇，成了"恶"的代表。那么程婴舍弃自己的孩子救孤儿，就有了拯救的意味，是个体为了维护"集体正义"的一种牺牲，因此成了"崇高的义举"。

纪君祥的《赵氏孤儿》是中国戏剧舞台上的瑰宝，承载了中国悲剧的精神。那种舍生取义，舍小我为天下的精神承载了中国传统文化价值观的表达。

林兆华版的《赵氏孤儿》的创新之处在于：对于个体生命价值的重视，对于艺术家个体思考的弘扬。

某种程度上来说，这代表着中国知识分子的精神觉醒。

但是，林兆华版《赵氏孤儿》最终陷入了人生价值的虚无之中：程勃最后的那一句"这些与我有什么关系"，表达了人物在历史重压下的一种无力感，带给观众一种虚无与迷茫。

从艺术语言的表达来说，林兆华版《赵氏孤儿》的确是锐意创新的，但是，其艺术语言的表达又是充满矛盾的。林兆华版《赵氏孤儿》的内容与舞台语言、舞台形式的表达是既融合又分裂的。说它是融合的，是因为：舞台上那堆起来的"几万块砖头"，那牵上舞台的"真牛""真马"，这些视觉形象的确并不表达明确的意义，林兆华导演通过这样的一种没有明确意义表达的视觉意象来"解构"元杂剧《赵氏孤儿》的价值建构。

说它是分裂的，是因为：在舞台形式与意境上，这个戏追求一种中国古典诗歌、古典绘画的意境美。我们看到这样的视觉意象：舞台上飘落着艳丽的桃花，白马飞驰而过，还有剧终时倾盆而降的暴雨等——所有这些，呈现出一种灵动空幻之美。然而，在内容的叙事表达上，这个戏却又完全颠覆纪君祥原剧中的"忠义""舍生取义"等传统价值观，从内容表达上来说，这个戏反而是更贴近西方后现代艺术的，或者说是更贴近西方后现代戏剧剧场的。

这种分裂，至少说明一个问题：艺术语言的创新有着一种内在的要求，那就是一种新的文化价值体系的重建。否则，在反思传统文化的时候，就会陷入一种文化虚无主义之中。

在此，我们不妨对照一下法国18世纪启蒙主义思想家、文学家伏尔泰改编的《中国孤儿》。伏尔泰对中国文化推崇备至，他尊崇孔子，把中国想象为一个符合启蒙主义思想的"仁爱之国"，认为古老的中国文明比当时的欧洲文明更为优越，认为孔子的学说代表着高度的理性精神。

伏尔泰根据玛瑟若的译本对《赵氏孤儿》进行了改编，1755年8月20日在巴黎近郊的枫丹白露宫上演，大获成功。伏尔泰对该剧进行了改写，首先，他将戏剧故事的时代背景由春秋时代的晋国改成了宋元易代之际；其次，戏剧的矛盾冲突，不再是程婴与屠岸贾之间的忠奸矛盾，而是成吉思汗与宋朝遗臣臧惕、伊达美夫妇之间的民族冲突、文明冲突。

在伏尔泰的《中国孤儿》中，保留了原著最核心的情节：主人公为了道义，牺牲自己的孩子救君主的孩子，但是，伏尔泰对于原著的矛盾冲突及情节走向都进行了很大改编。成吉思汗以武力占领了大宋江山，为了政治统治而要杀掉宋朝皇帝的幼小婴儿。臧惕作为宋朝遗臣，为了忠义，牺牲自己的孩子保护君主的孤子。臧惕的妻子伊美达成了剧中的一个核心人物，成吉思汗早年曾经钟情于她，但是伊美达遵从礼法，让父母做主选择婚姻，因此拒绝了成吉思汗的爱情。面对丈夫牺牲自己儿子救孤的义举，伊美达作为母亲，控制不住自己的感情，说出了替换婴儿的秘密。

在伏尔泰版的《中国孤儿》中，成吉思汗对伊美达的爱情成了戏剧的核心矛盾，为了赢得她的爱情，成吉思汗一再退让，不忍心杀死伊美达、臧惕及幼小的孩子。然而，伊美达遵从理性，不为所动，忠实于自己的丈夫臧惕，忠实于自己的信念，面对成吉思汗的威胁与利诱，毫不动摇，最后，竟然决心与丈夫臧惕殉情殉国，以死来卫护自己的忠贞和信念。应该说，伊美达和臧惕是理性主义人道精神的典范，成吉思汗面对这异族的被征服者，不禁感叹：

> 这一群亡国之民——灾难重重的民族，
> 我给他戴上锁链，同时又不禁赞美；
> 我看到他的文化，教育了整个人类；
> 我看到他历史长，人口多，勤劳精敏。
> 他的君王的权力，建筑在以德临民，
> 为着驯服的四邻，制定了优良礼法，
> 治国不需要征诛，治人只凭着风化。①

最后，在伊美达与臧惕准备赴死之际，成吉思汗彻底被伊美达、臧惕的精神所折服，不禁赦免了他们及孤儿，还对臧惕委以重任，宣称要以战败民族的道德来治理国家。由此，伏尔泰借成吉思汗与伊美达、臧惕之间的戏剧冲突，表达出了他的道德理想。"伏尔泰的戏剧不仅在形式（三一律）上深受古典主义戏剧的影响，更重要的是他在政治上是一位君主立宪政体的坚决捍卫者，忠于贤明君主是他一贯提倡的'理性'基础。他之所以改编《赵氏孤儿》，正是由于其中体现的忠义观与其政治伦理观异曲同

---

① ［法］伏尔泰：《中国孤儿》，范希衡译，纪均祥等撰《赵氏孤儿》，上海古籍出版社2010年版，第158页。

工，正好取之己用。"①

放在今天，伏尔泰的《中国孤儿》尽管可以自圆其说，但是却难逃其戏剧情境设置中的致命问题：成吉思汗作为一个统治者，真的会被伊美达、臧惕的崇高理性精神所感动吗？面对民族国家的冲突，真的可以这样轻易地以大团圆而收尾吗？远的不说，近如中日战争的冲突，日本的战争发动者，难道不是一直以中华文化的拯救者而自居的吗？

虽然，伏尔泰在创作《中国孤儿》的时候，可能仅仅是想强调其中的理性精神，我们并不能批评他是一个文化殖民主义者，但是，由于伏尔泰对于其中主要人物成吉思汗的行动逻辑并未给予认真的推敲，"硬生生"地给这个人物套上了作者自己的思想，其剧情发展是并不完全合乎情理的，我们甚至可以说，伏尔泰的改编，仍然陷入了文化价值重建的困境。

站在今天的立场上来看纪君祥的《赵氏孤儿》，我们就会发现，其中作者有意或无意地回避了两个至关重要的矛盾点：一是程婴的妻子究竟如何看待舍子救孤这一行动；二是程婴到底有没有权利将自己的儿子牺牲掉？我们可以想象，站在程婴亲生儿子的立场来看，必然对父亲对自己的舍弃，产生一种委屈与悲痛，这个被牺牲掉的孩子，他对于活下来的赵氏孤儿也完全会采取一种对立、愤怒的态度。我们发现，纪君祥的《赵氏孤儿》仍然是一种父权文化价值体系下的产物，假如对此作品进行新的阐释，必然要摆脱这种文化价值体系才有可能实现。

首先，程婴妻子的立场不容忽视：对于舍弃自己孩子的选择，程妻的立场一定与程婴有所不同。在孟小冬主演的《搜孤救孤》一剧中，程妻是一个重要的出场人物，其中第二场《舍子》直接表现了程婴与妻子在牺牲孩子这一行动上的分歧，作为母亲，作为女性，程妻无论如何不肯牺牲自

---

① 陈建伟：《从"纲纪"到"理性"——论伏尔泰〈中国孤儿〉中的社会政治伦理》，《外国文学研究》2017年第3期。

己的孩子，程婴只好向妻子下跪，即便如此，程妻也还是没有答应他。其次，公孙杵臼上场，继续劝说程妻，程妻还是不答应，这时候，程婴拔刀欲自刎，公孙杵臼拦下他，两个男人一齐向程妻下跪，面对跪在自己面前的两个男人，程妻这才答应牺牲自己的孩子。公孙杵臼赞美她："弟妹舍得亲生子，代代世世标美名。"最后，我们发现，文人纪君祥的《赵氏孤儿》在民间戏剧的传播过程中，艺人对其核心情节进行了推敲，程婴、公孙杵臼对程妻的下跪，代表着男性对女性的一种妥协、尊重，从某种程度上来说，这样的戏剧演出，调和了男权文化中的两性矛盾。

中国长期以来是一个父权社会，因此，剧作家乃至观众可能都没有意识到被牺牲的程婴孩子的权利：这个被牺牲的孩子的生命权是否应该被尊重？这个问题应该提出来，因为，个体生命的价值不应该被集体所湮没，只有在充分尊重个体的基础上，一种集体的价值才能够得以显现。

中国知识分子的自我觉醒之路还很漫长：对于传统文化的继承、反思与批判固然是重要的，但是，新的价值系统与坐标的建立更为重要。没有新的价值坐标的建立，就谈不上新的艺术语言，新的艺术形式。

艺术语言的创新，必然意味着艺术内容的创新。

我们认为，在当代戏剧舞台上，对于中国传统文化精神的发掘，任重而道远，艺术语言的创新必然是在新的文化启蒙的大框架下才有可能实现。这种新的文化启蒙，当然意味着新的文化价值体系的重建，意味着新的文化坐标的重建。

中华通感美学赋予摄影的重要认知和表达方式

——摄影艺术通感的领悟

索久林

(黑龙江省摄影家协会)

在博大精深的中华美学中,多感互通的通感美学是一道亮丽的风景。儒学的"以玉比德"、佛学的"六根互用"、道学的"耳目内通"都是通感现象在思想领域的体现。《礼记·乐记》关于音乐的评述、《文赋》和《文心雕龙》中关于文学的评论以及大量的画论、书论都论及了多感互通的通感理论。反映在艺术创作上,源远流长而又浩如烟海的诗歌、散文等文学作品和美术、音乐、书法等艺术作品,都借助着艺术通感的光芒在文艺百花园里争芳斗艳。摄影是一门年轻的艺术,摄影的发展同样沐浴着中华通感美学的恩泽。

摄影创作需要摄影家认识现实生活,从中收集生活感受;其感受又要通过光与影的手段表达出来,结构成影像。这个过程,是摄影家认知和表达的过程。摄影家要在认知和表达过程中有所作为,有所收获,就必须掌握认知和表达的方式。摄影艺术通感就是一种必须掌握的重要认知和表达方式。

近代以来,人们在很多科研领域发现了一种共有的现象:自古以来在人类的生产生活中，就存在着一种感觉向另外一种或几种感觉挪移、多种感觉互通的现象。这种现象，被称为"通感"，有的也称为"联觉"。我国学者陈望道、朱光潜也介入了艺术通感。1962年，钱锺书发表的著名论文《通感》论述了通感的形态、功能、意义，探究文学、哲学、宗教等领域对通感的不同理解和运用等，成为我国通感理论研究的里程碑。

从通感这一现象出发，生理学发现了生理层面的通感；心理学发现了心理学层面的通感；修辞学发现了修辞学层面的通感；教育学发现了教育学层面的通感；艺术学发现了艺术层面的通感。在艺术学里，又因学科和作用对象不同，对通感划分出不同的分支，如音乐艺术通感、美术艺术通感、艺术设计通感等。不同领域的通感，因其作用对象和功能不同，其内涵也不同。根据摄影的特有属性，对摄影艺术通感，我们可以表述为：摄影家在摄影创作中，借助多种感官相互挪移、共同协作，为视觉功能提供服务的一种特殊的认知和表达方式。

艺术通感把摄影家的多种感官联系起来，共同运作，是一种重要的认知和表达方式。摄影术诞生以来，摄影家就在自觉和不自觉地运用这种方式创作摄影作品。许多享誉国内外的摄影名家、大师都有运用艺术通感的秘籍；许多脍炙人口的摄影名作，都有艺术通过的运作轨迹。这些，都值得我们认真地研究借鉴。

当下，数字摄影的高度自动化和智能化，为大众摄影创作搭建了良好的平台。然而，摄影入门容易、提高难的问题却依然存在。究其原因，还是摄影主体的认知和表达能力导致的创作瓶颈。打开这一瓶颈，对于推动摄影创作的发展具有重要意义。

一　摄影艺术通感要有多种感觉的挪移和协作

心理学家把主要生理感官界定为视觉、听觉、触觉、嗅觉、味觉。然而，人类心里的"意觉"功能在艺术活动中也极为重要。由于心理的调节作用，人们的各种感觉器官是可以相互联系、相互影响、相互贯通、相互转化的。这种现象反映在摄影创作上，就是多种感觉的相互挪移。

感觉挪移有两种方式：一种是异觉挪移；另一种是同觉挪移。

(一) 异觉挪移在摄影创作中有广阔的运作空间

异觉挪移是在创作中一种感官产生的感觉挪移到另一种或多种感官的感觉现象。孔子"三月不知肉味"和弹琴知文王的故事，是艺术欣赏产生的异觉挪移现象。在文艺创作过程中的感觉挪移现象极为普遍。李白《陵酒肆留别》诗云："风吹柳花满店香，吴姬压酒劝客尝。金陵子弟来相送，欲行不行各尽觞。清君试问东流水，别意与之谁短长。"这里边把"风吹柳花"的视觉，挪移到了"满店香"的嗅觉；把缠绵、深长的"别意"这种意觉，挪移给了视觉"东流水"。感觉挪移，产生了特殊的艺术美。

摄影创作运的异觉挪移，包括视觉向听觉、触觉、嗅觉、味觉、意觉等多种感觉方式的挪移。香港摄影大师简庆福的《合唱》，是表现一群丹顶鹤对天鸣叫的题材。作者刻意选用鹤的引颈高歌姿态突出鸣叫的效果，把视觉意义转移到听觉审美之中，强化了艺术效果。这种手法，在国外摄影家的创作中也很常见。瑞士摄影家沃纳·比肖夫的摄影作品《吹笛少年》，调动多种手段，强调少年吹笛的姿态，从而把视觉感受转移给了听觉，让人们在笛声中去理解比视觉更深的作品的艺术内涵。他的《悬浮的海螺》则是以动感、重量感突出了"悬"的触觉审美效果。有的作品以视觉形象表现山谷的清新、表现花的芬芳、表现人的酸楚等，都是异觉挪移的体现。

(二) 同觉挪移发挥出特殊的艺术功能

同觉挪移，指的是同一感官接受的不同感觉对象、不同的呈现形式之间的感觉挪移。在同一感官中的不同艺术形式之间的感觉挪移，被称为同觉跨界挪移。同觉跨界挪移——特别是由此导致的"艺术跨界"，是包括摄影在内的各种艺术创作中不可回避的问题，也是一个"大面积"出现的问题。

在摄影术诞生之前，各种艺术门类同觉跨界挪移现象就大量存在着。唐代草书巨匠怀素，少时因无钱买纸习字，以芭蕉叶、木板代纸，竟写秃万株芭蕉、写穿厚厚木板，但书法仍未臻妙境。一次偶然的机缘，他观看夏日天空云彩的变化，从中悟出书法的道理，进而完善了自己的创作，最终成无人能比肩的狂草大师。云彩是视觉的，书法也是视觉的，但它们的视觉呈现方式有所不同，两种感觉方式的挪移，产生了"狂草"艺术。宋代书法家黄庭坚一次坐船远行，他发现船夫摇橹的动作是横向的，水的波纹是弯曲的，而船却是直行的。他把悟出的感觉，挪移到运笔的感觉，从中悟出了书法创作的道理：运笔当力戒呆板，要曲中求直，跌宕生姿。黄庭坚成为宋代四大书法家之一，与他善于感悟生活和艺术是不无关系的。这两个故事说明，同觉跨界挪移的存在是一个不争的事实，也说明了同觉跨界挪移的意义。

文学、美术、摄影等文艺形式同觉跨界通感现象更为普遍。美国意象派代表人物、著名诗人庞德把两个或两个以上的视觉性映像称为"视觉和弦"。利用"视觉和弦"构成的意象，庞德创作了许多脍炙人口的优秀作品。我国当代美术大师吴冠中认为："美术与摄影不仅是同院邻居，而且现在是结成新的亲家了。超级现实主义的绘画大量吸取了摄影的手法，摄影又在吸取油画及水墨画写意的手法，你吸取我的，我吸取你的，因为目标共同起来了，这个目标就是表达美的意境……对形式美的探求!"① 摄影大师郎静山将国画创作的理念、技法运用到摄影创作当中,创作了大量中国绘画风格的摄影作品,在国际上获得良好的反响。何藩的很多画意摄影作品在国内外也有强烈反响,说明了同觉跨界的意义。摄影术诞生不久,绘画主义摄影家们就把绘画感觉挪移到摄影上,创作出具有画意风格的摄影作品。绘画主义摄影是盛行于20世纪初摄影领域的一种艺术流派,它产生于19世纪中叶的英国。该派摄影家在创作上追求绘画的效果和"诗情画意"的境界。1869年,英国摄影家罗宾森理论为画意摄影流派奠定了理论基础,画意摄影风行一时,并且也一直影响到今天的摄影创作。修辞学的通感不承认同觉跨界,这与它同艺术学的功能、载体不同有关。艺术在同一的感觉形式中有多种不同的载体,如视觉艺术载体可以有绘画、雕塑、书法、剪纸、摄影等。不同的感觉载体,有不同的表现方式,它们之间在表达方法上的感觉挪移是不可避免的,也是很有意义的。

在摄影创作中之所以产生同觉跨界挪移现象,这是同觉跨界挪移的特殊性所决定的。

其一,同觉感受的对象外在形态、色彩比较接近,容易产生跨界挪移的联想和借鉴。摄影与绘画、雕塑、剪纸、书法、舞蹈等可视艺术都在同一感官的接受中,它们的相关性可以在同一感官得到较直接的反映。《春树奇峰》是郎静山先生第一幅入选国际沙龙的集锦摄影作品,曾在各种展览中多次获奖。从作品淡雅、缥缈、空灵的风格,浓淡相宜的笔墨,加上画面上方仿中国画的题款:"黄山之水天下绝,树怪峰奇云海阔",让我们相信此作是表现黄山胜景的一幅国画。但是它确实是摄影作品。作者说:"将所得之局部,加之人意而组合",并经过作者"雕琢而复归于自然"。作者是怎么琢磨的呢?面对黄山的山峦、雾霭、奇峰、奇树,他把摄影获

---

① 吴冠中:《东寻西找集》,四川人民出版社1982年版,第62页。

得的感觉——形态、色彩、意境、构图、风格等，都直接挪移到中国山水画感觉上了，故而，创作出画意洋溢的摄影作品。同样是黄山，早晨我们目睹迎着霞光的错落山峰时，这光、这影，让人想到许多版画作品，油然而生的是版画的感觉：厚重、简约，充满象征意义。

其二，同觉中最生动的感觉形式，具有对感觉挪移的吸引和带动作用。在视觉艺术中，摄影还是一门最年轻的艺术。以国画、油画、雕塑等为主的众多艺术门类佳作迭出，源远流长，有些作品已经深入人心。摄影创作虽然应当突出本体特点，推陈出新，但在感觉挪移中，优秀的视觉形式、优秀的作品的影响总是会捷足先登的。中国写意山水画"表现非常巧妙"，这种生动的视觉形式，让陈长芬的感觉从摄影走向了国画。

其三，同觉挪移可以产生超出原有载体的艺术效果。

很多创作素材，当借鉴了同觉其他艺术的呈现方式后，其艺术效果顿时升值。我们常常把大地的田垄拍出版画韵味，把树木在水中的倒影拍出泼墨效果，把逆光中的物体拍出剪影风格，这些都比平铺直叙的"照相"魅力陡增。

有些题材，经过同觉挪移，其效果既超过了原有载体，也超过了借鉴载体。拍摄湿地题材时，人们经常坐飞机或热气球航拍，当在一定高度上俯瞰湿地时，绿野上那各种曲线的河道便昭示出书法作品之美。由于距离远、机位处在动态之中，不便表现细节，按照书法的创意拍这种题材也最为合适。所以，很多人都把摄影的感觉往书法艺术上挪移。有些作品拍出来之后在电脑上一看：比张旭的狂草还动人！杜甫在诗中写道："张旭三杯草圣传，脱帽露顶王公前，挥毫落纸如云烟。"张旭的草书虽变幻多端，如烟似云，但镜头下的湿地河道形态更为狂放不羁，在轻烟薄雾的点缀下，如真似幻，神秘么测，既有草书之气，又胜草书之美。正是这种效果，彰显了同觉跨界挪移的魅力。

同觉跨界，还创造了一种介于两种或多种载体之间的新的文体。如有的作品将摄影和绘画融合，营造了一种似画非画、似影非影的艺术效果。但它的艺术效果可能超过画，也超过影。这种情况，即为同觉的多媒体融合。

二 多种感觉的协作是必要的纽带

通感泛指一种感觉与另一种感觉或多种感觉互通的现象。感觉互通，就需要感官配合；没有多种感官配合，就无法实现感觉互通。我们来分析一下感觉挪移的机制。感觉挪移，需要有最初的感觉，称"原觉"；需要有挪移的感觉，称"移觉"；连接两者的想象形式，称为"挪移媒介"。一个成功的通感，要做到原觉真实、移觉生动、挪移媒介形象。以孔子听韶乐"三月不知肉味"为例，原觉是韶乐，移觉是肉味，挪移媒介是"美好"的感觉。这个通感的成立在于，原觉的听觉（韶乐）是真实的，移觉的味觉（肉味）是生动鲜活的，挪移媒介（美好）对于原觉和移觉都是形象的、实用的。这三个环节，需要不同感官的密切配合，哪个环节出了问题，通感都是不成立的。比肖夫的《吹笛少年》之所以成为世界名作，与其在通感运用上多种感官的成功配合是不无关系的。看其中奥妙：原觉——少年吹笛，真真切切，不容置疑；移觉——笛声给我们的听觉效果，十分动人；挪移媒介——乐器奏出乐曲，形象、可信。正是多种感官的合理配合，使视觉里的听觉效果成功地延伸出来。一种感觉向多重感觉挪移，因涉及感官较多，对多种感官的配合要求更高。

在摄影艺术通感的运用中，感官配合不好致使作品创作失败的情况也常有发生。有些表现草原放牧生活的作品，常常冠以"草原牧歌"。其实，仔细研究一下作品的构成要素，就会发现是牵强、虚假的。这里，原觉的草原是真实的，移觉的牧歌是美好的，但是移觉媒介中，没有节奏韵律，没有音乐要素，读者无法感觉到音乐美，这个通感是无法成立的。移觉配合不好的现象也较多。在冰雪题材摄影作品中，表现严寒主题的很多，有的冠以"奇寒",有的冠以"酷冷",但作品却产生不了"寒冷"的触觉效果。原因很多,有的借助朝霞和晚霞,表现出来的是雪的暖调,没有寒意;有的在蓝天白云的背景下,创造一种令人心旷神怡的意境,也没有寒意。此时此地无"此感"——错用移觉,致使此类通感不能成立。所以,运用摄影艺术通感,多种感官的协作不可忽视。

三 摄影艺术通感包括反映人们意识层面的意觉活动

研究修辞学通感的人认为,通感只存在于生理层面,如视觉、听觉等,不存在于心理层面,如意觉(我们把反映人们意识层面的感觉称之为"意觉";也称"心觉")。这种认识对于艺术通感来说是不完全的。它忽视了意觉在五官活动之间、在主体与客体之间的作用。有些人正是因为忽视意觉,在摄影创作中,才出现有"有物无心"(有素材,无感觉)或"有心无物"(有感觉,找不到表现对象)的困惑。

(一)意觉不可替代

佛教认为:口、耳、鼻、舌、身、法为六根。法,是精神和心理层面的,相当于意觉。六根各司其职,六根可以互用。国内外许多艺术家、艺术理论家们在涉及通感的论述中,也都强调了心理的作用。陈育德先生总结前人的观点认为:在艺术创作中,可以"心治五官","六根互用",充分强调了心理因素在艺术通感中的作用。

艺术通感的"心治五官、六根互用",首先体现在心理活动统领和调动五官上。恩格斯认为,我们的不同的感官可以给我们提供在质上绝对不同的印象。因此,我们靠着视觉、听觉、嗅觉、味觉和触觉而体验到的属性是绝对不同的。但是就在这里,这些差异也随着研究工作的进步而消失。……最后,总是同一个我接受所有这些不同的感性印象,对它们进行加工,从而把它们综合为一个整体;而这些不同的印象又是由同一个物所给予，并显现为它的一般属性，从而帮助我们认识它。[①] 这里的"加工""综合"就是意觉的活动过程。没有这个过程，感觉挪移也是无法完成的。

艺术通感的"心治五官、六根互用"，还体现在主体与客体之间的"意"与"象"的互通上。我们的感觉源于实践，但一定的感觉在时间和空间上也具有相对的独立性。这种感觉相对的独立性生成的意觉，造就了创作上的意象互通。

意觉是外界作用于人们的感官之后，在人们心理上的能动反映。

意觉在摄影创作中的运用，表现为两种形式：一是"以意取象"；二是"以象生义"。

（二）意觉可以"以意取象"

用心中的意，取生活中的象，便是"以意取象"。明代画家张鹏的《渊明醉归图》，就是根据陶渊明"采菊东篱下，悠然见南山"的诗意创作的。作者担心表意不足，又题诗两句："酣然尽兴酬佳节，只恐梅花催鬓霜。"朱自清介绍明代画家周臣的《毛诗图》时说，汉代以后，许多画家都根据毛诗作画。宋代词人胡仔为韦应物诗句"漠漠帆来重，冥冥鸟去迟"所感动，拟请画家以此诗意作画，挂在床头，"使余隐几静时，神游八极之表耳"。以诗意作画，古今流行。以诗意摄影，也很受人青睐。以拍丹顶鹤著称的摄影家马国良先生的许多丹顶鹤作品都配有古典诗词。其中，有些作品不是成像之后配的诗，而是根据诗意拍的照片。以意作画、以意摄影，都是在发挥意觉的作用。

集锦摄影，是最典型的以意取象。摄影术诞生不久，摄影艺术家们就意识到单个镜头无法表达个人审美情感和艺术创意，于是集锦摄影便应运

[①] [德] 恩格斯：《自然辩证法》，于光远等译，人民出版社1984年版，第211页。

而生了。瑞典艺术家雷兰德用 30 幅底片叠印成《两种生活方式》，表现不同人的不同生活状态，成为跻身摄坛并轰动一时的集锦作品。自此之后，伴随着不同的声音，集锦摄影一直与摄影术并驾齐驱。中国台湾的郎静山先生堪称全球集锦摄影大师。不仅有丰厚的集锦摄影作品，而且有丰富的集锦摄影理论。他把时间跨度几十年、空间跨度几千公里的不同照片，组合在一起，构成一幅新作，如《湖山揽胜》《三山仙子婀娜娟娟》等，早已脍炙人口。陈复礼大师这方面的成就亦相当醒目。陈复礼的《搏斗》，表现狂涛巨浪、阴云凶险的环境中，驾船人与大自然英勇搏斗的情景。海与船是在越南拍的，阴云则是在香港拍的。合成之后，构成了完整的气势恢宏的作品《搏斗》，成为人们交口称赞、模仿者接踵而至的集锦摄影范本。虽然国内外对集锦摄影的不同声音不绝于耳，但集锦摄影一直伴随着摄影艺术的发展而发展。数码技术的普及，又使集锦摄影获得"无孔不入""变本加厉"的强势。一些反对"集锦"的人，也自觉不自觉地在电脑屏幕前为自己的作品"修修补补""添枝加叶"或"改造重组"。

集锦摄影的存在，是艺术规律所决定的，同时也是经济和科技发展的结果。"集锦"，具有把优质、精华、美好的东西编辑组合到一起的含义，是一种以运用生活中的物象表达作者感情和感受为方式的艺术活动。其实，许多创作活动，其"创作"行为本身就具有"集锦"成分。小说家要"集锦"人物和情节；诗人要"集锦"感受和意象；画家也是在"集锦"了感受之后，再"集锦"线条和色彩；舞台艺术更是通过多种"集锦"之后产生的。摄影作品，作为表达艺术家情感和感受的方式，自然也需要运用典型化手法概括形象和重塑新的形象，这就必须"集锦"。全球经济的发展，催生了广告业。广告摄影更需要"集锦"。数码技术的发展，将暗房工艺由"暗"转为明，由手工转为自动，由"个别"转为"普遍"，"集锦"之法已铺天盖地，天经地义地存在了。那种认为"集锦"造假、"集锦"背离摄影宗旨的认识，究其原因，在于把纪实摄影和艺术摄影弄混了：纪实摄影要原原本本地再现生活，不能虚构；艺术摄影则不然，如果不用典型化手法（相当于有些人认为"造假"的手法）去表现生活，那么，就没有艺术了。

集锦摄影如此，其背后的真正推手，就是摄影师以意取象的通感行为。

主观主义摄影、抽象主义摄影，超现实主义摄影等主观色彩较强的摄影，都大量运用以意取象手法，近年流行的观念摄影、新锐摄影也在以意取象中受益。

（三）意觉可以"以象生意"

从生活中的物象生发意念，这便是以象生意。刘勰在《文心雕龙》谈"比兴"时认为："王褒《洞箫》云：优柔温润，如慈父之畜子也。此声心比心者也。"洞箫之声，在这里可以理解为"象"，慈父育子之心，是抽象的"意"。那洞箫之声，如慈父育子那样温情柔润，是听觉向意觉的一种挪移。同样的例子，刘勰又举一个："马融《长笛》云：繁缛络绎，范蔡之说也。此以响比辩者也。"那笛声繁复多变，连绵不绝，正如姓范和姓蔡的辩士那非凡的辩论一样。依然是以笛声之象，取辩论态势之义。

以象生意反映在摄影创作上，主要体现在对素材的理解上。摄影家思想感情的投入，多种感官的介入，对表现对象会产生特有的意觉。《世界》便是这样：大地上一个个弧线叠加的视觉效果；下面的大弧线支撑着上面越来越多的小弧线，呈现出强大的触觉效果，营造出很强的哲学意味。这种以象生意，给人以很多关于社会、关于自然、关于人生的联想。

摄影家对"象"的深入研究，深刻理解，会发掘出深刻的审美意义。一位拍荷花的老摄影家，十几年矢志不渝地研究荷花，他拍摄的荷花之象，便闪烁出与众不同的"意"的光芒。荷花是我国和世界很多国家的人们酷爱的一种传统名花。荷花在东方美学中一直是圣洁、美好的象征。摄影术问世百余年来，荷花也成为中外摄影家热烈采撷和聚焦的物象。这种情况，给荷花摄影提出一个难题：如何在表现荷花的题材上有所突破、拍出新意。他的作品，在对荷花感情的认知上，超越了缠绵琐细的遗韵，表达一种深沉厚重的关爱；在对荷花品格阐释上，超越了洁身自好的局限，表达了崇高的向往和追求；在对荷花生存意识的理解上，超越听天由命的弱势态度，表达了自主自强的生存观念。作者的创作提示我们：像荷花这类老题材，老物象，只要认真挖掘，以象生意，新的意觉完全可以赋予作品以新的意蕴，产生新的艺术魅力。

四 摄影艺术通感不仅具有表达功能，也具有重要的认知功能

有些学科在阐释通感时，只强调它的语言表述作用、形象塑造作用等，不讲它的认知功能，这是不全面的。对于摄影艺术创作来说，通感的认知功能尤为重要。有了对世界的认知、对自身的认知，摄影家的创作活动才有可能进入表达的程序。离开了认知，摄影创作也无从谈起。

（一）多感官的直接认知

既然人们认识世界需要多种感官，那么多种感官的挪移、协作一定会增强人们的认知能力。当我们认识小河流水的时候，视觉看到了它的形状、色彩；听觉感受到了它的声响，同时，也可以感受到它的音乐感；触觉还可以感受到水的柔性；嗅觉也能够感受到水的清新。当我们没有机会去听、去触摸、去嗅的时候，由于通感的作用，凭借视觉也可以感觉到水的音乐感、水的柔性、水的清新。这就是通感帮助视觉——认识了视觉以外的世界。所以说，摄影艺术通感包括摄影主体感受生活、认识事物的方法，也包括摄影主体表达审美情感和艺术创意的方法。

摄影艺术通感的认识功能，重要的是表现在对艺术美的发现。多种感官相互贯通的通感方式，为人类提供了一种认识事物、揭示事物内在规律

的特殊的方法。在创作上,它是把属于一种感官域的审美信息映射到另外一种或多种感官域上,使艺术审美活动在认知范畴里的功能得到超常的提高。这种条件下,许多在单一感觉中发现不了的艺术美可以得到发现,摄影艺术审美活动可以进入一个更高的境界。

(二) 多感官的间接认知

摄影艺术通感的认知功能,还表现在对"间接生活"——对文艺作品的认识和理解上。人们习惯把文艺家走进社会的生活叫作"直接生活";把在作品中得到的生活叫作"间接生活"。两种生活对于文艺创作都是必不可少的。有时候,作者阅读他人作品之后,针对这一作品也可以产生创作行为,那么,这种"阅读"本身也是一种不可忽视的生活。所以,对艺术家来说,艺术鉴赏也是一种特殊的创作活动。摄影家鉴赏作品,是间接或直接地感受生活的必要方式,也是认识艺术规律、艺术手法、艺术价值、艺术效果,进而完善、提高创作的必要方式。有人研究音乐与色彩的关系,认为"运用听觉与视觉的通感关系,彩色音乐应运而生。彩色音乐是在当代科学技术与文学艺术巧妙结合的基础上,广泛运用声学、光学、电子学、美学、心理学等原理,使各种色彩和音乐节奏、意境和谐统一的音乐方式。利用联觉心理现象,我们可以对声音进行专门的电子仪器分析、反馈,以此控制投射灯光的同步变化,于是不可捉摸的声音信息通过色彩、喷泉、舞蹈等方面的关联。例如,A大调可配玫瑰色,B大调可配银灰色,C大调可配白色,E大调可翡翠色,G大调可配金黄色,高音尖锐,可配以绿色或黄色,中频配以蓝色或青色,低频配以红色或紫色……通过听觉形象向视觉形象的感觉挪移,彩色音乐的审美效果可谓丰富多彩"。这一现象,正好印证了法国作曲家梅西安的说法:"要理解我的音乐中的音色和声及声音的组合,你就必须热爱色彩,对色彩敏感,懂得音乐和色彩的联系。"事实上,正是艺术通感让人们认识了音乐和色彩的艺术联系。对于从事创作的艺术家来说，也只有运用艺术通感才可以认识这种隐藏在多种感觉中的"生活"。

爱尔兰当代诗人西蒙斯·悉尼是诺贝尔文学奖和艾略特奖得主。他的许多诗歌作品佳句迭出。有人翻译了以下诗句：

> 柔软的音乐声飘逸着芳香，幻化成甜美的光；金光闪闪的光让人听来品味出极精美的味道，它包裹着我，让我沉寂在永恒之中。

据说，这是诗人听了肖邦的音乐作品之后，根据自己的艺术感悟创作的。从诗歌的表达中，我们可以看出，作者运用了听觉、触觉、嗅觉、味觉、视觉等多种感官，"认知"了肖邦的作品，把听音乐变成了直接地深入"生活"，认识了"生活"，才创作出如此生动感人的作品。

有些人在接触具有现代风格的作品时，常常为"读不懂"而困惑。导致这种困惑的一个重要因素就是读者忽视了艺术通感的存在。在各种文艺形式中，人们对诗歌"读不懂"的呼声最高。我们看一位诗歌评论家如何道出了其中的奥秘："在诗歌的审美创造中，诗人凭借着通感的审美经验，运用丰富的想象力，有意地将接纳感官错综地挪移转换，从而创造出具有多感性的新奇意象，产生只可意会不可言传的特殊的美的魅力。"诗人们本来是运用艺术通感"有意地将接纳感官错综地挪移转换"，我们阅读时，必须顾及感觉的"挪移转换"——也就是艺术通感。有了艺术通感，"读不懂"的多米诺骨牌就会随之倒下。

人们在阅读——认知摄影作品时，也存在"读不懂"的问题。但当我们掌握了多种感觉的挪移协作这种艺术通感的武器之后，许多阅读认知上的问题也就迎刃而解了。著名摄影大师菲利普·哈尔斯曼的摄影创作以表现出奇制胜和荒诞著称，很多作品令人费解。但当我们运用艺术通感去破译他的作品时，"费解"的情况便会大大改善。《原子的达利》是哈尔斯曼的代表作。作品表现的是主人公达利和屋子里的椅子、小猫、水流悬浮、运动的场面。这些表现对象的行为、它们之间的逻辑关系都有点违背常理，很难读懂。我们运用多种感觉挪移协作的方法去理解它，就可以理出一定的脉络：作品之中各种表现对象虽然看似毫不相关，但它们都有一个统一的触觉效果——悬浮、运动。我们据此视觉挪移出触觉效果，有理由认定作品表现了动态形象美，或者阐释了一种动态的哲学美。这种理解，果然不出所料。有资料介绍过哈尔斯曼的创作过程。有一次，作品主人达利见到哈尔斯曼说："我最近才知道原子还不是物质的最小单位。原子中还存在原子核、质子、中子等，原子核把它们托在半空中不停的转着。这样一来由原子形成的物体，等于说都是浮在空中了。"哈尔斯曼受此启发，产生了表现物体运动状态的想法，于是他找了几个助手，运用举椅子、抛小猫、空中泼水等技法，花了6个小时的时间，完成了这幅作品的创作。我们运用艺术通感去破译抽象主义、超现实主义、观念摄影的作品，同样会有一定的收获。故而，艺术通感在摄影创作中的认知作用要给予充分的重视。

（三）多种感觉延伸，让人们认识了更多的摄影审美要素

多种感官在摄影审美运作中，让摄影家逐步认识了一些具有固化形态的审美要素。视觉向触觉延伸，可以发现物象的质感美、动感美、物体变型美、色温变化美、物体硬度美；视觉向听觉的延伸，可以发现节奏韵律美、音响与音乐符号美、意境和行为中的声音美；视觉向味觉的延伸，可以发现物品给予人们的味觉记忆美、物体形态与色彩给予人们的味觉条件反射美；生理味觉向心里和社会的延展美；视觉向嗅觉的延伸，可以发现具体物体的嗅觉记忆美；表现对象提供的嗅觉氛围美；事物引申出来的嗅觉联想美；视觉向心里延伸，可以发现显性的意觉美；隐性的意觉美；幻化意觉美等，不一而足。这些审美要素是摄影艺术的血肉，有了它，就有了摄影艺术的生命。

摄影艺术通感对于创作的强大功能表现为：可以增加摄影主体艺术感觉的触角，使之多层次、全方位地感受生活，为创作撷取取之不尽的素材；可以加深摄影主体对生活的理解，使之更深刻地领悟和发掘表现对象的意义，提高作品的思想和艺术价值；可以延伸、丰富摄影主体的艺术感觉，催生奇思妙想的摄影语言，提高艺术的传递功能和艺术感染力。有志向的摄影家应当充分利用艺术通感，在摄影创作的天宇里展翅翱翔！

文学的电影如何可能?

——作为文学史而非文学的《黄金时代》

唐宏峰

（北京师范大学）

作为一个热爱萧红也喜爱许鞍华，做现代文学研究也写些电影批评的研究者来说，看过《黄金时代》，一个问题萦绕心中，文学的电影如何可能？不是文学故事影像化（文学改编）的电影，不是单纯诗意的电影，而是文学的电影，到底怎样才是可能的？《黄金时代》的台词几乎句句有出处，在现代文学史的浩繁卷帙中寻章摘句，但我要说，"文学"在电影中依旧是缺席的，是文学史而非文学。在影片中看不到"写作"本身，看不到"文字"的形象，听不到现代白话文的独特的声音，影像只是文字故事的外化，而非文字内部之情绪、隐喻与抽象凝集的形象。在影像—文字—声音的联结关系这一文学电影的核心问题上，《黄金时代》没有多少贡献。我愿意提起"他们在岛屿写作"的台湾文学家电影系列，它在使用影像表现文学世界方面，表现出超凡的创造，而遗憾的是这并没有成为《黄金时代》汲取的营养。

一 文学史，而非文学

创作者将《黄金时代》做成了一部以萧红为线索的现代文学史资料汇编。文学史学者杨早称其为"一篇被史料压垮了的论文"，我深以为是。

影片严格按照萧红自己的著作和友朋的纪念文章来铺展故事、组织画面和设计台词，几乎句句有出处、镜镜有依据。影片以参与了萧红生命经历的许多同时代的文学人物为叙述者，在故事发展需要补充或跳接的地方交代和讲述萧红的早年经历、生活与情感的重大变化与转折等内容。白朗、罗烽、舒群、梅志、许广平、聂绀弩、胡风、丁玲、蒋锡金、骆宾基等，他们直面镜头，仿佛接受采访般地讲述他们所知道的萧红，所说的话基本都是他们后来所写的悼念萧红的文章中的语句。比如，许广平《追忆萧红》讲萧红"文章上相当英武，但在处理问题时感情胜过理智"；丁玲《风雨中忆萧红》讲"我们也痛饮过，我们也同度过风雨之夕"；胡风《悼萧红》讲萧红的天才胜于萧军。《黄金时代》讲述的萧红是准确的，绝无无端的想象和编排。而这些文章许多都是优秀的散文。《黄金时代》讲述了萧红的一生，也由此连带起整个20世纪30年代文坛尤其是左翼作家圈的面貌。难道这里没有文学？

我的回答只能是：这是文学史而非文学。整个《黄金时代》的缺陷就在这里，是文学史，而非文学。《黄金时代》是一本相当客观的文学史，它运用大量史料复现了萧红的颠沛流离的一生，抽象而准确。文学史是后人的有距离的讲述，正如影片中的那些讲述者，而文学则是具体的、内部的、隐喻的、现时的。影片为何让人觉得隔膜，为何难以讲出萧红的灵魂和精神世界？原因就在于文学史是后设的。影片的"间离效果"让人不舒服，不是间离本身不对，也不是间离只能用于剧场舞台，而是那些萧红同时代的叙述者一方面在参与其生命历程，另一方面却用后设的视角来讲述她、评判她。间离本身并不能带来站在未来、站在结果的后设视点。而影片中后设与共时并存，叙述者一方面参与故事，与萧红一样在动乱的时代挣扎奋斗，而另一方面却就在这生命历程当中突然某一刻完成了这一历程、知晓了未来的结果，下一刻又回到萧红身边，又什么都不告诉她，仿佛穿越剧人物一般。这使得这种后设视角成为相当冷静的旁观，甚至成为构陷萧红的一种力量。当影片中萧红和她第一个爱人逃到北京在故宫角楼外意气风发地走，一瞬间，萧红看了看镜头，欲言又止，随即萧红上来拉着他继续在故事里走。后来，陆辜负了萧。那个向故事之外投来的目光，实际构成的效果是，"我"知道结局，"她"在走向深渊，"我"在旁观。后来聂绀弩坐在宴席的屋外对观众讲当时上海文坛复杂的政治形势，说"鲁迅在回萧军、萧红的第七封信中向他们发出见面的邀请……"随后起身加入宴席；在山西，他从右边随众人入镜，走向镜头，走出故事，介绍二萧的去与留的不同选择，说完话继续加入众人从左边出镜。这是一样的效果：共命运的朋友，成了旁观的局外人。后设的文学史，知道结局的间离，隔膜了在时间之中的、具体的、内部的萧红。

影片第一个镜头是我所谓文学史特质的集中展现。黑白的汤唯扮演的萧红肖像，平静无波澜地自述："我叫萧红，原名张乃莹。1911 年 6 月 1 日，农历端午节出生于黑龙江呼兰县的一个地主家庭。1942 年 1 月 22 日中午 11 时，病逝于香港红十字会设于圣士提反女校的临时医院。享年三十一岁。"毋庸说，这段语言和影像是令人震惊的，人物在活着的时候说出自己去世的时间地点和终年，充满了反讽的效果。这段话里包含的后设与共时并存的悖论，为后面所有叙述者的叙述提供了结构。这是文学史的写法。这里奇怪地没有文学，这两句话中没有说出"我是一名作家"，没有写作、文字、作品的影像出现，只有生平，只是一个命运多舛的人，这也是影片《黄金时代》的本质。

二　写作的消失

许鞍华和李樯不会同意我的看法，他们会说影片中有大量作家伏案写作的镜头，有大量段落出现了萧红作品的名称如《初冬》《弃儿》《商市街》《生死场》和《呼兰河传》，更不用说众多情节都是依据萧红的文字，如二萧在哈尔滨的生活依据《商市街》，二萧与鲁迅的关系依据《回忆鲁迅先生》。确实，影片中常见萧红伏案写作的样子，画面也都依据小说或散文而来，但这不是真的"文学"。这里以二萧与鲁迅交往的段落为分析对象。萧红 1939 年秋在陪都重庆写作《回忆鲁迅先生》长文，此时生活困苦，她在感情上陷于对端木的失望和寂寞，回忆鲁迅，是从文字中寻觅暖色。影片采用穿插闪回的方式，一面是 1939 年伏案写作的萧红，文章中的语句以画外音形式出现，一面是 1935 年萧红与鲁迅和许广平频繁往来的情形。萧红伏案写作，镜头先是中景，表明人物的环境和伏案写作的动作，之后就是人脸特写，苍黄的有色斑的消瘦的脸，虽然很好地展现了人物的精神与身体状态，但写作消失了。《黄金时代》中表现写作基本如此。只有抽象的写文章，交代人物正在做这件事情而已，却绝少有过具体的镜头，表现书写的动作，展现书写的结果，呈现出文字在纸张上生成的过程，出现具体的布满字迹的文稿。这才是写作，是作家的精神与灵魂，是文学的形状。

具体细腻的书写的形象，对于一部表现作家、表现文学的电影来说是重要的，但并无多少影片做到。我心中想到的是"他们在岛屿写作"台湾文学大师电影系列，这一系列作家纪录片，在探索如何用影像表达文学、琢磨影像—文字—声音的关系方面，非常富有创造力，极富诗意，称得上是真正的文学的电影。片头正是写作的形象，将多次的不同的书写叠合起来，笔在纸上沙沙地写着，不同的字迹、不同的内容、不同的字体、不同的作者、不同的纸张，多重影像连接叠合起来，基本都是凝聚于笔尖的大浅焦特写，突出作家只有一个行为——就是写作。这种处理在此系列影片中的每一部都大量出现，我们看得见文字的内容，看得见书写的形式，看到艰难的写作是什么，了解"以写作为生命"到底是什么意思。

萧红是以写作为生命的，否则她不会在 10 年写作生涯中贡献 100 多万字。而《黄金时代》在展现人物写作的时候，对抽烟的表现，比对写作本身的表现更多。影片唯一表现过的具体文字，是萧红在空白的纸张上写下

"弃儿"的标题,之后就没有了。为了展现写作,"他们在岛屿写作"系列影片出现大量手稿与书刊形象,手稿是写作的过程,而泛黄的书刊则是作家的诗歌或小说初次发表的场所,那些实在的《现代文学》《诗刊》等给人以切实的现场感,表现了文字的生成与流转。《黄金时代》中几无手稿形象,没有圈圈点点的涂抹勾画的字纸,有的只是抽象的写着"生死场"或"八月的乡村"的封皮。即使是片中老年萧军整理萧红的书信,影片也没给出这些信的模样;即使是有将近1分钟的丁玲写回忆萧红文章的段落,甚至最后将完稿递给白朗,影片也没给出一个文字的镜头。聊胜于无的是鲁迅的书桌,桌上出现萧红的《生死场》和给萧军的信,镜头摇过。《黄金时代》的故事中有很多文学杂志和书,作家们办刊,在刊上发表文章,出版作品,而同样,影片没有给出真实的形象。电影中有很多萧红、萧军看书的情形,但我们不知她/他在读什么,只有抽象的阅读,却没有真正翻书的镜头,如果影片展现二萧读鲁迅杂文如《三闲集》等,这种鲁迅与青年之间、作家与作家之间的文字和思想的交流就是真实的,更真实的,在吃食衣饰这种自然日常话题之外更真实而内在的。

三 文字与画面

李樯在访谈中有些气愤地表示,"其实你只要读一点萧红的作品,你就会知道,电影通篇都是她的作品,包括东北部分整个都是《商市街》"。然而我要说的是,这只是文学故事影像化,即最常见的文学改编,与真正的文学电影还有点距离。《黄金时代》采用的是最简单的电影处理文学的方法,即将内容故事化、影像化,萧红在自传性散文集《商市街》中讲述他们在欧罗巴旅馆中如何不租铺盖、在下等餐馆中如何对肉丸子犹豫不决,电影将这些情节一一呈现出来。在前文分析的二萧与鲁迅交往的段落中,这种文字影像化的方法更具有一种自觉性。一面是1939年的憔悴的萧红在写《回忆鲁迅先生》的文章,一面是1935年文章中所描述的鲁迅先生，画外音正是文章中的语句。画面在写作的萧红与文章里记述的萧红之间来回切换，表明电影呈现的是萧红文字里的世界。万年青、起身想走却走不开、伤风，这都是萧红笔下的活生生的鲁迅。画面是萧红的故事，声音是萧红的语句，难道不是文学？从文学改编的层面来讲，当然没有问题，但如果我们并不想仅停留于文学故事的呈现，那么文学特质与诗意表达就需要更多的手段。

我先讲画面。影片中萧红在日本的段落，文学性最强。这自然是因为这里以萧红书信为依据，书信叙事性弱而抒情性强。大量使用空镜头，街景、窗外、暗夜的榻前，几乎没有画内音，主要是信中语句的画外音。暗夜里，萧红赤手赤脚在白月光中投影，内心独白；鲁迅逝去，而万年青依旧。这些影像的处理，格外具有诗意和文学的特质。那么叙事性的情节怎么办呢？影片在哈尔滨故事的段落，有一个镜头感觉很对，当萧红和萧军酒足饭饱走在大街上，鞋带断了，他帮她系上，两人并肩走，她穿着他宽大的长袍。两人占据画面中左，屏幕此时在右边打出三竖排字体：

电灯照耀着满城的人家，

钞票带在我的衣袋里，

就这样，两个人理直气壮地走在街上。

镜头立刻成了画面，汉字的形态，观影者的眼睛开始阅读，时间被延长，含蓄、隽永之意蔓延出来。事实证明，也有普通观众对此段处理念念不忘。文字为短句，断续参差排列，类似诗歌的形态。象形文字具有视觉的意义，参与造型，与镜中景贴合在一起，造就诗与画的感觉，一切就仿佛中国传统绘画的样子。真可惜，《黄金时代》只有这一处使用了这种方式。在"他们在岛屿写作"系列电影中，这种手法被大量使用。陈传兴导演的《如雾起时》中，反复出现流水中水草浮动的镜头，在其上，郑愁予的诗歌一行行出现。具象的事物成为意象，文字成为形象，电影的诗性/文学性溢出来。

我想说的始终是——文字，文学的电影怎能放弃文字？文字与影像是两类媒介，电影依靠视觉，语言文字依靠想象，当文学以其最根本的形式——文字——出现在荧幕上，原始的文学阅读出现了，文学诉诸读者想象力的那些深意、韵味散发出来。观影在此时变成复合的活动，观影暂停而阅读开始。《黄金时代》里全方位地没有文字，故事中没有文字的形象，故事外也没有文字的形式。在萧红被困旅馆的时候，影片表现她写下《偶然想起》这首诗，写有这首诗的纸片后来被萧军看到而使其发现了萧红的才华，进而促发了爱情。电影没有给这首诗的文字以任何形象，我想，当萧红坐在桌前写诗的时候，如果能将镜头落于她的笔尖，之后将这四行文字打在荧幕上，效果一定更好。

去年的5月
正是我在北平吃青杏的时节
今年的5月
我生活的痛苦真是有如青杏般的滋味……

在萧红旅居日本的段落，下面的文字如也呈现在屏幕上，会增强影像的文学性。

军，窗上洒着白月的时候，我愿意关着灯坐下来沉默一些时候，就在这沉默中，忽然像有警钟似的来到我的心上："这不就是我的黄金时代吗？此刻。"

将文字安放在电影中，就是将阅读召回到电影中来，这是文学的原始形态与基本的接受方式，此时与影像融合在一起。许鞍华和李樯会说，这些萧红的美妙文字都是以画外音的方式出现在电影里了，文学并不缺失。

不过我想说，无论是阅读还是诵读，都是读，而不是听，文字是基础。文字具有声音，它同时具有视觉性和听觉性，但基础都是诉诸想象力与理解力的读，没有文字配合的听，是不够的。我想，一些重要的文字，如《生死场》：

在乡村，人和动物一起忙着生，忙着死。

平儿和罗圈腿都是大人了！王婆被凉风飞着头发，在篱墙外远听山坡传来的童谣。雪天里村人们永没见过的旗子飘扬起，升上天空……

这些文字在以画外音诵读出来的同时，如在屏幕上缓缓顺次出现，将观众一起带入文学阅读的程序，启发文学感受，效果会好很多。

四 诗的音响

文字当然具有声音效果，诗歌和散文甚至小说都可以朗读，文学的电影会因此呈现出丰富的声音形象，在影像—文字—声音三方面叠合出丰富的效果。"他们在岛屿写作"系列影片在声画与文字的配合方面，有诸多创造性的贡献，其基本的手段是读诗（诗人自己读或配音读，配以音响或音乐），诗歌文字出现在屏幕上（常是黑底白字），画面则是与诗歌可以构成联想的种种意象，甚至用动画、舞蹈等形式来表现抽象的思想。《朝向一首诗的完成》的开头是诗人杨牧捧着诗集读诗，画面是不断叠合的写作与阅读的形象，同时诗的文字在屏幕上一行行出现又消失。诗人的声音极富特质，音效设计加入了钟表嘀嗒的声音，同时配以单纯低沉的大提琴音响，诗音动人。《寻找背海的人》用声音展现王文兴"雕刻式的小说"，作家朗诵自己的小说，甚至跟大提琴、小提琴、钢琴和其他弦乐现场合奏表演。《化城再来人》中九十岁高龄的诗僧周梦蝶用极特殊的乡音缓慢、坚定地读诗，如其人一般清瘦，如其诗一般悲凉，画面则是河流、庙门、船、《心经》等隐喻意象。

　　文学是语言的艺术，《黄金时代》大量画外音严谨依据萧红自己的语言，这是好的。不过问题在于，此种念白主要成为叙述者的叙述，承担影片中故事推进的任务，或介绍人物经历，或衔接叙事，进行起承转合，为电影的故事发展服务，而不是其本身即是目的的文学语言。在影片开始萧红与弟弟相遇的段落，散文《初冬》中的语句以画外音的形式成为叙述："初冬，我走在清凉的街道上，遇见了我的弟弟……咖啡店的窗子在帘幕下挂着苍白的霜层。我把领口脱着毛的外衣搭在衣架上……弟弟的眼睛是深黑色的……"说"遇见了我的弟弟"便遇见弟弟，说"咖啡店""窗子"便进了咖啡店、看见了窗子，语言成了影像的解说、故事的推进，语言本身不是电影展示的对象。在开篇表现散文《后花园》的段落中，这一点可以看得更清楚，影片如何将文学描写变为电影的叙述。该段落将童年萧红和爷爷与家乡的后花园搬演出来，用明丽的色彩、天真的孩童与慈祥的老人，表现萧红一生追求而不得的"爱"与"温暖"。画外音"我家后花园5月里就开花的，6月里就结果子，黄瓜、茄子、玉蜀黍、大芸豆、西瓜、西红柿，还有爬着蔓子的倭瓜。但我家的院子是很荒凉的……"随后影像变为萧红与萧军第一次在旅馆见面，两人相对，萧军问，"你母亲死的时候你几岁？"，萧红沉吟了一下，答"八岁"，萧军继续说自己母亲去世时自己才七个月大。这样，前面那一段画外音，就变为萧红对萧军讲述自己身世的一部分。萧红的大量画外音都是如此，充当着讲述自己生平的功能，而非独立自主的文学作品中自身即为目的的语言。"二十岁那年，我就逃出了父亲的家庭。直到现在还是过着流浪的生活，'长大'是'长大'了，但没有好……"演员汤唯念白的弊病与此一致，即将这些语句处理为日常语言，而非文学语言，她说得很快，是叙述性的。

　　《黄金时代》尊重了萧红的原文语句，却没有将这种20世纪30年代中国现代白话文学语言的特定性显示出来。彼时现代汉语经过近二十年的新文学创作实践的积累与培育，已经初步成熟，然而仍在生长当中。萧红用语用句，大胆违背常规，既敏锐且准确，鲁迅与胡风的评论都欣赏这一点，她描写风景和人物的方法，如同这些风景与人物一样粗粝而富有野蛮的生命力。电影尊重了"掷筐掷得更进步""独战的悲哀"这些现代汉语的特殊的声音，却由于趣味的限制，在最为重要的开篇和结尾，仅抓住萧红最为人喜爱的儿童视角与儿童式的语言，"呼兰河这小城里住着我的祖父，我生的时候，祖父已经60多岁了，我长到四五岁，祖父就快70岁了"，"倭瓜愿意爬上架就爬上架，愿意爬上房就爬上房，黄瓜愿意结一个果就结一个果，若都不愿意就一个黄瓜也不结，一朵花也不开，也没有人问它"。风格即人，这些语言流畅圆润，而：

> 山羊嘴嚼榆树皮，粘沫从山羊的胡子流延着。被刮起的这些粘沫，仿佛是胰子的泡沫，又象粗重浮游着的丝条；……山羊却睡在荫中，白囊一样的肚皮起起落落……
>
> 她知道家人要回来吃饭，慌张着心弦，她用泥浆浸过的手去墙角拿茅草，她贴了满手的茅草，……过了一会，她又出来取柴，茅草在手中，一半拖在地面，另一半在围裙下，她是摇拥着走。头发飘了满脸，那样，麻面婆是一只母熊了！

"山羊"和"麻面婆"，这些不符规范更具冒犯性的语言，作为活生生的现代汉语的语言，则没有作为语言形象呈现在电影中。这样就使得萧红的全部文字都被表现为自传，影片中萧红的每一句话都是对自己的解说，而她所构筑的小说世界、他人的世界，那个关注土地与在其上生存的更广泛人群的萧红，都被遮蔽了。就语言来讲，《生死场》中不成熟却格外具有表现力的粗野的文句，《马伯乐》中的讽刺与幽默，也都没进入影片的语言世界。

在《黄金时代》被诟病的几个主要方面，如平铺直叙的结构、间离的表演设计、文人生活限于吃食衣饰等中，我以为根本在于"文学"的缺席。同样是间离式的表现，关锦鹏导演的《阮玲玉》最终让人潸然泪下，而文学史式的后设态度导致《黄金时代》始终将人隔在外面。表现文学的电影，却完全没有书写与文字的形象，这样萧红就只是一个情路坎坷、体弱多病、命运多舛的女性，而非一个有着深广关怀、在文学世界里奔走探索的作家。

文化自信与舞台艺术的传承与创新

——兼论为什么要以创新推动传承

陶庆梅

(中国社会科学院文学所)

一 以创新推动发展是文化自信的表现

"文化自信"意味着什么？

首先，它一定包含着我们要能够认识、理解与分析从自身传统中生长出来的文艺之"好"，要对从我们自身传统中生长出来的艺术形式以及附着在这种艺术形式之上的理论——不管这种理论以什么样的形式表现出来——有足够的自信。我们要认识到从自身传统中生长出来的艺术及其理论表述，有它自身的独特内容，这个内容，需要我们在今天的条件下加以充分的理解与认识。其次，文化自信还包含另一方面的内容——对这种从自身传统中成长出来的艺术形式及其理论之"不好"也要有充分认识。自信，意味着既能充分认识自己的"好"，也能充分认识到自己的不好，并且能检讨自己的不好。原来我们坚持的"古为今用洋为中用，去粗取精去伪存真"，就包含着这个意思。但为什么，"去粗取精去伪存真"就这么难呢？我们在20世纪50年代，依循着这样的艺术发展的原则，确实取得过一些让人骄傲的成绩。这种成绩，体现在艺术的方方面面。但是，50年代以来我们在"古为今用洋为中用"的目标下取得的文艺创作成绩,很难说就足以让我们的艺术能够在今天理直气壮地面对欧美当代艺术的强大生命力。如果我们在20世纪50年代的成绩,足够形成自身独特的艺术语汇及理论表述,也不至于在80年代改革开放之后,以现实主义为理论基础的艺术在与西方"现代派"艺术重新遭遇之际,几乎是一败涂地。

在我看来,"去粗取精去伪存真"问题的复杂性在于,诞生于我们文化传统中的艺术形式的好与不好、粗与精、伪与真,经常是一体的。

比如说京剧的程式化问题。京剧以程式为基本的表现手法,演员从学习最初的毯子功到学习流派的代表性剧目,也都是以程式为学习的主要对象。京剧的表演离不开程式,而且京剧也通过程式创造出一出出动人的戏剧作品。但是,程式同样阻碍了今天观众理解京剧。一方面,程式的严格规定,限制了京剧的表演节奏;另一方面,程式是对过去生活内容、生活形式的总结,是从过去生活内容与生活形式中找到表现方法并以艺术唯美的眼光加以创造的。随着人们生活内容与生活形式的变化,随着人们对美的感受的变化,这些程式本身的意义就变得模糊起来,程式的美感也需要重新确认。

京剧的内容也是如此,比如说《九更天》。《九更天》从京剧美学上看,它太有创意了——它想象出随便让人举着个太阳的牌子就是白天,举着月亮的牌子就是夜晚;而且,队伍就穿行在这日月之间,形成了充分的舞台时空张力。但这样一部作品当中,又充斥着对于生命过分的不尊重:仆人为了替主人打官司,就可以随便杀死自己的女儿。

因而,面对在传统文化母体中浸润着的艺术形式,我们今天如何以文化自信的态度去处理传承与创新的工作?宏观意义上,传承与创新当然是一体之两面,但在今天,我们更应该侧重于以创新来推动传承。为什么这样说呢?

首先,只有以创新的思维去传承,在某些意义上,才能超越传统艺术形式"好与坏""粗与精"并存于一体的悖论。比如说，针对《九更天》这样的作品，保护性的传承当然有必要。但这其中所蕴藏着的中国舞台艺术独特的时空意识，对于戏剧研究者来说，可能不是问题；但对于大多数对这些问题不太了解的观众来说，不管这部作品中的内容，他们要理解这其中独特的时空意识，也未必是你原样搬演所能感受到的。

其次，以创新去推动传承与以保护为传承暗含着对于传统艺术形态在未来存在样态的不同理解。以传承来保护暗含的判断是这种诞生在传统文化内部的艺术形式已经是其最高呈现形式；而以创新来推动传承暗含的判断则是孕育在传统文化母体中的艺术形式曾经在原来的社会生活中创造了属于中国文化的高级表现方式，而这种高度自成一体的艺术形式，还有可能在新的社会语境之下，和新的生活、新的艺术观、新的时间感相碰撞，创造出新的呈现样式。这种新的艺术样式，在目前也许很难定义，很难说清楚，但只要我们对我们传统文化与艺术形式有足够的自信，我们就还是能相信传统文化与艺术形式也可以在新时代创造出全新的呈现方式——以及，适合这种新的呈现方式的理论语言。推陈出新的意思，不是替换掉旧的，而是说，旧的东西蕴藏在新的东西之中。这种新与旧，并不完全指的是内容与题材，而是内容与形式共同创生出的新的艺术表达。

二 创新性传承的必要性

之所以在文化自信的历史阶段需要创新性的表达，在我看来，是由两个历史条件决定的。

首先，从宏观上来说，中华文明的现代化是从以农业文明为根基的形态转向现代工业文明。这种古今之变，在世界历史上其实是有一定的普遍性的。在现代工业文明发源地的欧洲，从15世纪以来，从大航海、殖民开发就开始经历漫长的工业发展阶段；在经历过英国革命、法国革命之后，18世纪才基本完成了欧洲工业文明基本的社会结构。在欧洲不同民族国家不同的社会条件与传统基础之上，形成了不同的文化与艺术形态。这种与工业文明伴随在欧洲成长起来以现代性为基础的艺术形态，随着全球殖民浪潮席卷了全世界，并且成为带有领先性的艺术表达。西方艺术在全球的领先，一直延续到20世纪。在20世纪，现代主义作为欧洲内部对其文艺复兴以来文艺形式的反省与检讨，也同样影响了后发国家。中国20世纪的艺术，基本上存在于这种"影响的焦虑"之下。

中国，是农业文明特别悠久特别发达的文明体。这种古老的文明，建立在成熟的先进的农业生产基础之上，创造出了光辉灿烂的文艺形式。但进入工业时代之后，这种过去文明的完整性反而成了制约，"古今之变"对于中国这种大一统国家与稳定的文明体来说尤为艰难。

中华文明自身的古今之变，又是在西方文明强势背景之下——今天我们能有文化自信，这是我们自1840年以来经历艰苦卓绝的斗争取得的。

我们说文化自信，意味着我们认识到在西方强势文明影响下中国文化所经历的"古今之变"，在某种意义上是一种带有普遍性的变化。它意味着工业文明作为一种普遍性的文明，改造的是全世界的文化形态。工业，"解放"了原来与土地与自然生生相依的农业，它把人从与土地、与自然的共生关系中"解放"出来，而这"解放"在提高生产力的同时也意味着——人要孤零零地面对自身的存在。

不管你喜欢还是不喜欢，现代社会是建立在工业文明基础之上的。我们传统文化与艺术表达的创造性发展，也是以此为基础的。

其次，从艺术的层面考察，任何时代的艺术，其实都是在不断地理解、适应当时观众的审美潜意识基础之上发展起来的。潜意识的意思是说，对于观众来说，他可能说不清楚他为什么喜欢，但他会以自己看不看——在今天的市场经济中，有时就是带有残酷性地转化为他买不买——来表达自己对某种艺术形式、某部文艺作品是不是喜爱。有时候加以适当的引导，可能对观众是有作用的——比如说我们大力弘扬传统文化、面向年轻人普及传统戏曲；但无论怎么引导，艺术作品如果不能适应观众的审美潜意识，很难得到真正的认可。

中国的传统艺术，同样深深地扎根于观众的审美潜意识，并创造出了无比辉煌的艺术成就。而恰恰是它如此深刻地扎根于传统农业文明，使得它今天可能不完全适合当前观众的审美潜意识。

这种审美潜意识在不同的艺术种类中表现会有很大的差别。我在这里仅从戏剧的角度来观察。大致说来，有这么几种与戏剧创作深刻相关的审美潜意识。

第一，物质生活变化带来剧场的以及人们对于"看戏"这一行为的认识变化。

剧场的变化首先是因为我们的生活变了。我们都知道传统戏曲的剧场的特点，无论是农村以村社、寺庙为中心的演出，还是20世纪在城市中兴起的以茶园为基础的剧场，中国的传统戏曲都是深刻地嵌入人民的日常生活中，是日常生活的一个有效的功能性组成部分。自20世纪以来，伴随着中国现代化的步伐，嵌入日常生活的戏曲剧场逐渐走向了现代封闭空间的剧场。即使是各地还有专门的戏曲剧场，但这些剧场其实与话剧剧场都没有太大的区别——它们都是以围绕欧洲镜框式舞台形成的剧场为基本形态的。

不要小看剧场这样一种变化。它带来的不仅是剧场的灯光声效等的技术变化——当然，这些变化是最直接被感受到的。剧场的变化，在于它已经从人们的日常生活的现实需求中脱离出来。如果说原来中国戏曲是深刻地嵌入日常的物质生活中，是人们社会生活的一个组成部分，那么现代剧场越来越脱离于人们的生活现实需求，它基本的定位是服务于人们的审美需求与精神生活。

剧场的这种变化直接影响到观众对于"看戏"这件事的认识。从20世纪以来，观众越来越习惯到剧场是要看一场完整演出的，剧场已经不承担或者越来越少承担社交等其他功能。这个时候，观众对于现代戏剧的所有呈现方式都会感兴趣。他会在意每一句词，每一个动作，每一场的灯光——"听戏"的习惯，在现代剧场基本消失。

第二，戏剧要适应今天观众内心的心理节奏。

我们都知道传统戏曲非常啰唆。这种啰唆，和它的剧场形态有关——当观众看戏曲带有一定的社交性质的时候，对于戏剧节奏没有那么在意。当然更重要的原因是，戏曲是农业文明的典型产物，在农业文明生活的观众，他们感知生活的方式是以一年四季为基本参考系的。而进入工业时代之后，我们所有的人被嵌入工业生产体系之中。我们即使不是工厂的工人，也被整个工业时代的节奏所裹挟着。在这种"争分夺秒"的节奏中生活的现代观众，如何能适应戏曲如此缓慢的节奏呢？

第三，与节奏相比，传统戏曲的内容也不适应当前观众的审美（潜）意识。

文艺总是社会生活的反映。戏曲与农业文明的道德秩序关联太过紧密。在某些意义上，传统戏曲也确实有教化的作用。比如，各个剧种中都有的剧目《清风亭》，在传统社会，它可能确实能起到教化的作用。至少，对于生活在农业社会中忍受无尽艰难的百姓来说，看《清风亭》这种"苦"戏，会是一种情感释放。也如《锁麟囊》，大体来说总是惩恶扬善的。但是，大量的戏曲不可避免地带有传统农业社会的意识形态。比如说《九更天》里对生命如此的轻慢，还如《铁冠图》中一家老小陪着赴死，等等，对于年轻观众来说，他也许不见得反对，总会觉得遥远。如果戏剧的内容对于观众总是遥远的，那么，它可能吸引到欣赏唯美主义表现的部分观众——但我们要很清醒地认识到，这部分观众总是少数。对于绝大多数观众来说，他们看艺术作品，总还是需要在这里寻找与自己生活相关的感受，而不只是唯美的表现方式。

三 话剧与戏曲面临不同的创新问题

我大概从以上几个方面简单地讨论了"创新性发展"的必要性。但具体到戏剧来说，话剧和戏曲显然面对不同的挑战。

现代话剧在中国发展的时间比较短，一般的说法是 1907 年是话剧元年。110 年对于一种艺术门类来说，听上去很漫长；但对于一种艺术形式的发展来说，未必算是足够长。而且在这 110 年内，也是各种坎坷，时断时续。因而，我们既不必总以我们这 100 多年话剧取得的成果太少而焦虑，也不必以我们在这 100 多年取得的成果而自满，现代话剧需要更多的创造性。而现代话剧的创造性，除去与西方现代戏剧的对话之外，还应该有个面向，就是从戏曲那儿汲取营养。

在这里我举 2015 年田沁鑫导演创作的《北京法源寺》来说明话剧在实践中如何运用戏曲的舞台思维来完成新的创造。

《北京法源寺》对于戏曲的吸收，不是说用一些程式化的表演、一桌二椅的简单道具以及戏曲的时空处理方式，它从戏曲那儿吸收的是舞台的整体思维。这种戏曲的思维，简单来说，就是从无生有，从空中变化出万千世界；以这种思维为基础，导演为《北京法源寺》这部话剧确定了"戏"的演出基调。

在这是一场"戏"的整体格局中，我们看到，话剧舞台上的表演可以自如地吸收京剧舞台上的"自报山门"，转化成一场场与人物有关的"亮相"；而且，在话剧的舞台上，这样的人物亮相又因为人物个性的不同而显得特别别致。

舞台上，袁世凯是在被康有为扑了一脸白粉后粉墨登场，完成了自己的第一次亮相；康有为的亮相是一场演讲："哈佛大学、哥伦比亚大学……这不是戏，这是震动中国的大事件……"；慈禧的亮相被众人骂为"泼妇""荡妇"，而她却和颜悦色地对时空相隔的小和尚异秉说："想听那段？是想看戊戌变法？还是想听我说话？"；戊戌四章京的亮相，是作为"变法重要人物"的自报家门……

《北京法源寺》最为精彩的一场戏大概可以叫作"谭嗣同密会袁世凯"。在这场戏中，我们可以清晰地看到戏曲的舞台思维——但这又绝不是戏曲。

在这一场开始之前，舞台上讲述故事的和尚迅速地把一桌二椅搬上去，然后其他人等迅速地在舞台四周落座，舞台的灯光聚焦在以一桌二椅为核心的演出区域。在锣鼓点的催逼声与战马嘶鸣声停下来之后，一切安静，谭嗣同上场。演员用自己在舞台上的步伐，用说评书的方式，带领着观众与他一起走到袁世凯居住的法华寺：

天干物燥，小心火烛。清明朗月，飞沙走石却迷了眼睛。破军！贪狼星出北方。乌云中，獠牙乍现。半空中，怪鸟长鸣。我径自出宣武门向南行，过珠市口。西厅胡同，葱店四巷驹章胡同、报房胡同，山门三大间豁然眼前，黑暗中看不真切。我到了……

传统美学的要素就如此悄无声息地融化在空旷的现代舞台上，让观众不自觉，却在无意识中深入那审美的愉悦之中。这"谭嗣同密会袁世凯"的一段表演，确实有点像京剧折子戏的感觉，但它又明显不是折子戏——至少它不是唱的。在这一场中，导演和演员一起，将京剧的时空、虚拟性、表演性等特点完美地结合在一起。这一场的表演，演员充分发挥了京剧舞台虚拟性的特点——但这个虚拟性中，是包含着与观众的对话关系的。演员在带有韵味的语言中，为观众"创造"出了一场生动的演出，既让观众在一无所有中建立了现场感，又把角色的心情直接表露给观众——而这，不正是戏曲表演的特长么？

看《北京法源寺》的过程，是一次令人愉悦的审美与精神的旅程。因为它确实在寻找一种平衡，它如此努力地以中国人的思维方法、中国人的美学方式，在这个时代的舞台上建构着某种微妙的平衡。

相比于话剧要理解、消化京剧的舞台思维，戏曲自身的创新发展面对的挑战更为严峻。戏曲有它太过完整的内在结构。我们从20世纪80年代以来，进入对传统戏曲的大胆改造之中。一方面是破的多、立的少——比如香港进念；另一方面又局限在戏曲自身的逻辑中，很难突破戏曲太过发达因而又太过封闭的系统。

如果我们讲创新性发展，我们首先要知道，这并不意味着对于戏曲的解构。我们要大胆地去"破"，但"破"的前提还是要明确，戏曲的创新性发展，也许意味着要回到戏曲的本体之中。关于戏曲本体，我们有各种讨论，但至少有一点共识是清楚的：戏曲是表演的艺术，我们戏曲创新的出发与回归，就是要把导演的构思，现代编剧的发问，落实到演员的表演之中，在这里我以2016年香港西九艺术团的粤剧《霸王别姬》为例，来说明戏曲如何以破为立。

粤剧《霸王别姬》显然是以京剧《霸王别姬》为学习对象的。但粤剧本身一直就没有过《霸王别姬》剧目，因而，对于这些年轻创作者来说，完全是一次新的创造。粤剧《霸王别姬》对于京剧《霸王别姬》既是全新的改造，同时也是情感上的传承。

《霸王别姬》没有改造原本京剧的基本内容，但却对这内容的叙述方式进行了重新的结构。在这里，我仅以粤剧《霸王别姬》对于京剧"别姬"这样一个段落的改造进行分析。

传统的"别姬"最经典的场面无疑是梅兰芳创造的剑舞。京剧《霸王别姬》的演法一般是虞姬在剑舞后，在兵将一阵一阵紧逼的军情危急的报告中拔出项王的剑自刎；虞姬拔剑，是她骗霸王要背过身去——这意思是说他不知道虞姬拔了剑；而粤剧《霸王别姬》对于这一场面的处理，先是删除了虞姬舞剑的段落，然后演员们为虞姬拔剑设计出这样的动作：

【虞姬欲拉出项羽剑白】大王

【项羽拦阻介】

【虞姬想介,再次按住项羽剑】

【项羽想介,未有拦阻】

【虞姬明白意思,一路三跪一路拉出剑】

【虞姬食音乐尾自杀介】

"别姬"这一场在如此微妙的处理中就有了果敢的突破。据女演员也是编剧之一介绍,这段表演的创意来自她的一个疑问,她说,久经沙场的霸王怎么能不知道别人在拔他的剑呢?他要是知道虞姬在拔他的剑,他会怎么反应呢?虞姬拔剑的时候,霸王没有反应,在舞台上多么可惜啊!于是,他们就抛弃了原来"别姬"的设计,让霸王知道虞姬在拔他的剑。而为了让这段表演对于观众不造成理解上的障碍,他们在梳理情感线索与情节逻辑时,就用"虞姬你逃命去吧"替代"杀出重围"。这种改造,既合乎戏剧情感的内在逻辑,同时,又将霸王无力保护虞姬的痛苦,落实在"一路三跪"的优美舞台动作中。

在虞姬优美的舞蹈中,在霸王掩面而泣的羞愧中,这两个角色的撕扯,构成了充满魅力的舞台画面。而在这充满魅力的舞台画面之中,是霸王保护不了虞姬的羞愧,是虞姬拼却当年醉红颜的情义。一部经典的《霸王别姬》,在这里被如此细腻地加以重新解释;而这个解释,既合乎整个戏剧的情感走向,又落实到舞台上演员的表演之中。他们创造出的舞台表现是新的,但这种舞台表现,所服务的仍然是梅兰芳那一代人当年创造出的霸王与虞姬生离死别的情感之美。

创新可以有很多种。但创新的核心是什么?核心还是在于理解我们今天自己的所思所想,理解传统戏曲美学的动力源泉。我们看到的这一场小剧场粤剧,创作者是如此朴实地从自己对霸王与虞姬的理解出发,但并没有将自己的理解概念化地抛给观众，而是认识到戏曲这样一种艺术更注重表演的特点，看到戏曲这样一种艺术可以通过各种艺术手段塑造情感创造情绪的长处，将自己对人物的理解，内化到人物内在的情感线索中，从而，铺陈出一部既新鲜又传统的粤剧。

　　以上我们仅从两个个案来分析话剧与戏曲面对创新性发展所做的不同尝试。我们今天面对这样的创新，某些程度上缺乏理论语言。实践总是走在理论之前。我们今天还没有理论来面对丰富的实践，但这不意味着，我们现在就不需要在理论上做出讨论。从理论上来说，首先就意味着不要以西方艺术为标准改造自身。西方艺术有自身发展的脉络，我们要像理解分析我们自己的传统文化与艺术形态一样，要"认识理解与分析"欧美的文化与艺术。更重要的是，我们要超越20世纪80年代以现代艺术改造传统的思路，要"消化"那些已经在我们这片土地上扎根的文艺形式与文艺理论，创造出符合自身艺术实践的理论来。

民族美术创作的现状与突破之路径

王鹏瑞

（内蒙古艺术学院）

笔者所言的"民族美术"既指少数民族美术家的美术创作，也包括汉族美术家以少数民族生活为题材的美术创作，这一点需特别说明。

新中国成立以来，民族美术创作出现了两次高峰，一次是中华人民共和国成立之初到20世纪60年代中期，一次是改革开放以后。其间产生了许多优秀艺术家及优秀作品。如董希文、李焕民、潘世勋、尼玛泽仁、韩书力、陈丹青等及其表现藏族生活的作品；赵望云、黄胄、哈孜·艾买提、克里木·纳斯西丁、刘秉江等及其表现维吾尔族生活的作品；官布、妥木斯、刘大为、朝戈等及其表现蒙古族生活的作品；袁运生等及其表现傣族生活的作品；田世信等及其表现贵州苗族生活的作品，等等，还有靳尚谊的油画《塔吉克新娘》、韦尔申的油画《吉祥蒙古》等，都是十分成功的例子。

21世纪以来，民族美术创作在取得成绩的同时，也存在一些问题。2014年习近平总书记在同文艺工作者座谈时列举的当前文艺创作中存在的一些问题，在民族美术创作领域也不同程度地存在着。长期以来，就民族美术创作而言（特别是民族地区的美术创作），我们宣扬我们的特色、我们的优势、我们的成绩多，而对我们的不足、我们的缺点、我们存在的问题却关注不够。我以为，民族美术创作要想繁荣发展，知道我们的优势和特色固然重要，但看到我们的问题和差距也不容忽视。为此，笔者对近些年的民族美术创作进行了反思，认为存在如下一些问题。

第一，"风情"泛滥，许多作品对民族生活的表现停留在表面的搜奇猎异上。

一提到民族美术创作，人们自然会想到"风情"。蒙古族是牧歌式的"风情"，藏族是原始淳朴的"风情"，维吾尔族是载歌载舞的"风情"，等等。"风情"似乎成为少数民族生活的概括。千里迢迢"深入生活"的画家，其意多在于"采风"。民族地区的画家，也将"风情"作为本民族本地区的特征，以区别于异域他族。

"风情"，如果抛开它的原始意味，按一般的理解，就是风土人情，包括风俗习惯、人的风采情趣、男女风月之情等。它是一个民族文化的表层特征，它具有一下子抓住异域他邦人们好奇心的魅力。中华人民共和国成立以来民族美术创作所取得的成就，很大程度上得力于少数民族独特的"风情"给美术创作提供的独特题材内容。

但是，当人类已经进入21世纪的今天，边疆少数民族地区封闭的区域特色和地域文化遭遇了现代文明前所未有的冲击，拿内蒙古为例，方便的交通在深入草原腹地的同时，也打破了草原的宁静和安详；现代化的通信和传媒大大缩短了草原和内地的距离；为了可持续发展，保护生态的禁牧和禁猎，促使许多昔日的牧民和猎人，放下手中的牧羊鞭和猎枪，过起了定居生活；旅游开发、资源开发和荒漠化的多重逼迫，也在日益销蚀着昔日的草原特色和牧区特色。显然，现代文明、城市文化已经侵蚀到草原生活和牧区生活中，今天的草原和牧区已经不是昔日的草原和牧区，已经不止是牧歌式的纯美，而是面临着许多问题，甚至是很严峻的问题。我以为，其他少数民族地区也存在着类似情况，只是程度不同而已。

然而，一个清晰的事实是：一些民族美术的创作者对今天民族地区的现状视而不见或熟视无睹，仍在痴情地表现着昔日的民族风情和民族特色，其结果，是使许多作品停留在对民族风情的表面描述上，甚至是对昔日民族风情的表面描述上，显得空洞做作，肤浅媚俗，缺少真情实感和作品应有的精神深度。

第二，缺少现实基础，对少数民族生存、发展中的一些现实问题关注不够。

如前所述，随着"经济全球化""世界一体化"和国家的现代化进程，边疆少数民族地区也出现了许多新情况、新问题，少数民族的现实生活和精神诉求也发生了很大的变化。但审视近些年的民族美术创作，我们发现，真正真实地、深刻地把握并表现了各民族生存现实的作品并不多。民族美术创作领域还十分缺乏能够直面现实人生，揭示深层人性，具有时代精神和强悍精神力度的、有分量的作品。其中原因固然是多方面的，但很重要的一点是习近平总书记所指出的：浮躁。浮躁是当今社会的一个重要症候，其不可避免地要影响到文艺创作包括民族美术创作领域。"一些人觉得，为一部作品反复打磨，不能及时兑换成实用价值，或者不能及时兑换成人民币，不值得，也不划算。这样的态度，不仅会误导创作，而且会使低俗作品大行其道，造成劣币驱逐良币现象。"[①] 总书记的洞察可谓一针见血。这些年无论是在国家级或地区的一些展览上，还是在传媒和艺术市场上，充斥着大量缺少现实基础，没有真情实感，无病呻吟的肤浅之作。

第三，创新能力不足，作品面貌千篇一律。

习近平总书记说，"'诗文随世运，无日不趋新。'创新是文艺的生命。文艺创作中出现的一些问题，同创新能力不足很有关系。"[②] 就民族美术创

[①] 《习近平总书记在文艺工作座谈会上的重要讲话学习读本》，学习出版社 2015 年 10 月第 1 版。

[②] 同上。

作而言，创新能力不足，我觉得症结主要在：（1）从创作主体来说，艺术观念的保守和陈旧，对当代精神和当代问题的回避与放弃，以及市场与商业的诱惑和急功近利的驱使，造成了许多艺术家只追求作品表面的完整和完美，以愉悦观众为目的，或者甘愿做市场的奴隶，而放弃对作品精神性和深刻性的追求；（2）从艺术生产的管理者和组织者来说，也有一个继续解放思想，转变观念，在创作导向性上更开放、更宽松、有更大突破的艰巨任务。

我以为，上述问题不是个别现象，而是相当普遍地存在着。从某种意义上说，当下的民族美术创作面临着一种困境。那么，如何突破？如何使民族美术创作走出困境，在铺满鲜花的道路上走得更远，应该成为我们认真思考的问题。下面，谈一些不成熟的想法。

第一，超越"风情"。

新中国成立以来，民族美术创作在表现"风情"方面，确实产生了许多优秀的美术作品。但时代不同了，对艺术的要求亦提出了新的更高的标准。今天，表现"风情"已不应是美术的最终目的，表现"风情"要超越"风情"，要挖掘和表现"风情"背后的民族精神，这应是艺术家们的一种更高追求。拿内蒙古来说，"蓝蓝的天上白云飘，白云下面马儿跑"，"骏马好似彩云朵，牛羊好似珍珠洒"，似乎充满诗情画意，加之赛马、摔跤、打马鬃、挤牛奶、剪羊毛等独特的生活内容，使之很自然地成为人们长久以来的创作题材。然而，蒙古族并不仅仅生活在这些表面的"风情"之中，她的民族心理和民族文化有着深层的和复杂的方面。只要了解一下蒙古族那多灾多难，又充满征服与荣耀的历史，我们就不难理解为什么马头琴的乐音是那么如泣如诉，为什么长调的旋律是那么悠长辽阔、博大深沉。所以，一个民族的民族性格、民族心理、宗教、信仰等所构成的民族精神应是艺术表现的更重要领域，通过恰当的题材内容、独特的艺术形式，表现民族的观念、民族的心理和意识以及民族健康向上的精神力度，应是当下民族美术创作的重要任务。

第二，关注现实。

习近平总书记在文艺工作座谈会上的讲话中，要求广大文艺工作者讲好中国故事，"真诚直面当下中国人的生存现实"。具体到民族美术创作而言，就是要讲好各民族自己的故事，真诚直面各民族自身的生存现实。我觉得，在这方面我们还有很大的潜力和很大的可能性。突破的难点和关键主要不在技术技巧方面，而在画家的观念、思想能力和情感指向方面。讲好各民族自己的故事，真诚直面各民族自身的生存现实，就是既要关注全球化时代给少数民族带来的生活变化，也要关注他们的精神变化；既要表现他们对现代生活的渴望，也要表现他们对民族传统的眷恋；既要表现他们在新时代积极、乐观、坚韧、向上的精神风貌，也要表现他们面对现实问题的精神困惑和精神焦虑，等等。因为，现实是丰富多彩的，也是冷酷严峻的，既有鲜花和掌声，也有困难和问题；人的精神世界也是丰富多彩的，既有幸福和快乐，也有痛苦和不安。所以，文艺作品（当然包括美术作品）也应该是丰富多彩的。

第三，交流互动。

民族美术创作的繁荣发展，还有赖于民族文化和其他多元文化的交流互动。历史告诉我们，所有的民族文化都是在与其他多元文化的交流互动中不断发展和提升的。民族美术也是如此。譬如，辽金时期的番马画，许多人以为它是"内蒙古特产"，其实它和中原文化有着非常密切的关系。辽金政权虽与宋交恶深远，但这并没完全阻断两者在经济、文化上的交流和往来。反映在绘画方面，辽金的绘画虽题材内容具有鲜明的边地游牧特色，但在画风上，则呈现出明显的汉化倾向。如契丹族出身的画家胡瓌，他的人物鞍马画，以其深刻的生活体验和真挚的情感，真实地再现了辽代契丹人的游猎生活。但在画法上，明显受五代、宋初时状物精微的画风影响，可谓渊源有自。蒙古族民间图案中被大量使用的龙凤纹、团寿纹图案，皮革工艺中的剪皮艺术，均为受汉文化影响的产物。足见汉文化对草原文化的影响之深。因此，无论以历史轨迹还是现实情况看，只封闭地保持地域文化、保持民族特点，是不能发展和自强的。所以，民族美术要把地域文化、民族精神和主流文化有机结合，用自己的语言和方式，既要讲好自己的故事，也要言说具有普遍性和共性的问题。唯其如此，民族美术才能在与其他文化的交流互动中共同繁荣和发展。

第四，与时俱进。

每个时代有每个时代的文化和艺术，民族美术创作也要与时俱进，这是人尽皆知的道理。古往今来，一切优秀的民族文化总是与时代要求相结合才能生存和发展。譬如许多古建筑，既有前代建筑的基因，又有同时代建筑的特点，并非一成不变、代代雷同。蒙古族的居住场所，过去是毡帐、蒙古包，适合游牧和迁徙，现在是砖瓦房，适合定居。这是一个继承、创新和发展的脉络，新旧之间，并不完全排斥。

但一说到保护民族文化和弘扬民族文化，不少人总希望我们的民族文化永远保持"原汁原味"，不要有丝毫改变。但仔细想想，民族文化是在长期的历史发展过程中形成的，而且毫无疑义还要不断发展下去，绝不可能定格在某个历史发展阶段上。想叫属于历史范畴的民族文化永远保持"原汁原味"，恐怕很难办到。随着时代的发展，任何民族的文化不可能不注入新鲜的"汁"，也不可能不产生新鲜的"味"。民族美术也是如此，如果民族美术排斥时代要求，我国的民族美术创作就不会如此丰富多彩。上文提到的民族美术方面的优秀艺术家都是成功的例子，譬如尼玛泽仁先生，他的"新藏画"既有藏族传统绘画的构图形式、风格特点等，又吸收了现代绘画的造型规律和某些优长，还将油画和水墨画的技法融入其中，创作出了许多既有民族传统和民族精神，又有个人特点和时代风貌的优秀作品，为新时期的民族美术园地增添了绚丽的色彩。

综上所述，超越"风情"、关注现实、交流互动和与时俱进应该是当前民族美术创作走出困境、再铸辉煌的前提与保证。在世界一体化进程加快的今天，各民族共同发展，消除隔阂已是大势所趋。民族文化艺术的发展与交流更是各民族共同的愿望与责任。生存、发展等迫在眉睫的全球化问题，不单单是发达国家民族的文化问题，也是今天中国少数民族文化艺术所面临的课题。民族美术的创作者对此亦责无旁贷。为此，民族美术的创作应该更开放、更深刻、更富有当代精神与现实品格，也同样应该具有大文化观的雄心与责任，积极融入当代文化语境，参与中心话语的表达，在多元化发展的前提下，创作既具有民族精神、民族气派，又具有真情实感和时代精神的作品。我们衷心希望新的民族美术在困境中突围，以更加昂扬的姿态走向下一个辉煌。

话剧的"中国意象现代表达"

王晓鹰

(中国国家话剧院)

话剧作为一种发端于西方的舞台艺术,自1907年传入中国,至今已经有110年。"中国话剧民族化"的理论思考和创作实践一直伴随着中国话剧110年的发展历程,这似乎是中国话剧与生俱来的宿命式课题。

当今中国的话剧舞台丰富多彩且有许多深度创作,我们已经在现实主义的坚实基础上扩展出了广阔的伸展空间,已经具有了成形的现代样态、开阔的国际视野,当然也具有了像样的娱乐身段。但中国话剧从文化意义上真正成为民族的艺术,或者说中国的文化底蕴、戏剧传统在现代话剧艺术中的体现和延续,还远没有达到"浸润其中""整体呈现"的程度和境界。

中国话剧自20世纪50年代开始进行"民族化"的实践探索,包括焦菊隐、黄佐临、徐晓钟在内的许多前辈艺术家进行了大量的创作与深入的论述,至今已经有60多年。这些先驱、前辈,对于戏剧(话剧),有个共同的价值认识——"戏剧是诗"。

我们有时会在无意间忽略一个重要事实:戏剧不只是对现实生活的外部模仿,也不只是形式展现和技艺炫耀,更不只是廉价煽情和嬉戏耍闹。奢侈的"视听盛宴"有时可能是"心灵快餐",浅薄的"娱乐休闲"往往会带来"思想休眠"。戏剧的本质是诗。戏剧演出中蕴含的诗情、诗意、诗性思想、诗化意象，永远是最温暖、最有美感、也最有震撼力和启发性的艺术魅力之所在。而中国的传统文化中从来就不缺诗，无论是诗文、字画、舞乐，抑或戏曲，内中都有诗魂。焦菊隐为话剧注入的中国魂魄或者他所谓的"话剧民族化"，就是建立在"戏剧是诗"的观念基础之上的，他正是要在"诗"的这个定位上打通西方话剧和中国传统之间的内在关联。黄佐临的"写意戏剧"、徐晓钟的"表现美学"，包括焦菊隐之前的余上沅的"中国戏剧的写意"，他们无一不是在"戏剧是诗"这个观念基础上做文章。

真正的艺术是"发自内心深处又抵达内心深处"的，只有丰富的情感和深刻的思想浸透在形象化的舞台表达中，戏剧演出才会产生深刻的"意象"。从"诗"到"诗意"，从"诗性戏剧"到"诗化意象"，这是在观念与创作之间、剧作文本与舞台呈现之间本质性的贯穿，而所有的形式技巧或者说"舞台假定性"处理手段，都只是由"诗性戏剧"通向"诗化意象"的艺术途经。

多年来，我一直在自己的导演创作中追求"从假定性到诗化意象"的境界，我希望在前辈们的成功创作和深刻阐释基础上，进一步拓展中国话剧走向更深入、更广阔的"民族化 + 现代化"的可能性。在这个理念之下，近十年来我发展出了新的创作思考和相关的创作实践，我追求创造一种"中国文化结构中的现代舞台意象"，或者叫作："中国意象现代表达"。

我所说的"中国意象"，是建构在中国传统艺术的元素、手法、意境、美感基础之上的整体性的舞台意象，这些中国传统艺术元素可以包括绘画、书法、音乐、服饰、面具等，当然还有戏曲。中国传统艺术中的"意象"，可以从诗歌和绘画中找到无数例证。我的导演创作中的所谓"中国意象"，会含有中国诗歌的情调但并不仅仅是文字意象的视觉转化，也会含有中国绘画的意境并不仅仅是静止意象的动态转化。它更多地建立在中国传统戏曲写意象征、虚拟联想的艺术语言系统上，它呈现出来的结果肯定不是戏曲本身的程式化状态，但却通篇浸透着中国戏曲的美感，整体传递着中国艺术的意韵。

我所说的"中国意象"，是一种戏剧性、行动性的舞台意象，它出现在戏剧演出的场面里，融化在戏剧行动的进程中，凸显在戏剧冲突的高潮处。当这种"中国意象"被强化渲染的时候，常常同时具有强烈的视听形象冲击力和戏剧性情感震撼力，它是一种饱含诗情哲理的象征性舞台形象，是一种戏剧演出中的"诗化意象"。

我所说的"中国意象"，应该体现出现代审美的特质，它由现代艺术的创造机制所组合，传递着现代的文化信息，即所谓"现代表达"。"现代表达"的关键在于，这个"中国意象"要体现具有现代性的人文观察和生命思考，要传递具有现代性的情感哲思。

总之，我希望在话剧舞台上创造一种集"传统意韵"和"现代品味"于一身的诗化意象。

近十年来，我在《霸王歌行》《理查三世》《伏生》《兰陵王》等多部导演作品中做过"中国意象现代表达"的整体性尝试。这些演出几乎完全由意象化场面和意象化表演结构而成，其中一些最有代表性、给人留下最深刻印象的舞台处理几乎都与中国传统戏曲有关，但因为有现代的舞台语汇结构和现代的情感哲理内涵，这些舞台意象显然比中国戏曲的传统表达有更复杂强烈的情感和更丰富深刻的思想，有些更是具有中国戏曲的神韵却出离了中国戏曲的外形，中国的戏剧传统与中国的音乐、绘画、诗歌、古舞、傩面、服饰等，共同构成一个完整的中国文化艺术的氛围语境。我把这种"中国意象现代表达"的创作追求描述为"从传统文化深处，走向现代舞台表达"。

关于《霸王歌行》《理查三世》和《伏生》在创作过程中的具体思考在此从略，重点讲一讲《兰陵王》。今年七月完成的《兰陵王》，是一次向中国戏剧古老传统回溯和重组的尝试，也是我最新的一个践行"中国意象现代表达"的导演创作。

中国人好像都很熟悉兰陵王，但近来主要是通过电视剧甚至手游知道他的，"兰陵王"这个名字似乎更多地成了一个娱乐符号，它内中的文化含义反而被忽视了。

关于兰陵王有个十分著名的传说：他相貌过于柔美，不足以威慑敌人，因此每每戴面具上战场并因此无往而不胜。但历史上，并无兰陵王因面貌过美而戴面具的记载。《北齐书》等史书明确记载他在"邙山之战"中戴的是头盔不是面具。兰陵王的美貌倒确有正史记载，如《北齐书》《北史》中都说他"貌柔心壮，音容兼美"。

为歌颂兰陵王在邙山之战的赫赫战功，将士们创作了《兰陵王入阵曲》在皇帝举行的宴会上表演，武士头戴面具，扮作兰陵王指挥、进击、刺杀之状，甚是雄壮。《兰陵王入阵曲》这个乐舞到了唐代发展成一个歌舞戏名叫《大面》，在民间的影响深远且广泛，容易让人以讹传讹地误以为兰陵王就是戴着面具上阵杀敌，再加上对兰陵王"音容兼美"的描述，人们产生他因自己貌美而特意戴上狰狞面具的浪漫想象也顺理成章，这增加了故事的传奇性，更导致其广泛流传。

《兰陵王入阵曲》在中国文化中早已失传。但却被日本完整地保留了下来。现在日本的一些祭祀活动中还会上演最原汁原味的中国唐代乐舞《兰陵王入阵曲》，世上最古老的兰陵王面具也珍藏在东京国立博物馆。

兰陵王的传奇故事中人与面具的关系更隐含着一种象征意味，所以"兰陵王"作为一个历史人物的名字远不如它作为一个文化符号那样含义丰富。由罗怀臻编剧、我导演的这个《兰陵王》，对于"兰陵王与面具"有两个重要思考——

思考之一："兰陵王与面具"是一个"文化母题"。

一些历史久远的艺术作品、神话传说，其主题不仅表达了超越社会、时代、国家、文化的差别而蕴含着具有普遍性的人类感情，而且触及了更深刻、更复杂的"人性难题"或者说"人生困境"，它难以回答、难以解决而又普遍存在、无法回避，因而能够被反复挖掘、反复延展、反复演绎，这样的主题就可能成为所谓"文化母题"或者"戏剧母题"，如面对"命运"的敬畏、抗争和牺牲，如"to be or not to be"式的终极思考，如"仇恨"与"爱情"的两难，如"复仇"与"宽恕"的抉择，如"权利诱惑"与"人性堕落"，如"欲望膨胀"与"人格扭曲"，如"坚持尊严"的崇高，如"咬牙苟活"的悲壮，如"罗生门迷局"，等等。

"兰陵王"里关于"真实面容与假面遮掩"的意涵，同样具有"母题"的意义，这也是今天的艺术创作甚至亚文化中经常可以看到兰陵王身影的原因，只是不同文化产品对这一"母题"都有各自的破解和各自的表述。而我们这个《兰陵王》是从一个极富传奇性的历史故事中发展出了极具象征意味甚至带有魔幻色彩的全新剧情：兰陵王因年幼时目睹齐主"杀父娶母""篡位登基"而深受仇恨和恐惧的双重煎熬，为了避祸自保封闭了心灵，给自己的人格带上了一个秀美柔弱的女性面具，而后在母亲的诱导下戴上了先父留下的威武"大面"，顷刻变成一个男子气十足的神勇英雄，他所向披靡、战功卓著却心中充满仇恨，应验了先父的魔咒而无法摘下大面。深爱兰陵王的郑儿说："真正的兰陵王不是女人装扮，真正的兰陵王不是威武大面，真正的兰陵王，是你自己。"最后因母亲刺出心头之血而得到救赎的兰陵王，摘下"大面"，脱下戏装，抹去化妆，一脸迷茫地面向观众发问："孰为羔羊？孰为豺狼？"这是表现兰陵王在柔美女面和威武"大面"之间人格迷失和人性反省的最后一笔，也是让这出《兰陵王》从一个"美丽真容与狰狞假面的传奇故事"升格为一个"关于灵魂与面具的现代寓言"的最后一笔，同时也完成了这出《兰陵王》里"中国意象现代表达"的最后一笔。

思考之二:"兰陵王与面具"是中国戏曲的源头。

《兰陵王入阵曲》头戴面具、载歌载舞的形式,是中国传统戏曲"以歌舞演故事"的美学特质初露端倪,它被认为是中国传统戏曲的源头之一,而《大面》更是中国戏曲中最早的使用面具的记载,它后来发展成中国传统戏曲中的各种面具乃至后来各个剧种都有的脸谱。

为此,我在导演《兰陵王》时必然要追求在表演中融入大量古老的演剧因素如傩舞、傩戏、地戏、踏歌等。戏曲的元素也有大量进入,如龙套、靠旗、厚底、耍枪、水袖、水旗等,但使用中都对它们进行了大幅度的变形,使其与古老质朴的傩舞、地戏在表演风格上更接近、更协调,并由此而达到"中国意象现代表达"的整体效果。

这其中最重要的当然是面具。面具对于《兰陵王》的意义,不像《理查三世》和《伏生》那样只是一个导演处理的形式手段,它原本就存在于兰陵王的故事之中,所以面具在《兰陵王》里既是讲述方式也是内容本身,这让我在面具使用上进入了一个新的层面。

作为一种演剧形式,面具通常有三种功效。

1. 基本功效——"替代真容",这是在演员和角色之间建立一种"扮演"机制,是一种彰显"演戏感"的表演形式。

2. 常见功效——"超越真实",以夸张变形方式将某种表情放大强化而形成一种表现性艺术语汇。

3. 特殊功效——"遮掩真心",以象征性的方式表现隐秘复杂的人格内涵。而这正是《兰陵王》所刻意追求的。

《兰陵王》的演出中出现了三种面具:

1. 朝堂上的大臣、出征的士兵戴的是傩戏面具。

2. 三次《杀宫》戏中戏,伶人戴的是地戏面具。

3. 兰陵王先后戴两个面具:"秀美女面"来自中国戏曲的旦角脸谱;"威武大面"来自日本东京国立博物馆珍藏的世上最古老的兰陵王面具。

戴上面具这个舞台行为本身就是一种非写实的表演处理，演员的表演状态需要利用肢体的夸张和声音的放大与之配合，兰陵王每次戴上面具和摘下面具的表演状态的变化和对比，都形成强烈的表现性艺术语汇。

"兰陵王与面具"这个文化母题如何破解和讲述；"兰陵王与面具"这个中国戏曲源头如何挖掘和发展。这两个思考支撑起了我在《兰陵王》中的全部导演创作。

面对不同的境遇，身处不同的位置，人们常常会为人性戴上不同的面具，或逆来顺受、恭迎奉承，或颐指气使、生杀予夺，其实效果只有一个：不见本心。故作卑微时固然是蒙蔽真心，享受霸道时又何尝不是迷失本性，二者同样悲哀，也许后者更甚。兰陵王最终的"浴血回归"，是对叩问人性、追寻本心的呼应，从此刻开始，兰陵王进驻了我们每个人心中……

"中国意象现代表达"，毫无疑问要从中国戏曲中汲取丰富营养，但又不是仅仅停留在简单套用中国戏曲表演程式和形式技巧的层面上。不能只是有一些韵律感的台词处理和有一定程式化的形体动作，不能只是一个局部色彩、一个装饰点缀，不能只是一个"中国戏曲"的概念符号。

"中国意象现代表达"要在讲述故事、塑造人物、表达情感、传递哲思的完整过程中体现中国传统文化艺术特别是传统戏剧的美学意韵，要充满中国情感和中国文化内涵，要在中国传统艺术、传统美学中浸润。"中国意象现代表达"更要在现代化、国际化的文化语境中进行表达，要表达出当代观察和当代哲理思考。

只有在这个层面上，"越是传统的就越是当代的，越是中国的就越是国际的"这句论断才有实际意义，这也是对习近平总书记在党的十九大报告中重申的弘扬中华优秀传统文化的基本方针"创造性转化，创新性发展"在戏剧创作层面的贯彻落实。

在传承与创新中呈现秦腔的生命力

——秦腔现代戏《易俗社》评析

王雪瑛

（上海报业集团）

中华美学是在中国历史发展中不断积累、不断创新与变化着的鲜活而丰富的美学范畴，体现着中国文化的博大精深，是有生命力的思想资源、文化资源和美学资源。我们在创作中如何运用现代的艺术语言呈现中华美学精神？我们如何用现代的艺术语言与传统的艺术形式对话，让传统的艺术形式获得现代呈现，让深厚的文化血脉渗入现代人的心灵，滋养我们的艺术生命？我们如何通过艺术创作让历史的积淀焕发文化的光亮？我们如何践行和分析当代文艺作品中艺术语言的传承与创新？这对于当代的艺术家和文艺评论家来说，都是值得思考和实践的命题。

西安秦腔剧院排演的秦腔现代戏《易俗社》，对作为中国戏曲活化石的秦腔，做出了有人文深度，有艺术魅力的现代呈现。

一 "虚实"两条线的结构方式

一种高亢的声音从悠远的秦汉而来，在三秦大地回响；一种生命的呐喊从心灵的深处涌现，在苍茫天地间留存……秦腔是中国西北最古老的戏剧之一，起于西周，成熟于秦，流行于中国西北的陕西、甘肃、青海、宁夏等地。

易俗社成立于1912年8月的西安，是有着超过百年历史的著名秦腔科班。易俗社以"辅助社会教育，启迪民智，移风易俗"为宗旨，是我国第一个集戏曲教育和演出为一体的艺术团体。易俗社将文化教育、戏曲训练、演出实践结合起来，培养了大批戏曲人才，百年来创排了一千多个演出剧目，涌现了一大批杰出的戏曲剧作家、理论家及表演艺术家，对戏曲发展产生了极大的影响，对戏曲改良起到了示范作用。

1924年7月14日，现代文学之父鲁迅到达西安讲学。他在讲学之余，开始了自己的西安文化之旅。7月16日，鲁迅受易俗社社长之邀来到易俗社剧场看戏。易俗社拿出当年的看家好戏《双锦衣》，以飨文学巨匠鲁迅先生，该戏是著名秦腔编剧吕南仲根据《宋史纪事本末》创作而成，于1920年在西安易俗社剧场首演。剧中秦腔角色齐全，生、旦、净、丑，逐一亮相。

当天鲁迅先生观看了演出全本的上半部分，第二天又兴致盎然地来剧社观看了下半部分。7月18日，鲁迅先生第三次来到易俗社观看了《大孝传》。鲁迅先生对易俗社自己编导的秦腔戏十分欣赏。7月26日，在他学生的陪同下，鲁迅又一次来到了易俗社剧场，观看了《人月圆》。在西安的十天里，鲁迅先生看了三部秦腔戏，鲁迅先生对易俗社所取得的成就表示祝贺，特别为剧社题写了"古调独弹"，成为易俗社几代人心中的记忆。易俗社与莫斯科大剧院、英国皇家剧院并称为世界艺坛三大古老剧社。被田汉先生誉为"世界三大古老剧院"。

秦腔是中国戏曲的"活化石"，易俗社是中国戏曲艺术之树。如何让饱含传统文化底蕴的秦腔，深入现代人的心灵？如何呈现百年易俗社在中国近代历史的激流中演绎的惊心动魄的史诗？如何展示一代秦腔艺人锲而不舍，逐梦梨园的情怀？

西安秦腔剧院携秦腔现代戏《易俗社》亮相2017年第十九届上海国际艺术节，对秦腔传统艺术形式的现代呈现做出了成功的演绎。

《易俗社》采用"虚实"两条线："虚线"由演员通过舞台表演、唱腔来呈现。导演卢昂表示，"虚线"对剧中的每个人物和故事采用虚构和创造，超越具体的个人，避免厚此薄彼，着重写人物的精神世界和情感世界，写人的情怀与灵魂。

　　全剧将易俗社百年历史上那些铁骨衷肠的戏剧家的风骨和风范高度浓缩于剧中的几个代表性人物身上，展现戏曲先贤们为人演戏的品质与情怀。

　　"实线"在每场幕间，通过剧中人物关震易的叙述，将易俗社百年嬗变的历史轨迹，以视频投影的方式来展示，通过多种舞台形式，呈现了易俗社从初创时期到西安解放30多年间曲折坎坷的发展历程，易俗社人刚毅坚卓的精神风貌，将重要的历史、文献、演出、剧目、剧作家及演员等史料直观地展现在观众面前。这里的每个人、每出戏、每个时间、每个地点都是真实可信的，将观众带进百年易俗社一个个真切的历史场景，让观众聆听易俗社人的心声，理解易俗社人的艰辛，感佩易俗社人的坚守。

　　在有限的时空内，观众感受了百年剧社与中国风云激荡的现代历史的深刻联系，欣赏了有秦腔精魂，有心灵力量的秦腔现代戏。这出大戏，让我们在欣赏秦腔之魅中，思索秦腔如何在现代继续传承：《易俗社》如何讲好中华优秀文化的故事？秦腔如何呈现出不息的生命力？

二　时代风云和民间力量

　　如何面对历史积淀丰厚的百年剧社的大量素材，如何从剧社冲破历史的关隘，汇入时代风云的恢宏历史中，提炼主要情节，形成戏剧的整体结构？

　　编剧在构思《易俗社》的剧情时，始终围绕着时代风云和民间力量，呈现秦腔的艺术魅力源于三秦大地，秦腔的生命力源于黄土地和民间。《易俗社》剧情的编织和发展始终坚持以人民为中心的创作导向，突出百年易俗社不断生长发展，保持艺术的魅力，生命的活力，最重要的是将戏深深的扎根在民间的沃土中，易俗社的办社宗旨"辅助教育，移风易俗，启迪民智"，就是为民演戏，以戏化民。

当日本侵华的战火蔓延华夏大地，中华民族陷于生死考验的危急时刻，日寇疯狂轰炸西安城，易俗社房屋被毁，粮食紧缺，西安城人心动荡。易俗社与西安民众团结一心守望相助共渡难关。西安的民众将粮食支援易俗社，高玉轩临危受命，带领大家冒着敌机轰炸，来回往返20多华里在观音庙村坚持练功、排戏、演出，鼓舞着西安人民抗战到底的斗志、决心和信心。

这些具有张力的剧情生动演绎了易俗社与民众的关系，在生死攸关时刻的团结一心就是平时为民演戏，以戏化民之成效的生动体现。

三　百年易俗社与中国现代史

编导从易俗社历经风雨的百年历史中，发掘重要的题材，从真实的历史人物中，相互融合塑造出有代表性的人物形象。编剧抓住百年剧社的发展历程与风雷激荡的中国现代历史的深刻联系，形成恢宏大气的情节发展脉络，剧中表现了易俗社在西安事变中的特别作用。易俗社作为当时全国知名剧社，成为张学良、杨虎城二位将军战略布局的一部分，两天的连续演出，迷惑了蒋介石和他的部下，突出了易俗社的艺人在历史的曲折险境中敢于担当的大义和胆略。

剧中的人物社监高玉轩融合了易俗社三位德高望重的社长李桐轩、孙仁玉、高培支的人生于一体；教练陈甘亭会聚了易俗社几位著名教练，陈雨农、党甘亭、唐虎臣、李云亭等人的风范于一身；刘天俗取材于被誉为"南欧、北梅、西刘"的著名旦角演员刘箴俗；林梦芸的原型为易俗社历史上第一位正式女演员孟遏云；而全剧叙述者关震易则是浓缩了易俗社历史上那些侠肝义胆、精诚守社的易俗社汉子们的热血忠魂……随着剧情的展开，演绎了易俗社的艺术家在民族的艰难困苦中矢志不渝、勇于坚守、舍身护社、尽忠国粹、逐梦梨园的情怀和历程。

四 讲好中华优秀文化的故事

从丰富的历史素材中构建主要的戏剧结构，提炼出主要人物，从戏剧情节的发展脉络中，从翔实细致生动可感的具体情节中，塑造出生动传神的人物形象，这是《易俗社》打动观众的重要因素，也是《易俗社》成为精品力作的关键因素。

《易俗社》通过虚实相交的方式，生动地演绎人物的个性、襟怀和追求。社长高玉轩在各种艰难危机中"勇敢担当"，当战乱中学员生计难以为继时，他把祖传的家宅卖了，资助易俗社渡过难关。教练陈甘亭在教育学员，练功排戏中"鞠躬尽瘁"，他们一起排除各种干扰，组织演员创排《还我河山》《山河破碎》等大戏。红生关震易挺身而出，毅然"断腿护社"，他用自己的腿保住了刘天俗的性命，护住了易俗社的安宁。名伶刘天俗的"病逝舞台"，令人痛惜。他长年累月地演出，积劳成疾。刘天俗自知时日不多，倾心将自己的衣钵传给梦芸，并力荐她入社，但因《易俗社章程》规定，高社监当时并未同意。梦芸入社未成，心力交瘁，但她始终没有放弃，苦练《战金山》，一心追随易俗社。关家母子通过排戏引导梦芸振作精神。在西安事变中，因为两天的连续演出，累垮了众多演员，梦芸临时救场，登台演出《战金山》，大展艺术魅力，解了易俗社燃眉之急，高社监决定，同意林梦芸暂以"见习"演员的身份加入易俗社。

1949年人民政府接办了易俗社，在追梦30年之后，梦芸最终成为易俗社历史上首位正式女演员。剧中的他们是百年剧社不同群体的代表人物，是百年易俗社文化精神的集中体现者。如果说高玉轩是《易俗社》精神和品质的灵魂，关震易是《易俗社》坚守和力量的筋骨，那么林梦云和刘天俗就是《易俗社》之秦腔深情而隽永的魅力。

编、导、演的贴心合作尽心演绎，让观众走进了秦韵悠长的百年剧社，聆听他们的秦腔和心曲，感受他们的情怀和风骨。如何成为全景式展现中华民族戏曲剧社、戏曲艺人、戏曲文化、戏曲品性的史诗性作品？如何讲好中华优秀文化的故事？《易俗社》如何在现有的基础上不断完善，精心打磨？

《易俗社》的剧情应该从扣人心弦的戏剧冲突中，从血肉丰满的人物形象中，从生动传神的细节中，不断提升《易俗社》的艺术魅力，讲好易俗社秦腔艺人的故事，讲好中华优秀文化的故事。在强化戏剧冲突中，塑造好主要人物；从主要人物的关系中写好他们的内心戏，从而使得主要人物的形象更加鲜明，个性更加突出，给观众留下更加深刻的印象。更加丰富刘天俗的人物内涵，以虚实结合的手法，打破时空的阻隔，凸显刘天俗与林梦芸艺术上的传承，声腔的提高和心灵的共鸣。更传神地刻画出高玉轩的鲜明个性，在加强戏剧冲突中，呈现他感人至深的情怀，处理好他不同意梦芸进入《易俗社》成为正式演员的戏剧情节，挖掘出真实的人性，开掘整个戏的深度。

《易俗社》的上演亮相，以及不断完善，不断提升艺术魅力，展现秦腔的生命力，这是需要在艺术创作实践中深入思考的课题，如何从历史与现实的对话中，从传统艺术与现代语言的创造性转换中，呈现秦腔艺人的心灵历程，这是一个需要精心打磨、创新实践的过程：这是现在的易俗社人延续易俗社百年的文化血脉，始终不忘初心，以戏化民，这也是当代的艺术家践行的文化使命与时代担当，只有以"思想精深、艺术精湛、制作精良"为标准磨炼的《易俗社》，才能让观众沉浸在秦腔的文化神韵中，走进滋养后世的文化殿堂，遭遇高风亮节的丰富心灵。

一部厚重的，让人掩卷而思的力作，往往让受众看见现实之下的历史，看见命运之中的人性。现实的根系深入于历史的土壤，深刻地揭示和呈现复杂的现实，要审视和回望历史。百年易俗社是生长在千年秦腔、中华文化土壤中的戏曲之树,几代易俗社人以生命的耕耘,代代传承着呵护着秦腔戏曲之树的不断生长,才能形成蓊郁的文化生态,不断滋养着现代人的心灵。

"怀一颗谦卑之心,倾听历史的教诲,获得文化上的自信。使自己的创作真正弘扬中国精神,凝聚中国力量,同时又因为对中国特色、中国风格和中国气派的生动诠释,为联通人类心灵的全部经验提供切实的可能。"[①] 汪涌豪教授在《俯瞰大地 回馈人民》一文中所言意蕴丰富,呈现着对我们面对传统文化,在继承与创新中的心态、路径和意义的思考。

[①] 汪涌豪:《俯瞰大地,回馈人民》,《人民日报》2016年12月9日。

"战斗的抒情"：军旅艺术语言的传承与创新

——以"前线"为样本的考察

许 诺

(东部战区陆军政治部创作室)

作为中国人民解放军几大专业文艺团体之一的"前线"文工团，于1955年经国防部正式命名成立（最初为前线歌舞团、前线话剧团，后保留"前线"命名，两团合并为"前线"文工团），至今已走过了62年的创演历程。以1938年的"战地服务团"为起点，"前线"的文艺创演植根于"五四"以来的新文化传统中，植根于20世纪30年代末的新四军文化土壤中，植根于人民军队浴血荣光的战争史中，在战争与和平中一次次淬火锻造、一次次延展枝叶，逐渐形成了自己独具一格的艺术语言。尽管"前线"的文艺创演依然在不断地创新与变革之中，不可盖棺论定，但如果只能用一个词语来概括延续了半个多世纪的"前线"风格和艺术语言，相信很多人都会毫不犹豫地选择"战斗的抒情"一词。

据不完全考证，"战斗的抒情"一词最初于20世纪60年代在"前线"内部提出，在80年代第一届全国舞蹈大赛中叫响，后被广泛用以概括前线的舞蹈、话剧等多种艺术的总体风貌。尽管"战斗的抒情"一词并不能完全概括出大量经典艺术作品的"前线"艺术风格，因艺术风格的形成与其文化资源、人文环境乃至团队的管理运作方式等都密切相关；但如果将"战斗的抒情"一词作为"前线"的特有艺术语言风格，对其进行考察，无疑仍具有相当的历史与现实价值。"战斗"是现实的、残酷的，饱含着军人的阳刚，像是一波波宏大叙事的巨浪；而"抒情"却是理想的、浪漫的，充满着女性的柔情，仿佛是蜿蜒的个人情感溪流。"战斗"与"抒情"这两个看似相对的词语，在这里却互成犄角：战斗是桀骜的骨骼、抒情是丰满的线条，用抒情的风格来表现军人的天职——战争，而在血与火的战争中又展现出独有的生命哲学与美学境界。在半个多世纪的创演历程中，以"前线"为代表的军旅文艺团体在不断的探索中传承着从战争年代延续下来的军旅艺术风格与形式，同时也在不断创新着富有时代气息的艺术语言。

下文中，笔者将尽己所能，对"战斗的抒情"军旅艺术语言的流变、传承与创新历程进行梳理。

一　文化溯源：来自战争年代的文艺传统

文工团这三个字本身就带有浓厚的战时体制的烙印。但实际上是肩负着文化生产任务的专业文艺团体。

中国的军队是在中国共产党的绝对领导下执行革命的政治任务的人民武装，它既是一个战斗队，同时又是一个生产队和工作队。毛泽东在井冈山时期就鼓励和安排有关人员编剧、演戏、写歌，后来在他亲手起草的"古田会议决议"中更明确提倡要开展演剧、打花鼓，并要求充实艺术股。在这一思想的指导下，各单位专业、半专业性质的戏剧团体纷纷成立，创作演出活动广泛开展，质量不断提高。1942年发表的《在延安文艺座谈会上的讲话》的一开头，毛泽东就说："我们有两支军队，一支是手里拿枪的军队，一支是文化的军队。"1927年9月秋收起义部队进行了"三湾改编"，成立了各级士兵委员会，同时把开展部队文娱活动作为基本任务之一,分派专人负责。由此,作为我军政治工作一个重要组成部分的军队文艺,也就有了它历史发展的真正起点。埃德加·斯诺在《西行漫记》中说:"红军占领一个地方以后,往往是红军剧社消除了人民的疑虑,使他们对红军纲领有个基本的了解",因此,"在某种意义上,你也可以把整个中国共产主义运动史看成是一个盛大的巡回宣传演出"。① 从1930年到1934年,"红色戏剧"在红军中形成了第一个高潮,剧社纷纷成立,新作不断出现。抗日战争爆发后,随着我军敌后根据地的开辟,许多热血青年和仁人志士投奔八路军、新四军,其中绝大部分受过专门训练和有一定文化素养的被充实到了我军文艺团体。这些剧团一面随军转战,另一面随着战争的进展创作。如"前线"的前身即可追溯到20世纪30年代末新四军军部战地服务团和所属部队中的"前线""抗敌""拂晓""淮南大众""奋斗""铁流"等剧团。

1938年1月,新四军第一个专门从事文学艺术创作工作的有机组织——战地服务团——在江西南昌成立,当时共100余人,下设戏剧组、歌咏组、舞蹈组、绘画组等多个艺术门类小组,此外还有总务科、宣传科、民运科等。此后数年间,新四军各支队和基层部队均组建了服务团,并逐渐兴起了一批以改编和创作抗敌剧和各类抗日歌曲为主的剧团。"新四军里文化人多,华中的抗日文化宣传活跃"是当时人们的普遍看法。这其中,一方面是因为新四军有着先天的地缘优势:地处华中平原,靠近江浙沪等经济文化教育发达地区,除南京是民国首都外,上海更是当时的左翼文艺重镇。面对日军侵辱,大批来自南方城市的有志知识青年纷纷就进入伍,为抗日效力,这样就为新四军提供了人才保证。另一方面,也离不开新四军将领叶挺、项英、陈毅、刘少奇等人对文化的尊重和支持。军长

---

① [美]埃德加·斯诺:《西行漫记》,董乐山译,生活·读书·新知三联书店1979年版,第87页。

叶挺早年曾在陆军军官学校、苏联莫斯科东方大学受到过良好的军事、政治教育，偶尔作诗、酷爱摄影，深知文化知识对于军队建设的重要性；时任新四军第一支队司令员的陈毅，是诗人，也写小说，是文学研究会的成员；军部秘书长兼文委书记李一氓，是创造社的文艺理论家。此外，当时新四军各部门的领导中，还有不少20世纪30年代的左翼作家。先天的环境优势，加之领导的提倡与重视，争取和团结了一大批知识分子，更成就了作家成长的土壤和因素。

在新四军中文化人相对比较集中，其中既有大学教授、留学生、大学生，也有爱国华侨和先进工人，其中不少人是早年受过"五四"传统熏陶、在上海、南京等地有过文艺经验的进步知识分子和知名作家，后者如作家丘东平、诗人辛劳等，前者则如《红日》的作者吴强（在参加新四军前就是上海左翼作家联盟的一员），《霓虹灯下的哨兵》的作者沈西蒙（在上海文化界救亡协会"扬帆剧社"里打下了剧作基础）。在一次次的战争经验中，在新四军文艺氛围的熏陶下，在前辈的带领下，这一批作家逐渐成长为有相当文学修养和创作经验的资深军旅作家，同时也培养出一批新生代艺术家、作家。前线的一大批著名作家、剧作家如沈亚威、茹志鹃、胡石言等，就是在新四军中逐渐成长起来的。他们的共同点就是，首先都是战士，然后才是文艺工作者，他们亲身参与了许多重大的战役和战斗，与人民军队一道成长，是战争的亲历者更是新中国的创造者。他们对战争和战争中的人性有着自己独特的思考，因此笔下始终洋溢着文艺战士的革命激情，体现出火线文艺的壮美特征，使观众能欣赏到众多生动活泼的艺术形象，产生多彩而又深刻的审美体验。

这种具有鲜明军旅特色的人生体验与艺术风格，诞生于硝烟弥漫的战场，且薪火相传，奠定了"前线"文艺创作的思想和美学基础。半个多世纪以来，"前线"能佳作迭出、人才济济，始终保持强大的艺术创造力和凝聚力，这与在新四军时期打下的文化底蕴，与艺术家们始终姓"军"的本色可以说是密不可分的。

二 风气之先：独树一帜的艺术情怀

新中国成立后，正规化的专业军队文艺团体不断成立，但它仍然是面向部队官兵、面向人民大众的，并把"大众化"作为自己追求的方向，专业、业余相结合成了一直延续至今的光荣传统。经历了战争年代的积累与锻造，"前线"文艺创作在20世纪50年代就在当时新中国的文艺界中崭露头角，并逐渐显现出与众不同的独特气象。这其中领风气之先的，便是短篇小说《百合花》和后来改编成大热电影的《柳堡的故事》。

胡石言的中篇小说《柳堡的故事》发表于1956年，在改编为同名电影后，在全国几乎到了妇孺皆知的程度，在新中国军事文艺史上留下了极为浪漫的一笔，至今仍被奉为新中国电影的经典之作。今天看来，《柳堡的故事》讲述的不外乎30年代左翼文学的"老主题"，即"革命加恋爱"，但放在当时《党费》《黎明的河边》等革命战争题材小说占据主流的大环境里，这部作品可以说是异类。其最为新颖之处，正在于它关注军人生活的"另一面"，在战争叙事中花笔墨表现温馨的爱情场景。在淡雅和亲切的笔意里，深厚而真挚的爱情、江南柔美的自然风景与曲折的革命斗争被娓娓道来，把一份东方式的情感烘托得浪漫动人。从这一点上说，《柳堡的故事》以其充沛的抒情性，大胆超越了当时战争小说创作的某种范式，即在革命和阶级的二元对立冲突面上表现重大革命历史斗争，提倡塑造传奇式的英雄或典型性的模范人物，以理想主义的浪漫热情为政治唱赞歌，崇尚雄壮高亢、慷慨激越、充满阳刚之美的美学风格等。

无独有偶，两年之后，从"前线"文艺队伍里成长起来的茹志鹃发表了短篇小说《百合花》，又一次引起了整个中国文坛的震动。

《百合花》避开了淮海大战场面的描绘，通过女性的视角聚焦后方，不突出表现对敌人的怒火和仇恨，而是在军民之间纯洁、真挚、深厚的鱼水之情的叙事中，表现了革命战士和人民大众崇高、朴素而圣洁的人情美和人性美。小说的结尾放弃了当时盛行的"胜利大结局"指向，只是以象征爱情的百合花来祭奠年轻生命的消逝，吟唱出一曲"没有爱情的爱情牧歌"，在抒情和舒缓的氛围中，如涓涓溪流般表达着人与人之间美好瞬间的追忆。《百合花》以"清新、俊逸"的美学风格和别具韵味的抒情性，在当时的文坛吹出了一股清风，直至今天，《百合花》在文学史上也占有十分重要的位置。

在当时的大文艺环境下，《百合花》《柳堡的故事》的破茧而出，可以说是在"主流"之外，开辟了一条以"普通人的情感世界"或"英雄的平凡面"为关注对象，以浪漫化抒情叙事为表现手法，以对个体生命的人道主义关怀为思想内核，以中国传统东方情致为美学风格的文艺新道路。由《百合花》和《柳堡的故事》所开辟的这个传统，后来一直在前线的各类文艺作品中延续下来，成了"战斗的抒情"这一"前线风格"的拓荒者。

三 流金岁月：艺术语言的形成与发展

1958年3月，总政治部公布《关于全军文工团的整编方案》，规定"每个军区、军种首先要有话剧，其次要有歌舞、歌剧、曲艺、杂技"。1956年第一届全国话剧会演前后，诞生了一批优秀的话剧作品。20世纪50年代后期到60年代初，是"前线风格"不断确立、巩固的关键时期。这一阶段，随着前线歌舞团、前线话剧团的成立和文艺创作室加入，"前线"的文艺创演工作逐渐形成了表演艺术与文学艺术互相促进、共同进步的良好局面。在对"战斗的抒情"风格的传承和发扬过程中，话剧与舞蹈逐渐成长为军区文艺的传统优势项目。

半个多世纪里，由"前线"奉献的一部又一部的经典作品，向不同时代的观众阐释了"前线"独特的艺术语言和艺术魅力，奠定了革命现实主义的优良传统。从20世纪60年代起，前线推出了以《东进序曲》《霓虹灯下的哨兵》为代表的一批经典话剧，培养出一大批优秀剧作家。在50多年的艺术实践中，前线前后创作排演了80余部话剧作品，《杨根思》《军人的性格》《青春之歌》《布谷鸟又叫了》《我是一个兵》《第二个春天》《宋指导员的日记》等剧目一经上演，都在当时的军地两界引起了较大反响，许多作品为我国军事题材戏剧提供了范例，成为话剧史上的经典。如《东进序曲》开了我军话剧描写重大战役的先河；《霓虹灯下的哨兵》表现了一群经过长期战争生活的军人们在进城之后如何对待部队革命传统的问题，成为第一部描写和平环境下军队斗争生活的话剧；《第二个春天》则最早把科技强军作为主题……而从前线话剧舞台上树立起来的军人形象和其他人物形象，从陈秉光、周明哲、刘大麻子、陈喜、春妮，到刘伯承、崔保山、吴觉非，已经源源不断地进入我国戏剧人物的画廊。这样光荣的戏剧历史和传统，在军队文艺团体中尚不多见。

进入20世纪90年代，面对新的形势和挑战，"前线"继续以讴歌时代精神和军营生活为己任，先后创作演出了多部大型话剧作品。其中《虎踞钟山》以20世纪50年代刘伯承元帅创办新中国第一所军事学院作为中心，用现代的眼光审视历史，通过反映军事学院生活来折射军队，乃至整个国家、民族的精神和生存状态。《虎踞钟山》在京演出后引起轰动，受到党和国家领导人的高度赞誉，并获得包括文华大奖、"五个一"工程奖、戏剧"梅花奖"等在内的全国全军多项大奖。此后，《"厄尔尼诺"报告》《马蹄声碎》《陀螺山一号》等话剧也不负众望，创造性地继承着"现实主义戏剧艺术手法与浪漫主义激情相结合"的前线美学风格，在思想性、时政性和艺术性的结合方面走出了一条独具特色的道路，延续着一个承载着光荣与梦想的军旅话剧时代。如果说，"戏剧是人类生命的一种存在方式"，那么前线话剧半个世纪以来所反映的是一个时代、一个民族、一个国家、一支战无不胜的军队的精神需要。在广大军内外观众的心目中，前线永远是战斗着、永远跃动着思考、永远澎湃着激情。

　　从品牌效应上可以与"前线"话剧分庭抗礼的，是"前线"的舞蹈。被誉为中国当代舞发轫之地的前线歌舞团，从20世纪起，就不断推出一个又一个当时在舞蹈界的"领跑之作"：《丰收歌》《再见吧，妈妈》《黄河魂》《小小水兵》《一条大河》《天边的红云》《石头·女人》《妈祖》《小城雨巷》《牡丹亭》《父辈》《决胜千里》……前线舞蹈几乎拿到了每一届中国舞蹈最高奖"荷花奖"的金奖，还将文华奖、"五个一"工程奖等全国全军各类舞蹈最高奖尽纳囊中。这样傲人的成绩，在中国舞蹈界可算凤毛麟角，一度被称作中国舞蹈的"风向标"。以"小切口"赢得对"大主题"的把握，以细腻情怀探寻历史与生命的宏大意义，在舞蹈中创造性地注入"诗意"的审美特征……这些，都是前线舞蹈"战斗的抒情"风格的体现。双人舞《再见吧，妈妈》以气韵饱满的舞蹈语言展现战士奔赴战场前与母亲惜别的感人场面，展现出人性、亲情与英雄主义之间的巨大张力；集体舞《天边的红云》将目光投向了长征中的特殊群体——红军女战士，诗意地描绘了一个个美丽生命的陨落和不朽，营造出唯美、冷艳的诗化意境；登上央视春晚的《小城雨巷》运用写意的手法，将江南如情似水的景色之美、人之美、心灵之美发挥到极致；"荷花奖"金奖舞蹈《父辈》截取战争中的短暂瞬间，却唤起了历史的宏大回响，与死亡对峙的生命强力和坚韧如铁的战斗意志跃然台上，唤醒了身处和平年代的人们心中沉甸甸的使命感……半个多世纪以来，前线的舞蹈家们一直坚持不懈地在舞蹈内容和形式上寻求突破，将英雄主义、生命礼赞和诗意情怀融化于心，并通过不断创新的舞台表现形式，具体化成一个个有血有肉、细腻鲜活的形象，务求达到震撼心灵的效果。

四　向未来延展:"前线"的影视拓展

尽管"一时代有一时代的文艺"的说法或有失偏颇,但不可否认的是,某种文艺形式总会暗合一个时代的潮流,从而在一定阶段显示出强大的活力。进入新世纪,"前线"的文学影视化和影视剧创作呈现出的不容忽视的巨大活力,成为21世纪军旅文化的又一道风景线。

前线的文学创作有着深厚的传统。从《红日》到《海岛女民兵》《万山红遍》《秋雪湖之恋》,都在全军和全国文学中占有重要的一席之地。新时期以来,朱苏进以深邃的思想、和平年代一个职业军人的风范和《射天狼》《引而不发》《炮群》等一批扛鼎之作,奠定了其在当代军事文学创作中的显赫地位,开拓出了一种在意识形态性极强的军旅题材中深入探寻个性心理空间的创作倾向;江奇涛则以《雷场相思树》《马蹄声碎》等作品产生广泛影响。20世纪90年代中期以来,一批小说作家逐渐向影视剧创作转向,从而让"前线"拥有了一支堪称豪华和令人羡慕的创作队伍:电影《让子弹飞》,电视剧《康熙王朝》、新《三国》《我的兄弟叫顺溜》《汉武大帝》《亮剑》《人间正道是沧桑》《走向共和》《历史的天空》……"前线"平均每年都有四五部影视作品问世,就数量而言,几乎占据了军队电视剧创作的大半壁江山,是中国电视荧屏上一道独特风景。近年来,《我是特种兵》《我的兄弟叫顺溜》在中央电视台一套黄金时段播出后,产生了巨大的反响。《我的兄弟叫顺溜》以个人的心理空间和独特感受作为主线,充满了个人英雄主义色彩,可以说是典型的"非典型"主旋律军事题材电视剧,堪称军事题材电视剧创作的一次进步。《我是特种兵》综合了青春励志、特战反恐、军营生活等多重元素,以新颖别致的手法讲述了感人至深的同袍情谊、刻骨铭心的青春爱情,将"英雄主义"塑造成了一种"时尚"。剧中人物个个刚性十足,给温婉的荧屏带来刚毅大气之风,在观众尤其是青年观众群体中引起强烈反响。2015年的现象级电影《战狼》更显示出新时期军事题材影视作品的巨大影响力。

英国当代诗人萨松说："我心有猛虎，在细嗅蔷薇。"或许可以说，"前线"文艺创作的"战斗的抒情"恰是"猛虎嗅蔷薇"的真实写照。至此，"战斗的抒情"这一艺术语言风格或可大略总结为五点：一是始终保持"姓军""为兵"的本色；二是与时代同步、与人民同行，关注时代、把握生活，保持创作的高视点和高起点；三是重视作品艺术含量，自觉追求思想性、艺术性和观赏性的完美统一；四是敢于触及生活中的矛盾，努力开掘作品的思想和艺术深度，保持艺术创作的"韧性和勇气"；五是大胆探索，勇于创新，不断探寻多样化的艺术表现形式。前线的文艺创作者们之所以自觉地将"战斗的抒情"作为审美选择和艺术追求，首先在于他们对艺术作品的军事品质和审美特征有着深刻的认识和把握。一方面，他们贴近部队实际，紧紧把握时代的脉搏，与其同频共振，几乎是在军事斗争的前沿一线直接发出铿锵的声音；另一方面，又在寻找一种精神气质里的飞扬，把传统文化和现代精神结合起来，书写一脉相传的浪漫。"前线"的艺术家们选择人生的基本情感和人性主题作为突破口，在叙述中融入作者的个人化抒情，把柔美和阳刚、写实和写意、大爱和小爱相结合的美学思想贯穿始终，这些，最终使他们创作出的各类艺术品都带着浓浓的人文主义色彩和厚重的历史底蕴。

既深且固发展长远，亦家亦国贡献世界

——从最根本的文化个体创造起步，实现中华优秀传统文化的切实传承[①]

杨俊蕾

（复旦大学）

中华民族的伟大复兴与中华优秀传统文化的传承是同步进行的一体化工程。历史上，没有哪个国家的强盛能够远离本民族文化的本源与发展，优秀民族文化的建设与繁荣是促进，乃至保证国家在重要历史阶段内飞跃提升的内在安全条件。经过工业革命和电子化革命两次浪潮以后，新近到来的"互联网＋"时代里，中国迎来了重要的发展契机。改革开放数十年的积累已然全方位地提升了综合国力，中国在国际事务中的高度存在感与话语权已经印证了中国思路与中国价值观的重要性，由此，继续推进文化大发展和大繁荣就成为中国在世界民族之林彰显卓越软实力的重中之重。

文化得发展、能繁荣，从根本上要依托于优秀传统文化的传承。而传承的切实实现，就需要在唯物主义的双维上，做好文化个体和文化环境的

---

① 项目名称：国家新闻出版广电总局部级社科研究项目"传统文化资源激活中国电影供给侧创新研究"（编号：GD1706）。

共同打造。中国传统的优秀文化如何能和个体创造以及文化环境的优化发展结合起来，合力前行，是中国在大国崛起的实力快速增强期内所要完成的新挑战。

一

历史上每次言及民族复兴，尤其是谈到中华民族伟大复兴的时候，都必然包括理念与事实两个层面。一方面，民族复兴与文化传承是各层面媒体在传播中，尤其是在民族整体发展的顶层设计中为全部国民所设计的一个中国梦；另一方面，也是我们现时代人们，对它加以接受，并且对它加以一再反思和建构的一个文化事实本身。那么这个文化事实，在促进民生幸福的同时，在我的理解当中，在我的认识当中，我觉得，它必然会伴随着当代文化的新的建构，或者说一种新的美学样态的形成。即民族复兴和文化的国情发展，其实是双轨并进的。

从来就没有孤立存在的传统，也没有不依赖于人而实现的传承，一如海德格尔所概括的，"手工和人工产出的东西……其产出之显突并非在它本身，而是在一个它者中，在工匠和艺术家中"[①]。文化传承需要依靠自觉承接优秀传统的创造个体来进行，只有真切落实在个体的创造行动中，传承才是做到了实处。在国家影响力日增和中华文化日益繁荣的双轨并进过程当中，不可否认会在形式观照的角度下，看到一个不无乐观的现状：亦即，构成整体文化建设的具体个体创新获得了越来越广泛的可能，开拓出越来越大的自由创新程度。由此带来整体上的文化环境优化。从文化个体的自由创新进阶到文化环境的整体优化，相辅相成地进行着二维的协同驱动。从中需要总结的问题是，如何在二维联动中实现当代艺术语言的创新？

---

① [德] 海德格尔：《海德格尔选集（下）》，孙周兴译，上海三联书店1996年版，第930页。

首先，在中国人的个体概念内加入文化的因素，让每一个中国人更具有文化个体的意义。人们不仅是接受和负载本民族传统的受动一方，更主动成为在自我创造中体现民族优秀特色与价值观的能动主体。当个体思维中明确具有了本民族文化自觉的前提，接下来的各项文化创造才会自然而然地彰显出传统文化的内在优秀基因，从而避免一味地从其他国家地区的已有作品中拣拾现成的皮毛。在群体完成的情感认同环节里，根本基础是"吾国吾民，运命攸同的在体化认知"。统摄在一个国家的宏观概念下，当代艺术中的语言创新肩负着重建情感关联的题中之义，换言之就是在当代艺术作品中重识大地与人民的相依。对于当下的中国来说，此中的情感关联是以多民族历史文化为必要基础的，是以群体共同建构来推进的。

其次，传承中华传统文化的另一个重要维度在于全面而正确地认识并共建当前文化环境。在悠久的历史长河里，中国拥有弥足珍贵的多民族共生共建的文化传统，这在整个世界范围里都是罕见并且特别值得骄傲的事实与价值。因此就格外需要全面而正确的认知中华传统文化的多民族历史语境，进而在各民族的共生融合中寻绎新的文化表现方式，将华夏大地的地理实存与民族文化的深远流传过程真正结合在一起，进行整体地了解和全方位地立体展现。

要达到多民族共同繁荣的当代文化建设目标，就不是仅以某个民族的经验与存在作为代言，甚至不是孤立或单一地去看待哪一个少数民族的作品，而是更像把文化个体纳入创作整体那样，将每一个民族的艺术作品产出视为当代艺术作品的真正组成。在非艺术的人数计量、经济计量、区域分布计量等机械而实利主义的取向之外，需要预先型构的艺术前在视野是将理解的维度指向审美之外的未来。其内涵在于不将任何一个民族的当代艺术作品作为单面的被观赏对象，它的存在价值与未来可能性，本身就由自身所刲获的创造幅度作为形成的条件和基础，同时是艺术语言获得革新可能的现实条件之一种。

将创新活力激发在当代艺术语言中，兼具国之公民与族之成员属性的每一个体，也都将在创生的意义上具有一种表达新创的能力与权益。固然，在这个既理论化又理想化的描述中，有创新力的个体是高概念存在，而在实际作品序列中，不能以此来判定说每一个个体的创作都将不朽，都将成为经典的流传。现实中未必真的如此，而在评价体系里也未必一定要求如此。但是为什么仍然要描述理想化的方向而不放弃它呢？原因正在于传统文化的特殊"询唤力"，要将文化因子的存续置入生命个体才能生发下去，个体的性质也因此发生细微却切实的转变，成为实现了"传统文化在体化"的新创作主体，在接下来的艺术能力输出中自然地加强了当代文化中的历史传承成分，同时在外观形式上也更为生动、蓬勃，提升着自身悠久流传的价值。

二

基于对当代影像文化环境观察所发现的实际问题，有三个方面的关联需要格外注意，分别是影像叙事中"人和物的关系""人和人的关系"以及"人与大地的关系"。三项关联对于当代影像语言的更新与建构各有关切，其共同旨归则指向如何能够更有效吸引中国观众的注意力，对当代文化投以更多关注，从中开辟出当代艺术的新生面。

在位于基层的人和物之间的关系上，首要的思想是自觉避免物化。就是马克思在批判资本主义早期不合理的生产关系时提出的反物化观念，既避免整体的社会精神沦为无意识的重实利拜物教，也避免个体的人在艺术相关过程中遭遇被物化的危机。具体到当代影像呈现层面则是，不仅仅将历史讲述为静止而孤立的物本身，而是注重物在当代影像中得以再现时的物象之意义。物的实存固然是多代文明流转后的物质遗产，但是仅仅"以之为物"，仅仅抓取它的轮廓，作为"物本身"呈现在影像中，这种表达是远远不够的。甚而有可能因为过于着重物本身而落入拜金或拜物的流弊当中。

以近年来的古装片类型为集中观察对象，可以发现有相当一部分的影片落入共同的误区，简言之是把中国悠长而复杂丛生的历史简单化、宫廷化。古代中国虽然曾经漫长地处于封建阶段，但即便如此，也不宜将对于封建时期历史的影像重述固化在单维的宫廷文化中。除了上层建筑中占据顶层的权力结构之外，真正使中国存续至今并依旧会流传到未来的文化精神是来自民间的文化传统。然而在很多古装影片中，为了显影的奇观化，反倒是更为夸张地强化了宫廷权势所可能掌控的金碧辉煌与骄奢淫逸。一个极端的表现就是《满城尽带黄金甲》中的铺满整个银幕的高光、大色块。从特写的玉杯，到中景的绣金黄袍，以及拉开空镜头后的宫殿建筑置景，"物"在镜头语言中的使用是陈旧的权力崇拜心理在作祟，也是现时代中迷失在物体系崇拜中的商业逻辑在暗中助力。《黄金甲》中的黄色被赋予代表中国历史的普遍符号特征，可是这个符号在影像化语言的再现中只暴露出历史来源上的狭窄和表现层面上的浅化，是单维的物化和隐藏在视觉奇观下的集体拜金意识，反而遮蔽了真正优秀的中国传统文化在当代的表达。对于电影媒介所进行的传统文化可视化转化，其在银幕空间上的形象呈现不是以拜物为内驱力的，"而是画面主题和叙事主题的群众性。这些主题在千变万化中使影片成为内在的驱动力的可见的投影"[①]。

在反思物之出现究竟与人何干的关系追问上，还会发现单纯拜金的迷障思维之外，存在另外的恋物误区，虽然避开拜物转而追求单纯的唯美形式，却同样遮挡住了人与物的实际关联。一个极为典型的例

---

① ［德］齐格弗里德·克拉考尔：《电影，人民深层倾向的反映》，《外国电影理论文选（上册）》，生活·读书·新知三联书店2006年版，第314页。

证是《聂隐娘》中的物象体系，出自中国台湾的侯孝贤导演之手。单镜之美的程度已经超溢出电影叙事的动态链，达到了媲美画幅的程度，可以跳脱出影像叙事而独立成为静态的美屏。然则形式外观上的美则美矣，可是一旦引入"人与物"的视角观照，意义的匮乏处立即显影。其根本原因就在于，影像中的景物美或者器物美，却为超脱出环境的自然属性规约，没有成为包含人之行动关系的意义空间，没有成为人物形象活动于其中并有所互动的真实空间，没有在人与物的关联中达到一种彼此依存共在的程度。未能实现真切相关，也就未能从空镜擢升为具有实际指涉的、属人的物象存在。在中国的美学传统当中，不仅有圆润悦目的炫示或静观，还有犬牙交错复杂乱象形态和勇猛刚劲的力之维度。这个力之维度源于永恒的生命冲动本身，是之于各项不合理矛盾的抗争。唯有艺术中不竭的力度表达，才会让古老的文明历经浩劫，兵燹战乱，历史迭代，但是文化的根脉不会尽皆毁灭。即使遭受到一次次的重创，却从来不会失去内在精神"志"的抗争力量。当力的美学跃居于存续文化传统的重要保障，反观在形式上求新炫奇的拜金拜物式物象堆砌，以及仅仅图像化地摘取大地轮廓并单方面求取视觉悦目的唯美取景，《黄金甲》和《聂隐娘》在某种意义上落入了同样的物像误区，都没有做到古装外观下的传统文化可视化转化，未能企及真正的视像达成，也没有完成当代艺术语言在创新中所应包含的传统文化因子，遮蔽了该类型作品中应该蕴含的刚健清新生命力。

　　就像文化传统在代序演进中会出现呈递的有限性，在当代古装影像叙事的作品中毕竟出现了一些独具个性与面貌的上乘佳品，而且往往出自对传统文化有深入而独特理解的年轻艺术家之手。比如路阳的《绣春刀》和郭子健的《悟空传》。两部作品在影像语言上带有鲜明的个性痕迹和显著的青年气质，在处理人与物的关系时，始终坚持真正的民间价值立场，让器物、景物和风物交织为服务于人的观念与行动的有机构成，不能分割，也不能改变。

以《绣春刀一》《绣春刀二》为例可以看到，这些当代古装武侠功夫影片类型的新制作，已经自觉地开始反思和扬弃传统文化中的芜杂部分。影片在叙事语言上采用了非典型性的、非类型性的话语系统，既不是按照一种程式化的固有动作设计来安排情节，也不是一味选取具有视觉奇观的山川美景。两部影片都在一个极为有限度的，甚至不无闭塞、狭窄的空间环境当中，充分地展现了身份大跨度人物之间的辗转腾挪。所谓物象，其实呈现出的是一个真正具有自觉主体能力的人，以及他们内在心智的灵活与珍贵。《悟空传》也是如此，对于《西游记》这样非常适合夸张置景的古典 IP，来自香港的青年导演郭子健没有因袭任何关于花果山与天宫的空间物像设计。影片对于花果山景物塑造的反向表达已经超出了物对人的制约，进阶为人物关系对地点空间的改造。正是这些出自年轻导演之手的古装动作影片所呈现出来的人物心智力量，映射出中国传统文化中的力的支脉，此中精神包含着人物对民族历史缱绻深情的表达，也可以清楚辨析出创作者在革新后的视听语言中如何置放了一种来自新的话语识别系统的报效之情。[①]

三

在第一层人与物的关系需要避免物化之外，第二个维度则是如何在影像叙事中做到人与人的真切相关。"相关"指的是人与人互为移动的主体，彼此具有共同的行动层面和可共享的情感空间。要达到彼此相关的真切性，则是指向叙事中的人物在多重线索上互相关联，在文本中

[①] 杨俊蕾：《在重塑中达到优秀传统文化的现代理解》，《文汇报》"文艺百家" 2017 年 7 月 26 日。

达到无处不在的互文性。从理论的角度上来看，则意指两个或两个以上的人物对象，他们能够做到彼此交流影响，并且这种人与人之间的"影响"亦能向外波及，影响到情节的走向，换言之就是某一人物的选择因果。唯有真切相关的人与人关系，能够合理地构成故事发展的必要环境背景，同时保证了情节走向合理而可信。如果孤立看待人物的存在，就会漠视人与周围人群的关系类型，更有甚者，会把人理解并塑造为彼此之间没有真正行为上的交流的空洞符号。占据叙事主导地位的中心人物不能和出现在同一叙事背景下的人群发生具有意义生产的共在关系，也未能组成某一个特别时代叙述的公共空间。冷漠个体无法打造具有询唤能力的共同文化环境，缺乏真切相关的直接后果是共性的民族认同发生阻断，甚至坍塌，因为个体之间对于民族归属的共同情感无从去开启和点燃。

　　一个需要特别警惕的例子是取材于抗日战争时期的浪漫剧情片《烽火芳菲》。这部影片因为在主题内容上和同类型常规影片完全反方向而获得一定关注，故事传奇性在于一对孤儿寡母救助了跳伞失败的美军士兵，并在与日军的对抗中占到上风。一个隐蔽却影响甚广的心理事实是，由抗战选材的影片往往包含着更大容量的中华民族优秀传统文化，而且抗战影片或许是离当前最近的一次民族集体心理创伤，能够帮助国人从战争抵抗中提取反思精神，对传承传统文化因子的每一个国人个体，尤其是青少年输送有益成分，有益于培养人的自我力量。在使用民族创伤/集体经验的术语前提下，已经说明战时人们的被动共同性。然而在采用偶像剧手法塑造主要人物的《烽火芳菲》一片中，人与环境始终是漠然无关的。人物同她的村落，以及村落外的山林深处，都持久保持着互不相干的陌生冷淡。就连人物与她的村民之间，也始终没有任何的彼此影响。尽管影片取材是有确切历史依靠的胜利反转，但在真实历史被重新叙述为可视化的影像故事时，却因为切断了人与人之间的相互影响而使故事中的真实事件失去真实感人的力量。只有故事表层塑造的西方对于东方的神话般拯救，显示出受到好莱坞青睐的转折。影片固然在讲述方面达到了某种国际性水准，但是换传统文化传承的视角对其进行观察和考量，不免会发现：当人和人之间真正相关的关系得不到必要呈现的时候，故事主人公作为一个伦理的结点，作为一个村民文化的个体纽结，作为一个战争遗孀和单身母亲，她的所有身份设定又将如何表现在历史背景的人文关系当中？作为群体中的特殊一元，她可能采取怎样的反应行为和行动？这在中华传统文化的传承谱系中，每个环节都会有相应的真实性等待被呈现。当所有这些人与人之间的真切相关毫无呈现，那么在看似完整的战争救赎逻辑中，人物内在的反抗感变得极其零散而概念化。同时导致观众的审美愉悦也无法流畅获得，从更高的一个思想层面上来看，则会发现失去基底上人与人情感交流的战争故事，在民族集体创伤经验的影像化再现中无法发出有力量的询唤力，在观众难以达到感同身受的情感迷思中失去了历史传统对观众的感召可能和作为个体对于宏观历史的心理契合/共鸣。

好在抗战影片当中，还有一些作品成为再现优秀的民间传统的典范。它的价值和意义甚至不仅在于实现了传统文化的影像再造，而且达到了跨越心理界限的文化传播意义。对中国大地的部分特殊地区，也发出并实现了情感的召唤。正如黑色类型抗战影片《斗牛》的男主角高票获得了台湾金马奖的最佳男主角。除了扮演主要人物牛二的男演员本人所具有的演技，另一个心理事实恰恰在于同一个传统文化覆盖下的台湾地区和大陆地区，共同分有着这一段由民族集体卷入抗日战争，受到创伤后遗留下来的共同历史经验。而且，两岸民众对于同类经验的情感认同，在《斗牛》当中得到真切的影像表达。以影片中最多聚集起人物数量的外景来说，临沂山区深山里的山洞口外，既是不同身份的人物不约而同聚集在一处的避身所，又是人物集中后彼此厮杀的偶然战场，同时也是主人公与各类人群遭遇后的空间叙事条件。①《斗牛》让主人公经历了抗战历史中所有的军事力量和民间力量，先后表现了人物在面对日军、国民党军队、游击队、伪军、流民和村民的完整的叙事链条。多样人物带入多样的身份以后，在主人公的切实相关反应发生以后达到综合性矛盾的敞开。在相关性因素的连续作用下，会发现人与人之间的真切相关是广阔的，既包括温情和温暖关怀，同时也和时代背景相关，包含人与人之间的意外伤害。最终，矛盾与冲突得以展开面向真理的全局样貌，闪现出特别的历史魅力与价值。

四

第三层关系在于整体的交互融合，是人和物、人和人，在大地般的空间内的融合。对传统文化极为有自觉意识的传承与创新，是当代艺术语言的创新性之一。艺术语言的创新固然很难，但是实现传统的传承也同样不易，往往在传承当中就已包括创新。如果简单截断历史文化的有意传承，创新会陷入艰难，成为无本之木、无源之水。在文化传统辐射当代艺术的现象中，由台湾地区产生的林觉民的《稻禾》和出自香港导演陈可辛之手的《投名状》，共同代表着海外经验对于传统文化根脉的自觉寻找。在文化中寻根即意味着去找到一种重新表达的艺术形象并将此形象推上全球观看的舞台。形象中包含着非常明确的辨识度，体现出中国符号般的民族面容。它不会混杂于同质的画面。就像视觉技术日臻成熟后，电脑 CG 技术在某些特定类型的传统神魔形象塑造中越来越趋近于同化的外形，而流失了不同文化区块的代表特征，以至于扁平化的视像符号下让观众难以区分妖魔鬼怪所属的传统文化谱系，究竟是古希腊神话，还是中国创世神话

---

① 观点的具体论述参见杨俊蕾《对抗战影像的表现方式与历史逻辑的反思》，《艺术评论》2010 年第 9 期。

……然而，在寻到文化传统根脉以后对特殊影像加以艺术表达的作品中，无论是作为古装历史战争动作片的《投名状》，还是融合多媒体技术后的现代舞蹈作品《稻禾》，都直接和历史传统建立起了可贵的直接相关，从而避免了常见的传统内容被系统符号化的窠臼。这些作品预先避开博物馆展示般的物像系列符号，非常明确地避开了通常意义上的传统视觉标识，比如碎片化的京剧外观等，反而获得了较高程度的创新性的文化表达。

正如多媒体舞台艺术《稻禾》所呈现的，渴望安定栖居的人重新返回一个可以容纳所有的大地自然环境。就像艺术家林怀民在创作自述中所讲到的，在中国的农耕文明传统内，台湾岛池上地区的这片稻田其实回响着周朝采风官的遥远木铎回声。余秋雨认为此中的艺术语言革新正是跨回到"古典风尚和传统程式"，"拒绝对祖先的外层模仿，相信只有舞者活生生的生命才能体验和复原祖先的生命"①。《稻禾》如行动中的《诗经》国风篇章一样，以无限大的田地作为无边界的舞台，将中国的农耕文明作为舞蹈的表现对象，东方韵律自然而然地喷薄而出。这个综合了传统继承和艺术语言创新的东方韵律将文化的辨识度强化推进到一个全新的程度。以至于在舞蹈中的关节配乐上，既配有闽南乡下的民谣，紧接着就配了一段意大利歌剧的花腔咏叹调。两种音乐的类型看起来风马牛不相及，闽南民谣这样一个台湾气息十足的方言咏唱，和代表着世界上高端严肃艺术的意大利歌剧，竟然几乎没有区隔地串联起了舞蹈段落。观众在双重的视听感受中，仿佛置身于一个庞大无形却又沛然流动的美之律动中。内视觉的形象被悄然无迹地扩充到大到无形的，在天地当中充塞满溢的美之律动，将风格迥异的民谣和歌剧毫不违和地统摄在一起。它其实意味着中国传统文化在可视化道路上的一个非常有价值的新可能性，意味着中华传统在当代艺

---

① 余秋雨：《两岸同听祖先脚步声》，林怀民《云门舞集与我》，文汇出版社2002年版，第248页。

术语言中得以更生和复兴的现实，不仅局限在家与国的意义重建，还有可能惠及整个世界。

有一部正在论证尚未投拍的小成本电影作品暂名为《坦克拉面》，从命题上就可以看出矛盾的并列。前者是血腥残暴的重装备军事武器，而后者则是更基础性的民以食为天的传统概念。在故事的视觉设计中，一个来自中国的打工小伙意外地滞留于海外战场，面对战乱失去了必要的可依赖的立场判断依据，因为小规模区块战役内的交战双方都无法证明哪一方是绝对的正确和正义。于是，中国的美食文化和民以食为天的基本观念，帮助打工青年开创出一个虽小却可靠的共同停战区。交战双方在忙于争夺时，只是在交战中爆发人类本性中的兽性，但在进入停战区之后，都自觉放下武器，变回日常生活中人的真正模样。从这个结构简单却意义隽永的小制作电影中可以看到，实现中华文化传统的传承和创新，需要重新做好悠久传统的可视化转化，更需要在创作的初始环节使创作个体自觉具有传承的主动性。

结　语

当文化个体的每一步创造都实现了自觉担当，当多民族文化环境得到了全面的认知与建设，二者的叠生化合效应有助于实现人与大地的再次融合，实现吾土与吾民的情感认同与切实联结，同时也把每一个人的文化意义真切地归入所属的家庭单元内部。无论是原生家庭还是新建的核心家庭，都会在自觉具有传统文化美德的前提下得到更为理性而美好的建设。同样，由原子般的家庭逐步推演开来的宏观社会环境也因之更加具有了中华民族的特色外观与独有内涵。文化传承的切实实现由此表现出一条清晰可循的道路：由人之个体的文化创造起步，经由每一座集体家园和民族文化的本源发生地，再到多民族共生的祖国大家庭文化共建，表现出既深且固、亦家亦国的发展特点。

然而，切实传承中华优秀传统文化的重要意义不仅限于造福华夏大地，还表现在对世界和平发展的贡献中。全球视野中时常可见文化冲突、民族争端和战略战备竞争，由此导致的紧张局势，显然不利于各国民众的切身福祉。中华优秀传统文化重视生命存在，推崇平和悠远，长于用智慧的双赢共生态势来调和化解多方之间的尖锐矛盾。种种传统瑰宝，都需要在未来的海量个体文化创造中得以具体实现，并向世界范围传播。中华优秀传统文化的传承也因之将实现更加广阔的未来图景。

独与天地精神往来

——我的绘画观

张 继 刚

(中国人民大学)

技 道

艺术创作中之"技"与"道"的问题，可以说是老生常谈之话题，古今皆有文字论述。从魏晋以来吾国绘事千余年之演进过程，莫不途"技道"之路，而"技"与"道"之间的关系，庄子在庖丁解牛篇已告诉了我们，"庖丁为文惠君解牛，手之所触，肩之所倚，足之所履，膝之所踦，砉然向然，奏刀騞然，莫不中音；合于桑林之舞（《成疏》：殷汤乐名），乃中经首之会（《成疏》：经首，咸池乐章名，则尧乐也）。文惠君曰：'嘻，善哉，技盖至此乎？'庖丁释刀曰：'臣之所好者道也，进乎技矣。始臣之解牛时，所见无非牛者。三年之后，未尝见全牛也。方今之时，臣以神遇而不以目视。官知止而神欲行。依乎天理……动刀甚微，謋然已解，如土委地。提刀而立，为之四顾，为之踌躇满志。善刀而藏之。'"道进乎技，是庄子所追求的，也是古今艺术家共同所追求的艺术目标及人生境界，"道"的存在与永恒最终落实到艺术创作中所凝聚的"至境"，这是所有艺术家思考的一个重要课题，一件艺术品生命力的存在及其内涵与精神上如何能达到"道"的永恒？是构思、技术、精神三者际遇而化所得之瞬间存在。"道"是永恒的而达到"道"的境界是集瞬间而永恒，人的思维是运动，运动的思维是不固定的，因此艺术家是要通过长期思考与实践完成瞬间的"构思与技术"的完美，通过"技"打开通往"道"的途径，在艺术创作过程中由"技妙"而"达形"，达形而"忘已"，从而使其精神世界进入"无为至境"之妙谛中形成完全的自然状态，"心性与精神"回归"道"的本体，在技妙而忘技的笔墨中呈现出"中得心源，外师造化"之心相亦幻万象的艺术创作形态，达到"由技入道"而永恒的规律。故"技"的功夫是学习中国画过程中不可缺少的功课，而这门功课需要一生的时间通过读书思考临习鉴赏古贤名迹而最终获得，绝非易事，更不是简单的笔墨挥洒，是在理解笔墨"技道"之间的相互促进而进步，为学习确定了方向。"技"就会精熟而精进，近乎"道"了。

内　质

"天下之质而趣灵者，莫过于山水。百卉托君子意象者，莫过于梅兰竹菊。得空灵平淡者，莫过于晨露。世人有野趣而不知者，莫过于樵牧之辈。有鲜果尝而不知甘味者，莫过于菜庸商贩。有花木环绕而不知享者，莫过于显官达贵。然古今名贤独以渊明尽兴，往来于田野篱墙边。然观四时之变，落花有期，斜阳流水，所悟而得者。一草一木一石一泉，得者。乐永年，性纯恒天地久矣"。此则予二十余年前跋卷之语，其中所悟，本性当养于内而质必朴而华，人生如此，立命亦然而从事艺术之创造者更当践行。美是多样化的内涵与形式，给人们生活带来了无穷的喜悦享受，然而在众多美的范畴中内美则是人类审美境界中"至境之美"或者说是"终极之美"，老子庄子对美、乐、巧的问题所阐释的是"天地有大美而不言"，否定世俗浮薄之美，世俗感官之乐，矜心着意之巧。超越世俗之美与乐，追求"惊若鬼神"与"造化同工"的大巧。老子说"天下皆知美之为美,斯恶矣"。老子认为世俗之美容易破灭,故此老庄要求的是本质的、根源的、绝对的大美。从"致虚极,守静笃"的人生达到返璞和谐统一。庄子《知北游》说:"圣人者,原天地之美",又说:"德将为汝美",从天地大美而引向体道人生中的至美至乐,《田子方》引老聃曰:"夫得是,至美至乐也。得至美而游乎至乐者,谓之至人。"至人是人的品格与精神及道的统一,是人生完美的境界。因此,艺术作品创作最终完成的美的表现,是自然与人文间相互观照生发的美的内在精神与气质的统一,呈现出心相涵质的内美的丰富性,这是艺术家全面修养所凝聚的结晶,回归自然本相之中,以"道"的深邃体现艺术家所呈现最高的艺术精神,其本质相同,所不同的是艺术家成就了作品,而庄子成就了艺术的人生,艺术人生是人格的至善完美,是艺术创作中自然流露出来的审美基础,是艺术家对内美的永恒追求。

精 神

庄子"独与天地精神往来而不敖倪于万物,不谴是非,以与世俗处"。庄子"以天为宗,以德为本",任性自然,反对任何人为妄作。认为一旦不为物役,超越了死生、世俗、自我的一切羁绊,游心于无穷,人的精神就能像宇宙天地一般自由辽阔。这样的人,就再也不是物的奴隶,物的工具。痛苦就可以得到消弭,心灵就可以得到安顿。因此"游"是老、庄追求道的人生境界,是精神的安定,自由的王国。庄子的艺术精神,是要成就艺术的人生,使人生得到前所未有的"至乐""天乐",让心斋达到精神上永恒的自由与解放,是庄子"闻道""体道""与天为徒"的人生,是艺术精神的最高体现。《逍遥游》中有"至人无己,神人无功,圣人无名",《齐物论》中有"今者丧我","丧我",即是"无己"。三无之中"无己"最是关键,是"心斋"与"坐忘",是庄子精神的核心。"心斋"的意境,便是"坐忘"的意境。心斋与坐忘的历程需要两条路解决：一是消除由生理而来的欲望，使欲望不被心所操纵；二是心与物接时，不要让心对物产生知识活动，排除欲的烦扰，使心在知识无穷的追逐中得到解放，进而增加精神上的自由。摆脱由生理而来的欲望，（散去心里主体），以忘知的心理状态，使心斋"虚""静"，从而达到"坐忘"。坐忘的境界，以"忘知"最为枢要，忘知，是忘掉分解性、概念性的知识活动，呈现出虚而待物的纯知觉活动，而这种活动就是美的观照。

庄子为求得精神上的自由解放，精神之落实，必然在其自身人格上达到彻底的完美，而彻底的完美，就是艺术的精神，庄子所描写的神人、真人、至人、圣人，无不可以从此角度加以理解。对《老子》《庄子》两书所叙述的两种人生态度加以比较，老子对祸福计较而来的计议之心多，以至流弊，演变为阴柔权变之术。而庄子要超越这种计议，从心而"游"，归于艺术的生活状态。所以后世隐逸者，多受庄子影响。《天下篇》曰："芴漠无形，变化无常。死与生与。天地并与，神明往与。芒乎何之？忽乎何适？万物毕罗，莫足以归。古之道术有在于是者。"庄子"芴漠无形，变化无常"的无限境界超越了时空境界，对生死长短不资计较，以"死与生与，天地并与"。以无限化神明，"芒乎何之？忽乎何适？""包罗万物"，庄子以无目的为目的，不求万物所归，亦无目的为万物所归，故"莫足以归"。这一论述是庄子对自己所达到艺术精神无限性的描述。"独与天地精神往来"，是庄子精神的超越，艺术的超越不是形而上学的超越，而是"即自"的超越，即自亦是事物自身，因此庄子的精神超越并非舍离世俗，而是与物有情，"而不敖倪于万物"，亦是"不谴是非，以与世俗处"，说明了庄子从人性自觉中出发，进而完成"即自"的超越，即自亦是不折不扣的艺术精神。因此庄子的思想对后来者艺术创作与民族艺术发展有着深远影响。

境　界

　　"境界"，是对一切艺术作品在创作完成中的最高要求，永恒的作品必有永恒的境界，境界是艺术作品的内在灵魂，没有境界的作品是"世俗"的，是低格调无品位的作品，因此我们如何在学习与艺术创作中提升艺术境界，是十分重要的。境界从那里来呢？庄子告诉我们创造艺术境界首先要成就艺术家的艺术人生，艺术人生是人格的至善完美，是艺术创作中自然流露出来的审美内涵与笔墨形式，是艺术家对美的无限崇尚与永恒的追求。境界是艺术家厚积薄发呈现全面修养及对美学认识与理解在艺术创作的最终完成。境界的内涵是"天地精神，民族精神，文化精神，艺术家所追求生命永恒与时代的精神，是宇宙自然生命的气象，民族文化的主题，是美的优雅清韵壮阔的篇章"，艺术家赋予作品生命与灵魂，是其作品所包容的无限内涵，优秀的作品是不局限于时间与空间的拘束，晋唐宋元明清之名迹千余年来至今仍然光辉灿烂，其内美外华留于人类的宝贵财富，堪称是人类精神家园中不可缺少的重要部分，因此我们在鉴赏好的艺术作品时必然要探讨其作品内在的精神气质与外在形式的诸多问题，人类社会普遍认为没有灵魂的艺术作品是苍白的是没有生命力的，更是不能洗涤尘世尘埃及人生"心斋"中的浑浊之象。灵魂亦是精神，精神亦是美学范畴中的主要部分，它所蕴藏的是"天地大美"与"万象至境"的永恒。故艺术家要用一生的时间积淀人生的修养来完成艺术之修养，从而达到艺术作品内美所流露出来的精神与人文气息及人格魅力，这是所有艺术家共同所认知与追求的目标，也是艺术家要对所处的时代负责任的思考，石涛云："笔墨当随时代"，一个时代有一个时代特质精神及审美的标准，艺术家要秉承这个时代的精神来创造出这个时代所需要的艺术作品，讴歌这个时代的精神，这是艺术家应该追求的"境界"。

品　格

　　"品格"二字包含着极其丰富的内涵，古人说人品亦是书品，人格亦是画格。中国绘画艺术源于"外师造化，中得于心源"，其艺术思想与内涵发源于"仁德之修养"，是艺术家心灵深处自然流淌的一条小溪，以清澈无浊之水滋润艺术家之"心田"，使其笔下幻化出无限的物态神情以及高雅的艺术创作形式。中国绘画以同样的笔墨，同样的绢纸，同样的描绘，同样的梅兰竹菊、山川河流、人物花卉为艺术家创作提供了丰富多彩的题材。然而绘者各自笔下物象殊异。有气息清浊艳俗不堪入目者，亦有高怀雅颂之格，有似一缕清风者，又有如秋水宏阔之壮观，有小桥朝暮者，更有高山流水之图。为什么同样的素材所形成的作品竟然有如此差别，这是何故呢？"心境"，有什么样的心境，就有什么样的作品，"心境"决定"画格"，画格决定永恒。画家在养心修境的过程中，读书至为重要，通过读书可以走进中国文化中感受和光同尘的世界，体会外圆内方的君子仁节及诸多文化内涵的魅力。远鉴文史之变近思庙堂之忧，养悦天下而大悦之胸怀。体会仁者乐山智者乐水的智慧及隐逸生活的平静，感受人生得失之真谛及生命瞬间与永恒的快乐。自探心迹与万物相容契变的过程，养士人应该有的博大胸怀及忘我精神，生发心境幻化妙趣横生的境界。托素心寄于山川明月与天地相得益彰，从自然中来，回万象中生，悦诗意中美，陶醉梦境中去。种种人生体会亦是完成生命过程中的修养功课，而人生的功课是在读书行路间，迹化之变亦是"体道"之始，"道"之永恒超然于"物外"，"游"亦忘一切，回归天地自然之中，此是艺术家一生之必要修养，修养决定人品画格矣。

仁、义、礼、智、信与戏剧影视创新[①]

张智华

（北京师范大学）

一

我国不断加强"一带一路"的发展与建设，"一带一路"语境与"仁、义、礼、智、信"为中国戏剧影视发展带来了良好的机遇。多元化的媒介带来了多元化的价值取向，仁、义、礼、智、信是重要价值取向。网络促使艺术创作内容与形式不断变化。以吸收中国传统文化精华为主，适当借鉴外国文化精华。中国传统文化丰富多彩，我们应该吸取其精华，如道法自然、自强不息、厚德载物等。尊崇天、地、君、亲、师，以人为本，重视人与大自然的关系，等等。

仁、义、礼、智、信是中国传统文化精华的一部分，也是艺术创作的重要组成部分，会促进戏剧影视创新。仁爱是艺术创作的核心内容之一。仁者爱人，民众是国家的根本。孔子、孟子提倡民本思想，影响深远。了解民情，尊重民意，为人民做一些善事，得到民心，长治久安。儒家仁爱

[①] 国家社科基金艺术学重大项目"中国网络电影、网络剧、网络节目研究"（批准号为17ZD02）阶段性成果之一。

与墨家兼爱的共同点与不同点比较明显，与基督教博爱的共同点与不同点也比较明显。中南海重要的建筑是怀仁堂，为人民服务是重要内容。三国戏如《单刀会》等表现了关羽的仁、义、礼、智、信。水浒戏如《李逵负荆》等表现了李逵的仁、义、礼、智、信。电视剧《大宅门》取材于百年老店同仁堂，表现了仁、义、礼、智、信思想。美国动画片《功夫熊猫》用了中国两个国宝：功夫、熊猫，表现了仁、义、礼、智、信，在全球传播，取得了良好的口碑与巨大的经济效益。《战狼1》打击贩毒集团、打击黑社会，《战狼2》打击海盗、打击恐怖分子、打击国际雇佣军，保护百姓，保护平民，表现出爱民的思想，这正是仁、义的体现。电视剧《人民的名义》保护人民利益，打击腐败分子，表现了仁、义、礼、智、信，因此好评如潮。

仁爱是戏剧影视创作的核心内容之一。韩国电视剧《大长今》表现了仁爱思想，大长今想当医生，不仅考医药方面的知识与能力，还要考孟子见梁惠王说了什么？说了仁政。《大长今》编剧金英贤，导演李炳勋，主演李英爱、池珍熙、洪莉娜、任豪。徐长今与闵政浩能否谈恋爱？编剧与导演观点不一致，由观众来决定。主要人物有徐长今、闵政浩、中宗、皇太后、皇后、崔尚宫、崔今英、令路、韩尚宫、朴明伊、连生。崔尚宫、崔今英、令路为一个系统，徐长今、闵政浩、韩尚宫、朴明伊、连生为一个系统，中宗、皇太后、皇后为一个系统，这三个系统贯穿始终，形成错综复杂的网络。主角新颖，长今只是一个平民，不是帝王将相或后妃公主。第24集徐长今给明朝大使做饭，表现了徐长今与人为善、坚持自我的主见。第62集崔尚宫等被捕，徐长今获胜。该剧有四个层次：第一个层次是饮食；第二个层次是医药，主要是中医；第三个层次是政治；第四个层次是文化，主要是儒家文化。表现了政治冲突、工作冲突、爱情冲突，表现了长今自强不息、坚忍不拔的精神，半实半虚，带有传奇色彩。耐人寻味，表现了皇权、大臣与爱情、男女平等、平民生活的复杂关系。音乐与服装恰当。所配音乐《希望》鼓舞人心。该剧以表现徐长今奋斗为主，兼顾爱情与婚姻问题。该剧市场运作较好，不仅在韩国、中国受到喜爱，而且在欧美受到欢迎。韩剧给我们的刺激与启发较大：如何运用中国文化元素？我们如何不断提高文化修养？如何把中国文化资源转化成文化产业？

二

义气是戏剧影视创作的重要内容之一。网络对公众生活实现全面渗透，提供了全新的生活方式和交际平台。戏剧、小说、电视剧对《三国演义》中刘备、关羽、张飞桃园三结义，表现得比较充分，感人至深。

礼是戏剧影视创作的关键内容之一，礼经是十三经之一。礼的内容比较复杂，包括礼节、礼堂、礼貌、等级等，有利有弊、有得有失。我们应该吸取其精华，剔除其糟粕。今天更多表现文明礼貌等积极的内容。强调立德、立功、立言。穷则独善其身，达则兼济天下。

电视剧《大宅门》取材于百年老店同仁堂，表现了仁、义、礼、智、信思想。《大宅门》编剧、导演是郭宝昌。主要人物有白景琦、白文氏、季先生、白荫堂、白颖宇、白玉婷、白敬业、黄春、杨九红、槐花、香秀、万筱菊、詹府大格格、武贝勒、王喜光（宫奴、家奴、亡国奴）、山东孙家、石园祥、西安沈家、田木。该剧入戏较快，第一集表现了白家与詹王府的矛盾以及白景琦出生就笑、与众不同，这是贯穿全剧的重要内容，因而很快把观众带入主要矛盾与富有个性的人物面前。白颖宇在青年时当了汉奸，晚年坚决不当汉奸，他说道：1. 秘方不能给日本人；2. 不要拿别人拐子打自己腿；3. 不能做亡国奴。《大宅门》故事核心是保护医药秘方。《大宅门》的故事连绵五辈，从全剧主要人物白景琦出生拍到他的晚年，展示了"百草厅"和白氏家族的兴衰，而且反映出时代变迁与政权更迭，将家族的命运与国家民族的命运紧密地联系在一起，由血肉贯穿筋骨直至魂魄，因此具有民族史诗的特点。白景琦的母亲白文氏让他有了家族的观念，他的老师季先生让他懂得了做人、做事的道理，教了他热爱民族与国家的思想。白景琦胆识过人，具有叛逆精神。他看见白三爷进房偷药方，便批评他，也敢与他动刀。长大后桀骜不驯，在官府当差，戏弄进京贿赂的地方官员。他被赶出家门之后，来到济南，吃苦耐劳，最后也成了气候。回到北京后，掌管全家，用自己的能力使"百草厅"立于不败之地。不管是清朝末年还是抗战时期，即使处境艰难，他也不曾低头，始终保持一个商人所应有的诚信，始终保持一个中国人所应有的民族气节。白景琦铁骨铮铮，有闯劲。白家老号发展脉络比较清晰，不顺利，时常处于风口浪尖，跌宕起伏，给人厚重之感。白文氏忍，等待时机。白文氏精明强干，在艰难困苦中盘回了"百草厅"，撑起了白府，但晚年固执己见、思想僵化，害得杨九红非常痛苦。该剧以百草厅尤其是白景琦的创业线索为主，以白景琦与黄春、杨九红、槐花、李香秀等的情感线索为辅，创业线索与情感线索相互交织，形成一系列矛盾冲突。在《大宅门》中，白家与詹王府的矛盾冲突、白家内部的矛盾冲突、中国人与外国侵略者的斗争，这些就是"戏眼"。该剧编导郭宝昌就是大宅门中的李天意，而真正的"百草厅"是百年老店同仁堂。郭宝昌牢牢把握住中医中药行业的传统，把这一行业演绎得出神入化，有声有色。郭宝昌写的是肺腑之言，拍的是真情实感。白玉婷追求理想的爱情，与心仪之人结婚，是一个美丽的梦想者。黄春贤惠善良，忍辱负重。杨九红聪慧、果敢，但自私、狭隘。槐花温柔软弱，遭人排挤。香秀富有心计，敢作敢为。她们个性鲜明，与白景琦恩恩怨怨，形成了《大宅门》的一系列"戏眼"。该剧跨越半个世纪，倾诉五代纠葛，通过一些人物悲欢离合的故事及不同的命运，展示了大家族的变化，表现出社会的某些本质方面。该剧主演陈宝国、斯琴高娃、刘佩琦、蒋雯丽，友情出演陈凯歌、张艺谋、葛优、宁静、姜文、李雪健、田壮壮等，他们表演用心、用力，非常精彩。

　　智慧是戏剧影视创作的强大动力之一。《舌尖上的中国》表现美食与美食文化，表现食品安全与社会稳定，古人云："烹小鲜而治大国"，通过网络在全球传播，取得了良好的效果。《舌尖上的中国》总制片人刘文，总编导陈晓卿，执行制片人朱乐贤，执行总编导任长箴、张铭欢、闫大众，编导任长箴、程工、胡迎迎、马羽洁、张铭欢、刘艺乐、邬虹、杨晓清，摄像闫大众、白波、李继松、徐兵、刘睿、谢卓良、李滨、董向阳、张华，前期调研龚瑜，解说李立宏，作曲阿鲲。第一集《自然的馈赠》，重点表现了云南香格里拉松茸、浙江冬笋与春笋、广西柳州竹林大头竹笋、云南大理诺邓美味——火腿、水乡莲藕、东北查干湖捕鱼等。第二集《主食的故事》，第三集《转化的灵感》，第四集《时间的味道》，第五集《厨房的秘密》，第六集《五味的调和》，第七集《我们的田野》。一方水土出产一方美食，一方水土养一方人。该片选取了中国东西南北中60多个地方，涵盖了包括港澳台在内的中国各个地域。该片采用高清设备多机拍摄，恰当使用中景、近景、特写镜头，表现了一个个具体生动的故事，表现了百姓日常饮食流变与千差万别的饮食习惯以及独特的味觉审美，展示了中华美食的多个侧面与博大精深的中华美食文化。表现了百姓积极乐观的生活态度，表现了他们的生存与发展智慧以及明确的价值观。该片把中国传统节日、各地风俗民情、团圆、亲情等融合在美食之中，具有很大的感染力。用杜甫的两句诗来表达"随风潜入夜，润物细无声"。该片采用恰当的方法，表现了强大的文化凝聚力。

信主要指诚信与信仰，是戏剧影视创作的重要力量之一。中国人有信仰，主要是文化信仰。例如，《大染坊》是陈杰根据他的父亲母亲真人真事改编。《大染坊》编剧陈杰，导演王文杰，总摄像王滨，主演侯勇（饰陈寿亭）、萨日娜（饰周采芹）、罗钢（饰卢家驹）、孙俪（饰沈远宜）、王思懿（饰贾思雅）、周野芒（饰林祥荣）、刘岷（饰赵东初）、尹双双等。侯勇在2002年获得"华表奖"最佳男演员与"长春电影节"影帝。孙俪在《玉观音》中脱颖而出，被媒体誉为2003年"四小名旦"之一。

《大染坊》叙述的是经商的故事，一系列的商战成为该剧的主要故事，其剧情发展的脉络始终与国家的兴衰息息相关。陈寿亭从小父母双亡，以讨饭为生，后来被周村通和染坊的周掌柜收为义子，学会了染布手艺，十年便将通和经营成为周村最大的染坊。曾在周村印染业排名第一的大亨染坊王掌柜，在拉拢陈寿亭失败后授意内弟勾结土匪，将陈寿亭劫持逼其就范。面对酷刑，陈寿亭假装认输，自己接过筒子香摁在胸口上，土匪大惊，为其情义感动敬佩不已而把他放了。从此通和染坊更为兴隆。陈寿亭的经营才华得到张店大户、受过新思想影响的卢老爷的赏识与信任。卢老爷以极其优越的条件邀请陈寿亭在青岛共同创办大华染厂，并安排留学德国学习染织归来的长子卢家驹担任董事长。陈寿亭告别了染布作坊，在青岛与卢家驹共同创办大华染厂，自此走上了工业印染之路。陈寿亭的人生可以按地域分为三个时期，在周村通和染坊为成长期，在青岛大华染厂为发展期，后来随着时局的恶化，西迁济南开办宏巨染厂，预示了从中兴到末路的衰亡期。该剧矛盾最为集中的情节是陈寿亭在这三个阶段与同行之间斗智斗勇，即在青岛与元亨染厂的孙明祖以及日本商人滕井斗，在上海与六合染厂的林祥荣斗，在济南与模范染厂的訾文海以及日本商人滕井斗。有一场戏是陈寿亭设计了一个圈套让訾家父子去钻，用计十分周详和具体，策划得相当周密。一个假的日本皇族骗倒了号称当时最狡诈的訾家父子，对于这样的汉奸就是应该用这样的计策。陈寿亭的人格魅力来自他机智敏锐的头脑与犀利诙谐的语言，他大字不识却爱谈古论今，并且见解独到、言简意赅，说出的话掷地有声。陈寿亭敏捷的思维更多地来自听评书得到的智慧与现实斗争的历练，他对"三十六计"、《三国演义》以及武松、朱元璋、常遇春、徐达等比较了解、比较敬佩，对山东民族资本家苗瀚东非常敬重，苗瀚东成为他做人的榜样。该剧通过陈寿亭的奋斗历程与荣辱兴衰，展现了我国民族工业在20世纪初发生、发展的艰难道路，表现了民族资本家强国梦的诞生与破灭，揭示了"如果国家不强大，个人再强大也不行"的普遍真理。陈寿亭有狠的一面，也有善的一面。陈寿亭对竞争对手毫不含糊，敢作敢为，常常以铁的手腕与正确的策略击败对方。他懂得知恩图报，对曾经救过、帮助过他的锁子叔始终尊敬孝顺、亲如父母，其滴水之恩涌泉相报的情义传为佳话。他对手下人与工厂工人一向以仁义相待。他为人正派宽厚，处世多行善举，甚至对待商界的对手，他也常常用点到为止的方式留他人一条生路。陈寿亭与采芹的爱情婚姻是次要故事。陈寿亭与采芹是青梅竹马，患难夫妻，相亲相爱，同甘共苦，他对采芹忠贞不渝。《大染坊》对于陈寿亭的性格塑造，让我们见识了一个具有残缺美的另一种商人。我们可以看到剧中陈寿亭最大的缺陷就是不识字，性子急，但是也就是他的这两点残缺，让我们见识了真正的残缺美，也让我们看到了一个真正的草根商人陈六子的成长历程，感受到商战中的惊险刺激。

三

仁义礼智信是戏剧影视创作者应该重视的，是传播者应该遵从的，也是受众应该遵从的。仁义礼智信是戏剧影视创新的基础，也是戏剧影视创新的动力与重要内容。《闯关东》表现温良恭俭让、仁义礼智信的人生准则；扶危济困、宽容大度、和睦共处的人文精神。《闯关东》编剧高满堂、孙建业，导演张新建，与《大染坊》原班底联袂制作。主演李幼斌、宋佳、萨日娜、牛莉、马恩然、高明。

朱开山性格坚忍不拔，具有开拓精神，还有貌似隐忍中的大局狡黠和细密机智。他的性格决定了他顽强奋斗、绝不屈服的意志——其实也是中国人在磨难中不屈精神的汇聚。韩老海个性倔强、爱女深切。森田阴险狡诈、笑里藏刀。朱传武鲁莽英武、憨厚执着。文他娘温厚大气、不乏坚韧，宽容晚辈。鲜儿命运坎坷，舍弃自身心系亲人。秀儿命运不幸。该剧从一个角度展示了"家族史"与"社会史"，表现了闯关东精神：敢于也善于和磨难进行抗争的进取精神；不怕任何阻力，为实现美好的人生追求、置之死地而后生的拼搏精神；积极倡导温良恭俭让、仁义礼智信的人生准则；扶危济困、宽容大度、和睦共处的人文精神。该剧结构严谨、情节紧凑、首尾呼应。层层推进，步步惊魂：朱开山在老金沟与黑恶势力的一连串冲突，环环相扣，步步垫高。奇峰突起，平地惊雷：朱传武与大熊的生死决斗扣人心弦。波澜起伏，结尾有力：合力杀森田。

戏剧影视创作为公众利益服务，才会取得更大的社会公信力。仁义礼智信有助于戏剧影视创作，有助于国家文化建设，有利于网络时代新的知识产权的建立与完善，也有利于戏剧影视创作者不断提高经济收入与社会地位。

部分戏剧影视对仁、义、礼、智、信有所表现，但是不够充分，观众不满足，应该适当加强。

2015年9月11日中央政治局召开会议审议通过了《关于繁荣发展社会主义文艺的意见》。该意见指出，文艺是民族精神的火炬，是时代前进的号角。实现中华民族伟大复兴，离不开中华文化繁荣兴盛，离不开文艺事业繁荣发展。举精神旗帜、立精神支柱、建精神家园，是当代中国文艺的崇高使命。弘扬中国精神、传播中国价值、凝聚中国力量，是文艺工作者的神圣职责。这为中国文艺发展进行了很好的顶层设计，在政策层面为中国网络文艺发展提供了良好的机会与坚强的基础。

四

当然我们同时应该注重戏剧影视尤其是网络自制影视创作自身的特点，积极创新。

网络自制影视，顾名思义就是由网络媒体自己投资拍摄，专门针对网络平台制作并播放的网络电影、网络剧、网络节目。从这个概念中，我们可以看到网络自制影视定义范畴中的几个要点：一是网络自制影视应该是由网络媒体作为创作者参与投拍、制作的；二是网络影视首要播放平台应该是投拍的网络媒体；三是网络影视从制作到内容应该符合网络影视的要求和特征。

网络自制影视从一个新的方面体现了"一带一路"精神，具有强烈的当代性与开拓性，表现出积极的探索精神与创新意识。中国网络自制影视发展较快，取得了比较丰硕的成果，当然也存在一些问题。

网络自制电影发展较好、较快，稳步前进。例如，《索玛海子》《赢家》《父亲》《勇敢爱》等，表现了明确的价值观与比较深刻的文化内涵。

互联网使电影观众的角色发生转变，使其成为用户。用户的评论、分享以及观看的数据，都是参与创作的表现方式，是电影编导所需要的反馈与互动。例如，筷子兄弟的《老男孩之猛龙过江》是通过收集、整理大量用户的评论和数据反馈而拍摄的，因而胸有成竹、取得了成功。

娱乐圈的话题能够满足人们的八卦心理。在每日高强度的工作节奏之下，人们需要有关渠道来排解自己心中的压力，通过娱乐圈的八卦可以舒缓工作压力，通过八卦满足内心的窥视欲。但是，娱乐圈的有些话题半真半假，有些人故意炒作，成为一种变相的广告。在网络电影发展过程中，难免鱼龙混杂、泥沙俱下。我们对此应该进行辨析。

中国网络自制剧发展有得有失，有喜有忧。

网络自制剧特点鲜明，影响较大。例如，《名侦探狄仁杰》《盗墓笔记》等。这些网络剧以精致的制作，缜密严谨连续的情节，较为深刻的思想内涵以及几乎和电视剧相等的时长改变了很多人对网络剧制作粗糙、内涵浅白、短小碎片的认识。与《纸牌屋》相比，《名侦探狄仁杰》在叙事、拍摄、制作等方面都有较大的提升空间。

《盗墓笔记》等极具影响力的网络文学作品也已纳入网络剧的拍摄之中，并引领了网络剧题材内容的发展潮流。《盗墓笔记》在形象塑造、叙事、制作等方面存在一些问题，比较粗糙，因此一些网民尤其是《盗墓笔记》小说粉丝们纷纷扔砖头，他们批评得有道理，网络剧《盗墓笔记》制作团队应该善于听取他们的意见，不断提高水平。

中国网络自制节目取得了一定的成果，发展潜力较大。网络节目与网络本身存在一个共生的空间，它们是一种根源接轨。网络是网络节目赖以生存的根基、发展的基础性平台。

网络利用自身优越性平台为网络节目的发展提供了良好的发展空间，大量的客户群，快速的传播效率，多样化的媒介平台整合传播方式，优越的、直接与市场接轨的营销渠道。

网络节目的优势在于其控制权牢牢掌握在网络媒体自己手里，多数属于自办节目，往往针对当前社会的热点问题做出点评与调侃，例如，《大鹏嘚吧嘚》《奇葩说》等，往往能够体现网友们关心的热点话题，时效性强，且贴近生活，因此受到广大网友的喜爱与思考。

现在艺术作品的受众，网民所占比例很大。很多艺术作品在网络上传播。据2017年8月4日中国互联网络信息中心（CNNIC）在北京发布的《第40次中国互联网发展状况统计报告》显示，截至2017年6月，中国网民规模达7.51亿，占全球网民总数的五分之一。同时我国互联网普及率达到54.3%，超过全球平均水平4.6个百分点，网民规模已经相当于欧洲人口总量。

网民年龄横跨老年、中年、青年、少年。网民职业包括教师、学生、工人、农民、军人、商人、公务员，等等。网民地域包括全国各地，东、西、南、北、中。

网络传播路径与方法多种多样：第一，在网络论坛进行评点、辩论；第二，在有关网站上评分，例如《人民的名义》豆瓣评分8.6；第三，在弹幕上发表评点，进行互动；第四，在朋友圈发表短论，进行互动。

现在到影院看电影的主体观众是年轻人，这个主体是互联网观众，因此影院传播与网络传播是十分重要的。《战狼2》采用网络预告、网络售票，使大量观众到影院观赏。影院传播取得了良好效果。观众们在网络上评点，在网络上讨论，或者在网络上争论，形成话题传播。有关吴京与吴京团队的话题在网络上广泛传播，进一步促进了广大观众到影院欣赏《战狼2》。因此，截至2017年10月8日，《战狼2》在国内总票房达到56.8亿（57亿）元人民币，全球票房8.7亿美元。《战狼2》成为单片国产电影票房冠军，在全球单片票房排行榜上名列前茅。位居全球票房榜TOP100第55名。

总之，仁、义、礼、智、信是网络自制影视思想文化滋养之一，可以使网络自制影视的根扎得更深，符合中国国情，可以提高网络自制影视的文化品质，可以使网络自制影视健康成长，枝繁叶茂。

曲艺艺术语言传承和创新的文化自觉

张祖健

（上海大学）

本文以我国曲艺的艺术语言为考察对象，研究我国民族口语艺术的艺术语言特质，以及其发展进程中的诸问题。曲艺是民族说唱表演艺术的总称。广义地说，曲艺是我国各民族职业性说唱艺术的总称，以此区别于非职业性的民间说唱活动，如民间故事、宣卷等。狭义地说，曲艺是我国各民族以语言说唱为主的综合性口语艺术，如评书、相声、二人转、弹词、快书、板书、清音等。

一 历史上，民族口语艺术的传承存在失衡

本文所说的语言，指灵长类进行类信息交流的高级信号体系。广义的"语言"概念，可指动物类发出的，以交互信息沟通为主要功能的信息信号体系。人类语言发展，从声符到（静、动）视符，进化到抽象的语言文字符码，以及数据和技术符码为进程，分为口语，视觉语言、文字语言及各类技术语言。普通人类语言，由词语、语义、语法、交流反馈机制形成。人类语言的建构可解构，从语义和符号两个结构系统介入。语义，既可能是词语的单一含义，也可有多重含义，例如，名词"人"，就有单一生物学意义的语义指代，也可能有"人性"等内涵的多重语义指代。单一

语义和多重语义间建构有语意空间,例如,词语"马力"的单一语义与作为喻体"马力"的语义之间,可建构多重语义空间。语义生成于语言符号的指代。语言符号有其物理建构,口语、音符等都可被记录为声波物理信号;视觉符号的书写、绘画或人类及动植物形体表现,也可被各种物理材料记录和传达;抽象符码语有文字语言、数据语言、电磁信号等,也都可被技术手段录入物质载体材料存为物理信号。人类在发展高级复杂的语言符号体系的同时,也发展了语言记录和传承语言信息的物理承载技术。中国古代甲骨文、青铜铭刻、竹简、羊皮书以及汉代纸文本等,记录和传承中华文明至今。

历史上,人类用语言记录文化信息及传承人类文明的能力不平衡,例如,在电磁信号记录技术发明前,人们很难保存历史上语言音频文本和动态视频语言文本。现在,我们在欣赏杜甫《观公孙大娘弟子舞剑器行》诗时,因为没有当时音频视频电磁信号记录,无缘欣赏杜甫赞赏的公孙大娘徒儿李十二娘的舞姿音容。又如,明人张岱曾记述明末江南大说书家柳敬亭说水浒故事的生动情景,"余听其说《景阳冈武松打虎》白文,与本传大异。其描写刻画,微入毫发,然又找截干净,并不唠叨。呒夬声如巨钟,说至筋节处,叱咤叫喊,汹汹崩屋。武松到店沽酒,店内无人,暴地一吼,店中空缸空甓皆瓮瓮有声。闲中着色,细微至此"①。柳氏如此精彩书艺,我等后人只能据张岱文字描述进行想象,无缘身临其境。这说明,我国艺术发展流变曾因语言记录技术的欠发达,在传承中曾被长期割裂。具体说,我国民族艺术的保存,当艺术都是静态物理存在或书面文字记录,才能得到较为完整的传承,如我国青铜器皿铭刻、敦煌和龙门石刻、绘画、诗词曲赋刻本等,都是以此成为举世闻名的中华文明记载。但是,唐

---

① (明)张岱:《陶庵梦忆》,吉林文史出版社2007年版,第105页。

代成型的滑稽对答演艺——弄参军①，由佛家讲经通俗化生成的一种宗教说唱艺术——俗讲②，目前只见文字记录，无法物理感知当时演艺的声容笑貌。由此可见，物理记录技术欠缺会造成民族口语艺术在历史流变中重要信息记录的缺失。这是我国民族口语艺术需要研究解决的问题。例如，曲艺演艺时的语气调性与场域气息交互反馈机制往往被漏记，如当代苏州弹词家周玉泉、扬州评话家王少堂说书的"静功"③（一种口语叙事的风格），而这恰恰是曲艺文学进步和演艺发展的重要机制。曲艺史实践证明，其艺术语言是活语言，演艺运用是多度性的，甚至演艺时候临时生成特定语用（小卖）④。不同师承的曲艺人讲同样的故事，运用口语讲述方式甚至重要语料都可能不一样。在近代，我国南北曲艺说书，表演宝卷，小热昏，往往设"大梁""书路""幕表提纲"、主要唱段等，以留出故事叙事进程中的"空间"，以便曲艺人演艺时活口发挥，创造性填补曲目内容预留的情节时空。上海独脚戏段子"盯巴""拉黄包车"等口语文本就是经典案例。这样的口语艺术机制，致使同样曲目，曲艺人在城市或乡镇不同地点演出时，使用的艺术语言语法、语汇、语料等运用不完全一样，演艺时可长可短，语言风格可谐可庄。这也许是曲艺口语艺术特有的汲取不同时空地点语言故事、语料类型、言语个性以满足不同时空欣赏要求的发展机制。当然，曲艺作品一旦被书面文字记录为纸质文本并导致口语故事固化，曲艺艺术语言特性在活表演和纸本记录交互转换中会流失。一旦曲艺口语艺术活性流失殆尽，曲艺也就可能衰亡。只有还原民族艺术语言流变的完整信息，重新激活由于记

---

① 姜昆、倪钟之主编：《中国曲艺通史》，人民文学出版社2005年版，第91页。
② 同上书，第126页。
③ 静功：苏州弹词一种表演风格，代表者为弹词家周玉泉，演艺时讲究言语叙事描摹稳健，音调平和，语言含蓄幽默，弹唱舒展从容。见吴宗锡主编《评弹小词典》，上海辞书出版社2011年版，第20页。
④ 小卖：苏州评弹演艺中的即兴笑话，常为即兴的幽默比喻。

录不均衡而失去的民族口语艺术的一些重要机制,才能全面维系我国民族口语艺术的健康发展。

二 中国曲艺艺术语言的建构

艺术语言,是人类艺术样式表达本体内涵,并与外部欣赏传达和沟通的工具。人类艺术语言的传达和交流由物理载体承载和运行,艺术样式物理建构决定其艺术语言物理形态。人类艺术样式的语言体系维护艺术门类(空间艺术、时间艺术、时空艺术①)的物理划分标准,形成各个门类艺术语言语系、语法,生成艺术本体内涵传达的编码及外部接受艺术语言并解码的共识。艺术有门类和样式之分,同门类艺术的艺术语言有物理共性,具有超稳定的结构。德国学者莱辛在其解析雕塑艺术的名著《拉奥孔》②中明确阐述了绘画与雕塑艺术语言表达的不同。我国清代刘熙载在《艺概》讨论我国古代词曲样式时也精辟地说明艺术语言与物理载体之间的关系,"乐歌,古以诗,近代以词。如关雎、鹿鸣,皆声出于言也;词则言出于声矣。故词,声学也"③。

全国曲艺有数百种曲种,演艺时运用各地方言,形成数不胜数的曲种。曲艺可能拥有我国最复杂艺术语言系统之一。各曲种演艺形态不同,艺术语言也大相径庭。曲艺的艺术语言,宏观特性是建构了民族口语艺术语言及语系,以此保有我国各民族用口语相传的神话传说、英雄史诗、民俗故事、历史演义等。毋庸置疑,这些数千年流传至今的民族口语文艺是中华民族的文化血脉之一。中观层级,曲艺作为民族口语艺术,有自身艺术门类分化,每个门类有其特定的艺术语系。曲艺作为民族口语说唱艺术,以口语表现方式划分曲种样式,分为说部,典型如评书、弹词等;唱

---

① 王宏建主编:《艺术概论》,文化艺术出版社2000年版,第113页。
② [德]莱辛:《拉奥孔》,朱光潜译,人民文学出版社1984年版。
③ (清)刘熙载:《艺概》,上海古籍出版社1978年版,第106页。

部，典型如大鼓、清曲、道情、渔鼓等；演部，典型如独脚戏、双簧等；综艺部，典型如二人转等。曲艺艺术语言的样式语系几乎囊括我国各地各民族的口语艺术演艺语系，是中华民族口语艺术的语库。微观层级，各曲种特有自身的话语系统，如曲种的话语，口语语法，口语艺术审美规制，以及曲种样式语言与社会语言环境"对译"的习俗机制等。曲艺微观艺术语言，是曲艺艺术汲取民间生活语言升格为艺术语言，又把艺术化了的语言反哺社会的民族语言文化运动。马三立相声《开会迷》[①]、上海独脚戏《看电影》等都是经典案例。

研究曲艺艺术语言的学术意义毋庸置疑，当艺术门类和艺术样式利用自身艺术语言吸引各时代欣赏者的喜爱，并在欣赏交互中汲取彼此所需语言素养，保持民族文化精神流变和艺术发展的交互机制，直接影响了民族文化和文明的可持续发展力，直接关乎民族文化的兴盛衰亡。

三 曲艺艺术语言的宏观与中观特性

曲艺艺术语言最基本的特性是其口语说唱时候的"零角色"立场。所谓零角色表演，指曲艺表演时，表演者不穿角色定位的具体身份服装，有时候只穿特定历史的无具体社会当行角色标志的服饰，如大褂、旗袍、中山装、西装等。曲艺如此着装是由艺术样式表现方式规定的，如此着装能使曲艺表演者作为一个客观叙事人，迅速转换表演时空，既能（客观中立）"零角色"说唱故事进程，又能在需要时迅速介入故事进程中的角色身份，以角色口吻"表演"故事。这类表现方式在曲艺表演中被称为"跳进跳出"[②]。跳进，指曲艺人叙述时能根据需要，很方便地从客观叙说迅速转入故事中某角色，以角色身份表达人物内心或者情景行为；跳出，指曲

[①] 《开会迷》：马三立相声代表作，讽刺一些基层企业干部迷信开会甚于实干的形式主义和官僚主义。

[②] 吴宗锡主编：《评弹小词典》，上海辞书出版社2011年版，第24页。

艺人能迅速从正表述的故事角色脱离，并立马进入与前述角色对立的某角色内心进行表述。凭借此手段，曲艺人在说书演唱时，能"一人多角"。曲艺人在"跳进跳出"之间架起超脱角色利益的第三者立场，以此向曲艺观众评说角色行为的内涵。苏州弹词艺术家刘天韵在苏州弹词《描金凤》中《玄都求雨》中就有如此经典表现，受到王朝闻先生的赞扬①。"跳进跳出"是曲艺说部艺术语言的一种机制，其特点是曲艺人在说唱演艺时，说、表、咕、白、逗、捧等口语信息的编码和解码间的灵活转换语境。

从语言学范畴研究，"跳进"是曲艺人进入历时性话语场景进行艺术表达，"跳出"是曲艺人进入共时性话语场景进行表达。话语历时性，是结构主义语言学的概念，指语言词汇概念的原有的语义内涵；所谓话语共时性，指语言词汇概念原有语义与当代语义的叠加。曲艺演艺的艺术语言文本，所谓"跳进跳出"，常常是在同一场景同一事件同一人物言行中，有历时性话语与共时性话语的交互迭代，由此建构独特的艺术话语体系。相声《夜行记》《追车》、苏州评话《林海雪原》中《跑马比双抢》等都是曲艺艺术语言跳进跳出的演艺范本。曲艺艺术语言体系中"跳进跳出"技术，具有两个重大功能，一是体现了曲艺艺术语言"说法中现身"②功能，二是体现了"说法中现身"艺术语言体系历时性和共时性的开放性融合。

"说法中现身"是曲艺最为基本的样式语言，这类样式语言本质上是一种线性艺术语言。曲艺的大书，如长篇评书《隋唐演义》《水浒传》，长篇弹词《三笑》等；曲艺演艺段子，如相声《卖布头》《夸住宅》，独脚戏《宁波音乐家》等，也都是由线性进程的口语叙述建构的。由此可见，曲艺作为民族口语艺术，采用民族活态口头语言进行线性叙述，以语言线

---

① 王朝闻：《王朝闻曲艺文选》，中国曲艺出版社1986年版，第2页。
② 吴宗锡主编：《评弹小词典》，上海辞书出版社2011年版，第24页。

性描摹，线性建构完整的口语故事，情节和艺术人物形象，建构口语艺术独特的线性艺术审美流程，相声艺术语言技巧——"包袱"就是例证。

曲艺术语言也有另外一类线性的说法中现身的程序，即间离[①]性的线性语言叙述，所谓间离性线性语言进程，是相声、独脚戏、二人转等曲种叙事进程模式，这些曲种在维系主题叙事逻辑递进的同时，会叠加一个共时性的可称为曲艺叙事第二线性言语体系，其语言文本的功能是设置对第一线性叙事系统进行调侃、嘲笑、批评、揭露等，其艺术功能在于从共时性甚至现实性语境揭示第一线性叙事内涵。跳跃式组接情景讲述一种人物故事。最为典型的是，马三立相声《买猴》是经典样本。在对口相声或独脚戏演艺中，捧哏或拍档尽管常常代表共时性或现实性艺术言语，但绝不能干扰逗哏或独脚戏主演的线性叙述。独脚戏《新老法新婚》[②] 也是经典例证。

曲艺艺术语言有多种语系，有同门类曲种语系，也有曲种区域语系。所谓曲种的艺术语言语系，是曲艺曲种在某人文文化区域环境中建构的艺术语言语系。曲艺艺术语系最重要的功能，形成区域方言和曲种口语的混搭语系，植入区域社会生活土壤，汲取区域社会生活内容，提炼为口语艺术节目，通过演艺反哺区域社会文化发展。在我国规定普通话为国语之前，我国各曲种语系在艺术地理上是区域化的。最为典型的是侯宝林相声《各地方言》、上海独脚戏《十三人搓麻将》[③]《各地堂倌》等。毋庸置疑，曲艺艺术语言仰仗的各地方言语系，是曲艺曲种艺术语言语用的基础。采用普通话为基本演艺语言的相声、北方评书等，依靠语言流布便利甚至扩展海外，而山东快书、苏州评话、扬州评话、南京白话、上海独脚戏等，

---

① 间离效果：德国戏剧理论家布莱希特提出的演员与扮演的角色作为外部二元状态双重形象呈现的演艺理论。
② 上海滑稽艺术大师姚慕双、周柏春代表性独脚戏作品。
③ 表现来自各个地域的人搓麻将时各地方言的言语表达，属乡谈类节目，为上海独脚戏经典节目。

艺术本性与北方评书和相声基本相似，但因方言的区域局限性而弱化域外流布力。当然，曲艺艺术语言的语系是非常复杂的，门类语系和区域语系常常会交互纠缠，例如，北方大鼓等尽管采用普通话为基本艺术语言，但因加入音乐曲调等区域因素，在江南的流布力就明显弱于纯粹的说部语言曲种。同样因为这个特点，苏州弹词、扬州清音等，在我国北方语言区中流布力也不强。

四　曲艺艺术的语言成就

需要深入研究曲艺线性艺术描述的语言。各曲种语系的言语建构，有曲种样式和区域流布等因素形成的区隔因素，生成了各类曲种艺术言语语料、语词、语法、语言心理和语言美学的不同。首先，口语艺术，依靠声音符号建立艺术叙述系统，其依赖的口语本身是抽象符号。尽管评书、相声等艺人口中艺术叙述活灵活现，但在听众听来，都是艺人描绘的线性化场景和故事而已。具体的故事场景、人物形象、情节细节贯穿整个艺术需要靠听书人，依循艺人规定情景提示，利用自身生活经验和文化素养"合成塑造"。其次，口语艺术是依靠口头逐句逐句叙述的，这个进程可能因艺人各异而不一样。明末柳敬亭口中的武松故事与当代扬州评话家王少堂讲武松故事就不同，前者常起爆头，后者安坐静说。最后，曲艺口语艺术线性进程更在于欣赏者经验素养不同而不同，例如欣赏苏州弹词《玄都秋雨》，王朝闻在"听书笔记"中的欣赏体会与普通听众不一样。

曲艺艺人口语说唱故事缺乏物理文本的固化，虽说流失了很多需要固化记录的艺术信息，但也有利于曲艺人多度性口语描述故事，由此生成曲艺艺术语言线性描述进程有历时性和共时性多度迭代机制。曲艺是多度性说唱艺术，其作品能够动态地活化流变。宋代说古的曲艺故事，例如"说三分"，至今活在曲艺艺人口头。旧时，曲艺基本没有纸本的固定流传，靠口传心授进行艺术传承。这样的艺术传播方式，使曲艺在一次一次演说之间，可以根据演出现场欣赏需求的不同，调整自己口头叙说的侧重点。或黄书，添油加酱地夹进新编情节，以致"久黄成崭"①。有些作品内容早被观众烂熟于胸，观众喜欢在熟书中听笑料，苏州评话大家张鸿声说《大明英烈传》就噱头多多，被人称作噱头大王。同样，观众喜欢听唱，苏州弹词就演绎出重唱的《珍珠塔》等。曲艺这类多度性演绎的口语艺术特点，本质上是不断汲取新语料，丰富曲艺口头艺术语言的表达内容。在曲艺口语文艺发展过程中，曲艺演艺现场往往是社会口语生活场合。唐代俗讲地点还寺院周遭，但到两宋，很多曲种演艺到了茶楼酒肆。古代的茶楼酒肆是民间集体口语生活场所，大量的历史传闻、社会事件、人物命运等的绯闻谣言或冤情真相等，都在此孵化酝酿和传播。即使晚清民初，我国大都市中报纸等大众传媒逐渐普及，但遍布全国城乡数不清的茶肆酒楼仍然是我国社会新闻流播的主要场所。我国四大名著的社会传播也依靠这个口语传播系统而得到发展。《都城胜记》②《扬州画舫录》③等都有记载。曲艺自觉地把艺术语言植根于民族口语社会生活最主要的场所，滋生于艺术语料湿地，建构起曲艺艺术语言的民族文化机制。

曲艺听众对口语艺术欣赏也是如此，具有多度温习迭代特点。曲艺欣赏者动态更新口语记忆，达到一种线性记忆升格的规定情景。苏州弹词书目普遍出现艺术欣赏重点向非主角人物发展，就是例证。苏州弹词《玉蜻蜓》诉说苏州豪门公子金贵生新婚不满妻子言行，出走并宿住家庙法华庵，留情庵内三师太智贞，庵中有一下人老佛婆，她为维护智贞师太的纯

---

① 黄书、久黄成崭：苏州评弹术语，指演员脱离原脚本引申发展或即兴编说的书情内容。演员通过长期实践，深谙人物性格及书情，根据听众审美要求所引申发展的内容，往往是对书目的丰富和充实。其中不乏神来之笔。艺谚有"久黄成崭"之说，即指对黄书进行不断的琢磨加工，常能成为书中的精彩段落。参见吴宗锡主编《评弹小词典》，上海辞书出版社2011年版，第32页。

② （宋）孟元老：《东京梦华录·梦粱录都城记胜西湖老人繁胜录·武林旧事》合集，中国商业出版社1982年版。

③ （清）李斗：《扬州画舫录》，中华书局2007年版。

真爱情，屡屡化解金家进庵搜寻和邀智贞访问金府试探等危机。老佛婆为人善良、机智，敢于维护弱者，是《玉蜻蜓》中受人喜欢的艺术人物。说书人通过"落庵""搜庵""智贞描容""云房产子""骂庵邻""三搜庵堂"等回目故事，多度丰满了这个可亲可爱的慈祥智慧的老妇形象①，使之成为法华庵故事中贯穿余剧的趣味人物。曲艺"说法中现身"的艺术传达机制，作为曲艺艺术欣赏的建设，曲艺人需要借此建构欣赏者的审美记忆机制。审美记忆，是艺术美言驻留于世的基础，以便艺术作品被记忆和反复欣赏温习。尤其是传承民族历史文化信息的曲艺，更需要向观众提供与艺术表达内容层级建构相符的社会欣赏与审美记忆方式。在这个方面，曲艺与我国戏曲相似，口语艺术的脸谱化记忆是有效的民族艺术审美和记忆模式。老舍先生曾经认同这个特点，认为"旧小说（多为话本小说——本文作者注）中必有一有勇无谋之人，及一料事如神而有趣味的人，徐庆与蒋平，何路通与朱光祖，都是好对儿，我们也应创造次等人物"②。在创作通俗文艺时，"不管讲什么故事，必须把故事放在个老套子中间"③。以此维系曲艺等通俗文艺的审美记忆。

　　出于艺术审美积累和记忆需要，以保持艺术消费可持续驱动，曲艺"说法中现身"生成了艺术内部表达套路和外部表演口语性脸谱化表现套路的机制。这个机制有三大特性。首先是口语线性表现，在线性叙事流程中呈现故事和艺术人物，扬州评话《皮五辣子》的皮五形象，其形象表达序列与社会欣赏记忆序列之间有逻辑对应关系④。事实上，靠口语流传发展的评书评话《水浒传》，就是口语化内外脸谱序列交织的故事系统。其次，是曲艺线性口语生成和交织成的故事，人物情节，说书人情感有

---

① 周玉泉口述本，金嘉和记录：《玉蜻蜓》，大众文艺出版社2008年版。
② 老舍：《通俗文艺散谈》，《老舍曲艺文选》，中国曲艺出版社1982年版，第8页。
③ 老舍：《制作通俗文艺的苦痛》，《老舍曲艺文选》，中国曲艺出版社1982年版，第14页。
④ 张祖健：《听杨明坤说辣子书　品扬州评话流变精妙》，宋洪发主编《皮五辣子论文集》（长篇扬州评话），现代出版社2015年版，第40页。

历时性和共时性线性迭代交错机制。这个线性迭代机制,既线性推进故事和艺术人物命运,又用现时空间语言内容掺入历时性语言内涵,形成奇特的口语艺术情景假定性。如相声经典作品《夜行记》[①]《马虎人》[②]《小偷公司》[③]《虎口遐想》[④]等。最后,曲艺精巧和极致的口语技巧,也能形成审美记忆,如上海说唱《金陵塔》[⑤]、相声《报菜名》[⑥]等。总之,曲艺样式语言的"说法中现身",建构了民族艺术口头语言线性文学和艺术成就。

曲艺在"说法中现身"的线性艺术语言成就了自身三个形态:一是语言的动态性。口传心授的线性口语记忆恰恰使曲艺艺术语言具有扬弃机制;二是这类艺术语言能防止纸本记录造成的口语艺术固化,曲艺文学与曲艺演艺者能更好融合,发扬曲艺艺术聚沙成塔的发展特性;三是这种艺术语言具有历史成长性,多度反复的线性说唱,逐渐丰富和敷衍滋生,壮大曲艺文学和演艺成就。例如,苏州弹词《秦香莲》中有《迷功名》一折,由上海弹词文学家陈灵犀编写,曲目故事为长篇书目《秦香莲》中与主要故事情节关系不大的插曲。述陈世美进京赶考住宿张三阳客店中,同店住有老年考生陈平,一生进京赶考屡试不中,导致贫困潦倒,临近发榜,陈平紧张恐慌,坐立不安。最后听到自己中榜之后,欣喜过度,竟精神失常投河而死[⑦]。该作品中陈世美尚未知道自己考中进士,更不知道自己即将成为状元和赐婚为驸马,但陈世美目睹陈平因考功名致贫的下场,为他日后隐瞒婚史甚至谋杀原配埋下精神伏笔。如此添枝加叶的故事插曲

---

① 侯宝林表演的相声作品,描述了一位旧北京市民对中华人民共和国后北京城市生活新规制的不适应。
② 马三立表演的相声作品,描写一位失却主体记忆的人的怪诞行为。
③ 冯巩、牛群表演的相声作品,借小偷公司因内部指令不畅通而被警察查封的虚拟故事,讽刺官僚主义的弊端。
④ 姜昆表演的相声作品,叙说一位北京青年游园不幸掉入虎园和获救的虚拟故事。
⑤ 上海滑稽艺术家袁一灵的代表作,作品为绕口令说唱。
⑥ 传统相声段子,为贯口类作品。见《中国传统相声大全》。
⑦ 迷功名。见吴宗锡主编《评弹小词典》,上海辞书出版社2011年版,第24页。

在其他艺术样式的陈世美故事中闻所未闻。同时，这个秦香莲故事插曲中的主人公是不见经传的年老穷书生陈平，说书人短短一个小时线性故事讲述，活灵活现描述了陈平因半个铜板的早点与店小二的争执，活脱脱塑造了当时普通读书人的草根生活，给听众历史回味。此节目由上海评弹团的苏州弹词家张鉴庭用张调演唱，在江南广为传唱。曲艺欣赏多度温习特性在这个节目表现得淋漓尽致。

曲艺所以能比纸质记录本流传得时间更长范围更广，不仅在"说法中现身"的口语演艺机制，也在于其有温习性的记忆欣赏技术。古人曰"温故以知新"，其内在机制就是用共时性经验温润历时性经验内涵，生成一种含有创造者和欣赏者交互生长机制的记忆系统。相声《逗你玩》[①]就是典型样本。该段子诉说有一村妇在自己屋外晾晒衣服，嘱咐年幼儿子看守，自己进屋做事。一贼欲偷晾晒的衣服，哄骗照看衣服的村妇孩子说自己是家里熟人，名字叫逗你玩。贼偷衣服时有响动，屋内村妇听见后就呼叫儿子询问究竟，孩子报告说，是逗你玩的响动，于是村妇就不以为然。结果，贼偷了衣服走了，村妇出屋后才知道儿子被贼用谐音假名给骗了。表面上这是个笑话，但很显然，节目内涵不仅仅是嘲笑幼儿懵懂无知，也不是显示调侃一种骗技，而是塑造了一个警惕"似是而非"的意境。这类段子之所以能成为百听不厌的保留节目，主要的原因是令人温故知新。

深入研究可以看出，曲艺的温习性艺术欣赏机制，是一种曲艺口语演艺和欣赏彼此言语共鸣和交互认同的机制，这个机制可在故事、习俗、经验、美学、哲学层级上展开，形成复杂和交互生成的民族口语艺术文化。中国古代民歌"诗三百"逐渐成为《诗经》的经典化进程就是如此。中国文化艺术的传播流布，首要是强调民族伦理的担当和温习，强调艺术必须

---

① 马三立的相声代表作。

是民族伦理教化传播的软载体。汉初的《毛诗·序》叙述文艺作用为"先王以是经夫妇，成孝敬，厚人伦，美教化，移风俗"①。从宋元《京本通俗小说》《清平山堂话本》等话本到明清两代的四大文学名著，都有来自说话文学特有的定场诗的开卷诗词，以此宣扬温习说书故事的伦理意义，供后世不断以自身经历温习历史故事原有的内涵，并赋予新意。曲艺欣赏者社会生活方式和内涵的变化，产生对以往曲艺艺术历时性的共时性改造的欣赏需求。1951年5月5日，政务院发布《关于戏曲改革工作的指示》，就是支持社会主义时代新环境改造曲艺内容和演艺内涵的历史性举措。

作为历史概观，曲艺口语艺术不断汲取历史发展的意蕴，努力汲取听众观众表达的审美意蕴，孵化曲艺欣赏的多度温习习俗，造就了民族口语艺术的历史遗产。

五　曲艺艺术语言发展的内外驱动

曲艺千百年流传积攒成辉煌宏大的民族口语艺术遗产，因曲艺有其艺术语言发展的内生性和外生性的发展驱动机制。

所谓内生性发展驱动，源自经济学的研究方法，即在经济活动内部，经济活动主体出于经济利益追求，会从经济活动中主动发现和增强其设计、制造、物流、销售以及零售服务等环节中的有利于增加营收的因子，扩展可促成经济利益扩张的内部因子的张力，提高经济活动发展水平。由于这些经济发展驱动力发生在经济主体活动内部，所以被称为经济发展的内生性运动。美国学者迈克尔·波特提出的企业战略竞争的价值链模型②就是例证。所有的产业进步活动，都有产业或企业经营者对经营活动内部

---

① 郭绍虞主编：《中国历代文论》一卷本，上海辞书出版社2001年版，第80页。
② 价值链管理，指企业用以竞争的内部环节流程的价值管理模型。见［美］迈克尔·波特《竞争战略》，陈小悦译，华夏出版社1997年版，第46页。

利益驱动环节的发动和孵化。很显然,经济组织进入这样的状态,表明产业或企业组织进入发展自觉状态,即能根据产业或企业发展需要,积极寻找组织体内存在的能导致经营发展的增益因素,予以甄别和专门孵化,以求实现经济收益。作为国家经济发展的内生性运动,我国曾在20世纪五六十年代在工业领域发起"技术革命"和"技术革新"运动,涌现诸如孟泰、倪志福、王林鹤、蔡祖权等双革模范,以及被称为"铁人"的大庆油田钻井队队长王进喜,这场运动尽管实施时候有瑕疵[1],释放我国工业生产激情,升格了我国工业劳动率,生成我国特色的工业文化。笔者曾与外国专家谈及日本丰田"精细管理"[2],日方专家表示有对中国"鞍钢宪法"的借鉴启发。所谓的"鞍钢宪法",真髓是在当时鞍钢试行的企业管理文化改革,吸纳企业内部员工强烈的主人翁精神,引发生产激情释放,促进企业劳动生产率大幅度提高。

曲艺发展也有这类内生性自觉发展机制。典型的曲艺内生性发展驱动理论出现于清末苏州弹词美学理论和演艺理论。清嘉庆、道光年间苏州弹词家陆瑞廷提出说书书艺内生性发展机制,为"理、味、趣、细、技",他阐述说:"画石五诀,瘦、绉、漏、透、丑。不知大小书中亦有五诀,苟能透达此五字而实践之,则说书之技已超上乘矣。所谓五字者何?即理、味、趣、细、技五字也。理者,贯通书理也。书理而能贯通,则虽子虚乌有,凭空结构之说部,听者亦能猜详入胃,随处生情也。味者,须具咀嚼书情能力,使听者有耐思之余味也。趣者,见景生趣,可使书情书理,愈见紧凑,而听者不特胸襟开豁,抑且使人捧腹也。细者,诗句堂皇,出口典雅,至若言之苛刻,易招人怨,语言秽亵,自失人格,故细之一字更属重要也。而说表之周详,布置之熨帖,亦包括在细字上。技者,

---

[1] 如片面提倡生产活动"走在时间前面"等口号。
[2] [日]门田安弘:《021 精益制造:丰田现场管理方式》,李伟等译,东方出版社2013年版。

则由经验阅历中得来,更无勉强之可能。古人云:绳锯木断,水滴石穿,言虽浅显,旨在深远。故说书而能运用神化,得宜,始可得一技字。"① 这些文字包含我国民族口语文艺内生性发展理论的丰富内涵,表明我国民族口语艺术极致挖掘"说法中现身"的艺术内驱动因子,生成曲艺艺术口语特有的美学框架,建设民族口语文艺的艺术文明。曲艺艺术语言发展的内生驱动机制有三大特点:一是曲艺依靠这些艺术语言的因素发展,可以赢得社会观众的青睐,保持曲艺社会发展的动力;二是曲艺依靠这些艺术内部的发展机制,保持艺术精益求精的发展驱动,促使艺术不断升格自身的审美程度;三是曲艺依靠师承活动积淀口语艺术的艺术美,积淀为曲艺艺术美成为民族美学遗产的重要组成部分。

曲艺发展的内生性机制,往往是主动或被动地对艺术发展外生性驱动活动的响应。曲艺作为一种口语艺术,其艺术活动属性为社会表达与传播,其活动必然与艺术外部环境紧密相连。这是因为语言艺术内在内涵与外部社会欣赏环境沟通,本身需要有内外共识的语言符号体系进行信号传输、编码和解码,最后语义共识和反馈校正,才能进行语言语义的交互交流。曲艺作为典型传播性的口语文艺,符合传播活动的德弗勒模式②,演绎艺术传播和沟通间的符码及其内涵的共识。曲艺艺术语言的外部环境,可以解析为三层,其一是自然地理区域的方言环境,很多曲种以此为自身艺术语言体系,很多曲种言语夹有大量地方土语、歇后语、谚语、成语等,成为曲种艺术语言的言语语料。例如,杭州评话就与苏州评话在艺术语言上大不相同。曲艺音乐语言也是如此,如上海独脚戏及其滑稽说唱,汲取很多类似"哭妙根笃爷"的民间小曲,甚至直接采纳流行歌曲或其他姊妹艺术曲调等,直接纳入曲艺演唱之中,以响应观众的欣赏

---

① 黄立新、沈习康编著:《梨园撷英——戏曲曲艺艺术文萃》,东方出版中心1999年版,第231页。

② 张国良主编:《传播学原理》,复旦大学出版社1995年版,第36页。

口味，上海独脚戏《各派越剧》就是例证。其二是随世流变的社会语言系统演化，会以曲艺票房贡献为手段，促进曲艺艺术语言更新，以此促使曲艺艺术语言社会语用的更新，例如，上海独脚戏与北方相声都有《看电影》《打电话》等节目，间接反映观众对某些人在公共场合以无聊的废话干扰别人办事陋习的批判。其三是社会进步形成规定性的社会语言情景，毛泽东《在延安文艺座谈会上的讲话》，政务院发布的《关于实行戏曲改革的指示》，习近平在文艺工作座谈会上的讲话等，都指出包括曲艺在内的各类艺术应该改善自身艺术语言，为民族振兴和人民服务。这些来自社会外部对艺术语言发展的要求，是促进曲艺发展的外生性因子，能渗透进曲艺艺术主体内部，寻觅曲艺内部自觉的发展因子，里应外合的合力促进曲艺艺术发展。

整体来看，曲艺艺术语言的内生性驱动和外生性驱动是一种彼此交互的运动，这种语言交互运动也是民族口语艺术的发展运动。只有掌握这种民族口语艺术发展机制并加以运作，才能更好促进民族口语艺术的精进。

六　曲艺口语艺术的审美记忆与修复补强

曲艺能流传至今，因其有独特口语记忆机制，维系着曲艺的口传心授。在很长的历史里，曲艺主要依赖口口相传的师承和人际欣赏流布。宋、明时期有话本唱本刻印贩卖，但曲艺故事主体依然靠口语多度性地敷衍机制在丰富、扩展和流变。从清代杭州西湖慧空经房印造流通刻本不足万字的《珍珠塔宝卷全集》，到至今传唱的93万字之巨的苏州弹词《珍珠塔》口述演出本[①]，曲艺口语文学的历史演进能力可见一斑。曲艺口语艺术流的软载体，是曲艺人和欣赏者交互维系的曲艺艺术口语记忆。例如，

---

① 魏含英演出本：《珍珠塔》，大众文艺出版社2008年版。

一生喜欢苏州评弹艺术的陈云同志，自述因从小听蹾壁书①而喜欢上了评弹，即使陈云成年后参加革命，行走上海、江西、福建，参加长征，赴苏联，回延安，去东北，进北京，但始终未忘幼时喜欢上的评弹，可见其对评弹艺术记忆的深厚。曲艺的社会欣赏记忆能厚厚地堆积，以致形成强大的社会性艺术审美记忆，尤其是这种艺术审美记忆对艺术流传具有修复力，能对口语艺术信息流失的信息，在社会记忆中修复和补强。以苏州评弹的社会记忆来说，很多资深听客往往对评弹书目故事、评弹演艺门派，甚至对某位演员数代演艺个性特点的师承记忆，都有深入骨髓的了解，融入自身欣赏口味的品质。演员在台上说唱，欣赏者在台下应和。这种温习性很强的欣赏记忆，含有欣赏者以往对评弹演艺的独特审美感知和记忆。曲艺演员一旦在书台上说错台词，唱错曲调，甚至弹错伴奏"过门"②，台下听众会立马提醒，也会在台下评论，台上说书人哪点哪处不如宗师，哪点哪处青出于蓝。可见曲艺演艺的社会记忆力对曲艺发展的强大规制、修复和补强能力。老听客不允许艺术后学者"簧腔脱板"，喜欢温习性地在艺术后学者身上再现自己喜欢的艺术风格。这是曲艺演艺和社会欣赏的共识与共鸣高度融合。

深入考察曲艺审美记忆，可见有口传心授的艺术传承记忆和曲艺欣赏社会记忆两大类。曲艺口传心授的师承曾是很严酷的学艺规制。中华人民共和国成立前苏州评弹的拜师学艺，一部可演说30回③甚至近百回的长篇数目，宗师往往重在教徒弟学唱书中唱段。苏州弹词文学水平较

---

① "蹾壁书"，是过去流行在听众中的俗语。在书场听白书，一般都站在墙边，将身靠在墙上听书，所以叫听"蹾壁书"，也叫听"站书"。

② 过门：评弹乐器伴奏名词。弹唱部分中除唱腔旋律之外，乐器弹奏旋律的统称。有前奏、间奏、尾奏过门，以及转腔、拖腔旋律中垫衬一、两个音的小过门等。具有承前启后、连贯唱腔、分清句逗起讫、烘托气氛、创造意境等多种功能，是整段唱腔不可缺少的组成部分。见吴宗锡主编《评弹小词典》，上海辞书出版社2011年版，第150页。

③ 回：指苏州评弹演艺时对书目内容的段落划分，有计时约定，一般为40分钟至2个小时。见吴宗锡主编《评弹小词典》，上海辞书出版社2011年版，第12页。

高，且因传统书目主要唱段唱词多为半文半白，有些唱段本身就是诗词曲赋的剪辑，文化程度不高的年幼徒弟大多记不住拗口的唱词，需要先生教习。苏州弹词中占书目篇幅70%左右的故事说表和人物对白，这部分书目内容全靠徒弟在书场听师傅演艺时的强记。即使这样，徒弟满师时可能因各种原因未能完全记下书目故事细节，师傅也有可能就此不传徒弟记有书路及唱词的文本。"满师"的徒弟只能向同门师兄讨教，或自身添加再度创作而补足所记书目故事的疏漏。当然，不得不说，这样的口传心授的传承，也有利于曲艺文本形成开放性的多度性加工机制，苏州评弹有"久黄成崭"一说。只是，这种多度性口语记忆机制掺有说书学徒的血泪。曲艺的师承是有规制的，苏州评弹的"光裕社"，是我国曲艺近代最为典型的行业会社，其规制要点之一，就是维护苏州评弹师承的艺术脉息，规定评弹学徒必须由其师带出道，没有会社出道手续的评弹学艺者，不得在正规书场演艺。就此而言，苏州评弹利用行业规制，保证了师承之间口传心授艺术记忆体制的法定性[①]。需要研究这种艺术流传的法定性对曲艺口语艺术发展的历史保护。例如，曲艺演艺流派的孕育。口传心授的曲艺师承机制，绝不仅仅限于文学故事在师徒之间的叙事传承，而是艺术禀赋、艺术特色、艺术审美价值、艺术文化等方面的记忆，揣摩、模仿、继承、再现等。评弹这些口语艺术记忆传承的背后，是师承市场保障演艺营收的举措。

  曲艺听众的审美记忆至少有三个特点。第一，是欣赏者族群的集体记忆。民族史诗、传说、故事等的记忆是在民众集体记忆中保持着的。民族成员自幼生活在民族口语文学口语艺术的环境里，受着口语艺术熏陶。直至形成民族集体艺术意识养成。覆盖面积与苏州评弹几乎相同的

[①] 光裕社。见周良编著《评弹旧闻钞》（增补本），古吴轩出版社2006年版，第62页。

江南吴歌《五姑娘》的流传就是例证①。民族成员受到家庭教育，茶馆闲谈、街谈巷议、戏文说唱等，几乎全方面身处社会话语湿地。这类社会话语湿地又与曲艺口语流传息息相关，两者交互丰富，修复和补强，形成了民族口语社会文化对民族口语艺术流变的维护和补强。这是曲艺口语艺术流变中蕴含的民族文化演进的自觉。第二，和曲艺审美记忆具有增强性。曲艺听众接触民间神话、传说、历史纪事、历代流传的人物故事、宗教故事等，通常是人生经历间多次接触，逐步扩大接触面，逐步了解传说故事全貌、背景、细节以及其中的民族文化价值观。这是一种逐步增强的欣赏进程。正是这样的欣赏机制，刺激评书、鼓词、相声、二人转/弹词等曲种在发展中，紧扣曲艺多度性欣赏需求，逐渐生成曲艺口语艺术的"理、味、趣、奇、细"等艺术美学追求。由此进一步可发现，曲艺这个艺术记忆层级的构成，是曲艺欣赏族群（流派粉丝）小众程度的集体欣赏补强机制，或针对曲种演艺的爱好，或对某些曲目文本题材的爱好，或对曲艺演艺流派的爱好等。这种爱好有时候也有群体性记忆的排他性，从而保障小众欣赏记忆的向心力。第三，曲艺欣赏者比较纯粹的个人审美记忆。这类艺术记忆的角度、广度、深度、强度等，受欣赏者个人禀赋决定。一般来说，喜欢听评书、评话快书、板书，与喜欢听鼓词、弹词、莲花落、清曲时调等，通常取决于欣赏者欣赏故事还是情调。凡是自然发生的喜欢爱好，通常会集中自身的知识积累、经验阅历、审美趣味等，投向所欣赏的曲艺作品，并且带着自身的审美倾向记忆这些作品。当这样的欣赏记忆者成为曲艺欣赏的意见领袖，就会把其精彩的以及独具审美内涵的欣赏记忆补强群体欣赏记忆。这样欣赏意见的记忆补强，来自曲艺人自身欣赏记忆的意见交流的，在民国时期的上海，常常发生在"茶会"上。来自曲艺听众和观众的，既有新闻媒

---

① 高福民、金煦主编：《吴歌遗产集萃》，上海文艺出版社2003年版，第194页。

体的评论，也有来自茶楼酒肆的交谈群议。毋庸置疑，曲艺文学和演艺很关注这类欣赏个人的数量和集聚程度，只要有一定欣赏规模集聚，曲艺家了解后就会度身设计打造对接的作品，形成曲艺曲种某些创作和演艺风格的发展。

汇总曲艺艺术的艺术口语记忆，可提取到曲艺口语艺术的民族历史记忆传播模式，以及民族历史人物记忆传播模式等。这些记忆模式都具有强烈的民族文化属性。

曲艺有开放式民族历史记忆模式机制，这个机制有强烈的民族自尊自强的情怀模式，如三国演义等书目流传。据传，明末的柳敬亭曾在安徽等地抗清的明军左良玉部开讲三国故事①，抗战时期无锡民间艺人阿炳也说过三国故事等。事实上，历史上曲艺口头说唱的岳飞、杨家将等故事，都是说、听双方内在爱国情怀的自觉对接。曲艺口语艺术也有很强的历史人物记忆模式，陆游诗记载"满村听讲蔡中郎"就是例证。具体考察，曲艺口语文学把历史人物设置为民族文化演进的价值坐标，如英雄、智者、侠士、奸臣、恶霸等，数量很大的保存在曲艺艺术口语记忆中，曲艺艺术审美记忆因此储存了中华民族历史社会的人文、人格类型。刘、关、张、武松、林冲、包公、白玉堂、霍元甲、马永贞②、安德海③等。评话《水浒传》几乎完整表现古代反抗腐败统治的英雄序列，《三国演义》表现了古代君臣类型序列等。当然，曲艺最大的口语记忆模式，是保留的民族文化生成和演绎的模式，曲艺通过民间小曲汲取和欣赏记忆——如小热昏，曲艺笑话——如独脚戏，曲艺谜语——相声，曲艺时调——清曲，曲艺时论——清口与脱口秀等，保留了其能汲取民族文化发展进步的具体内容，提炼为艺术口语呈现，又转化为审美记忆

---

① 陈汝衡：《说书小史》，中华书局 1936 年版，第 46 页。
② 见吴宗锡主编《评弹小词典》，上海辞书出版社 2011 年版，第 53 页。
③ 同上书，第 84 页。

存在欣赏者脑海里。建构了完整的民族语言文化和语言艺术螺旋交互攀升阶梯。

民族传统艺术是艺术历史的集成，这种集成体现在民族艺术通过民族记忆、回忆、荣誉和标签进行传承。民族历史的记忆选择、回忆形式、荣誉积淀和标签确认，都是一个文化价值扬弃的过程。这个过程中，既有艺术家个人的作为，但更多的是民族成员的集体记忆。至此，应该指出，曲艺欣赏这种动态的艺术记忆，既是曲艺艺术发展的历史机制，也是民族文化不断补强、矫正、孵化发展方向的一种机制。这种机制无疑具有民族非遗特性。这也是各类曲种的非遗属性所在。

七　曲艺艺术语言发展的民族自信

从结构主义语言学概念体系看，艺术语言第一维度是其概念名词所指，"所指"通常是具象的，例如舞台演艺、摄影、影视等艺术的视觉对象；艺术语言第二维则是能指，通常是指代符号的内涵、语义。这类指代符号的内涵，既可能是直接内涵，如《雨巷》中的丁香姑娘，也可产生更多指向的隐喻功能，如《雨巷》诗中满巷的惆怅。德国戏剧理论家布莱希特的"间隔"理论，把艺术欣赏认知、感受直接作为艺术作品的部件，认为艺术是内外主客交互形成的交互式文艺文本。于是，艺术语言有第三维形态，一种在所指与能指之间迭代语义空间的意指言语。我国京昆戏曲常见的丑角插科打诨，往往就是这类艺术意指语言。这类艺术语言初始可能来自古代宫廷的弄臣言语，我国汉代司马迁《史记》中"滑稽列传"[①]中记载的"衣孟优冠"故事就是例证。曲艺作为口语艺术，其艺术语言第三维度能力强大。相声中的捧哏语用，往往在于生成相声口语艺术的意指语

---

① （汉）司马迁：《史记·滑稽列传》，上海古籍出版社 1997 年版，第 2410 页。

境，如相声《小偷公司》中的捧哏言语，苏州评话中特有的"阿戆福将"① 类型人物，都是如此。

民族艺术语言发展，其原创可能是民间自然初始，也可能是文人墨客原创。但艺术语言一旦初始成形与欣赏者交互运行之后，必然生成创作者与欣赏者共享的编码和解码②的语义程序。曲艺口语艺术的编码和解码是一个多度反馈的程序。在这个程序中，艺术语言传播和反馈流程的解码环节，比普通语言或纯粹技术语言的解码更复杂，因为曲艺艺术语言的解码带有多样受众历时性信息或共时性释义的混搭搅拌，形成更多意指语境。单口相声《珍珠翡翠白玉汤》、相声《关公战秦琼》、上海独脚戏《高价征求意见》等所表现的意指语境就有多层建构。

由于曲艺欣赏意见本身往往是自主的社会人文系统，能从原本是伺服性艺术系统升级为自主发展的艺术系统。因此，曲艺学研究注重这个艺术欣赏系统的建构，研究其建构如何升格为曲艺发展的外生性环境，进而研究这些外生性环境因素如何进入曲艺创作演艺内部以激活艺术内生性发展因素，促进曲艺发展。曲艺欣赏由伺服转为自主发展的机制，在宋代话本"说三分"（三国演义话本的雏形）的流变显示了巨大能力。三国晚期的陈寿所著《三国志》，以魏晋为历史迭代的正统；元末明代形成的话本小说《三国演义》，却在魏、蜀、吴之间尊刘抑曹，且明代开始一直被民间认同和传诵，其主要缘由是自宋代正统汉族朝廷南迁、明末汉族朝廷南逃，激起汉族百姓对汉族历史正统的记忆坚持。从艺术史高度看，曲艺艺术欣赏力量的运行，具有极大的民间性，而这类民间性，具有民族精神的自觉，《三国演义》如此，《水浒传》如此，《白蛇

---

① 阿戆福将：苏州评话一类脸谱式人物，多为忠勇少谋、鲁莽行事却往往能逢凶化吉的战将。评话中张飞、牛皋、李逵、胡大海等历史人物都被塑造为此类形象。

② 编码："信息论或者说通信工程中的术语，指把信息转换成适于信道传输的信号序列"，"传播学借用这个术语，则是指把信息转换成适于传播的符号序列（即讯息）"。见邱沛篁、吴信训等主编《新闻传播百科全书》，四川人民出版社1988年版，第75页。

传》如此，《三笑》也如此。总体来说，这类欣赏力量来自民族自强机制中追求真、善、美的自觉，这是我国民族艺术的历史自信，也是我国民族文化发展的历史自信。

宏观地说，传统曲艺艺术语言体系的历史流变是我国珍贵的非物质文化遗产，其中携带民族文化演绎的密码，拥有民族文化演进的自信机制，其机制对民族文化发展的重要性，在于它是民族的民间文化和民间职业艺术文化交互影响的系统，这是任何外来的洋艺术，尤其是重工业艺术所无法替代的。

书写语言与书法语言

朱以撒

（福建师范大学）

在我们见到的以毛笔书写的文字中，很大的一部分是不能称之为书法语言的，只能是书写语言。不少人认为书法的门槛低，任何人大凡执毛笔以书，便是书法语言了，这明显是一个认识上的错误，因为无从区分书写语言和书法语言，也就混为一说，得出如此结论。实际上二者是可以区分、辨识的。作为抽象语言的表现特征，虽然都要诉诸人的视觉，诉诸人的内在感受，但是由于语言的本质不同，审美价值相距很远，是没有可比性的，它们是截然不同的出发点，截然不同的结局。

书写语言是大众用来交际、自娱的一种形式，有其实用性，把笔而书，任意为之。这样的人多了，也就形成一道书写的社会场景。笔墨作为东方闲情形式之一种，使一个人执笔而书，有遣兴之快慰，而于羊毫下出现的黑沉沉的墨迹，就是遣兴的结果。书写者无视书写的规矩，也就无所谓规矩，以意驭笔，笔下有字即可。这样的书写使人感到便利，乐意为之，直接参与其中，使书写语言大量地出现在我们的生活之中。一个人对书写怀有热情是很有意义的，因为持守了执笔书写的传统，用书写的姿势完成一个个汉字。由于缺乏规矩，对书写语言的约定俗成也就是能够看懂即可，并无太高的要求。书写语言是非常实用的，日常生活中大量运用，成为日常书写。一个人写久了，写多了，渐渐熟练，成为写手。它的娱乐和近俗两方面的特点，使书写语言大量发展，为日常生活服务——在一个已经疏离毛笔书写的时代里，一般是不会对书写提出多少要求的，也没有那么多讲究。而为了迎合世俗的需要，书写语言也可以轻易转型，有其美术化倾向，亦书亦画，非书非画，大有"乱花渐欲迷人眼"的纷乱。

书写语言由于通俗，它就不会过时，更不会消失，且书写者多，受众也多，它始终保持了一种在场感，有着群众的市场的积极消费。一个人进入一个消费空间，绝不会对空间的书写语言有疑义，指出层次太低落入俗套，也不会对出现的俗字、错字给予指责。大众的消费就是如此，看得懂、明其义就满足。这就是书写语言的民间性，书写语言的消费就在民间的交流之中。有些俗字是规范汉字所不具有的，却可以在民间大行其道，得以流通，嵌入民间的生活里。这类书写的确有很强的民间意识，一个人便可单独操作，不必倚仗他人，也让人好读、好懂，如同一般意义上的通俗小说类型。古人认为"俗书趁姿媚"，通俗就有这个特色。大众普遍认可，也就意味着非专业化的书写也能大行其道。有趣的是投入此中书写的还有文学界、娱乐界、影视界的文人、艺人，专业之余，热衷于笔墨淋漓。书写的公共性在此时特别明显地体现，大凡认得汉字者就可书写，各行其是，各得其乐。尤其政界、文艺界中的名流，他们的书写理所当然因为声名、地位、职务的关系，书写更是受到了大众的关注，甚至成为书写名人，得追捧者众。书写者通过书写抒发个人意趣，他们的参照就是自己的感觉，往感觉好的方向发展，自己就是自己的书写坐标，即便调整，也是倚仗自己的感觉，由此更显示了书写的私人性。这种书写的心态和方法也使我们留心书写的民间现场，喜欢书写，热爱书写，随性书写，持之不辍的人还真不少，他们的书写在积久之后也获得了名声，也就是所谓的民间书法家。

尽管书写语言最终仍然是世俗生活的一种需要，作用于民俗节日、活动及日常应用上，谈不上法度规范，更谈不上格高境远，只是把汉字以毛笔的形式书写出来，是没有一套审美规则引导的。如果跟踪一个书写者，可以发现多年来的书写的确增加了熟练，但品位依旧低下，甚至越发市井气。这就如一个人到歌厅去唱歌自娱，无须师者指导其发声，亦不求人指导，只是开口唱，时日过去，也毫无成效。弹琴不师谱，称物不师衡，工匠不师绳墨，终无向上向好的发展状态，只是书写兴趣存焉，无法解决怎么写、写什么的问题。

与书写语言不同的是书法语言。同样也是书写，书法语言则呈现出一种有方向的追求，而且与书写语言的作用不同的是，不进行一般的书写，而愿意将书写纳入书法艺术的门槛里，按照书法艺术的审美要求来进行。相对于简单的书写来说，这是一种复杂的书写。

书法语言的界定首先是语言自身需要具备体统及其规定性，使个人的书法语言既能抒情写意又能经得起审美的追问。从这一角度审视，书法语言的作者在把握时就不如像书写语言的作者那般任情恣意涂抹而无所约束。一个书写爱好者如果有意使自己成为一位把握书法语言能力的专业人员，就必须自觉养成体统意识，自觉接受来自体统内部的规定性，其中就包含了诸如用笔、用墨、结体、章法以及疾涩、提按、虚实、繁简、奇正等要求。譬如一个人选择了楷书，楷书的共性可以是共同的，但具体到师法某一楷书家时则体统就大相径庭了。钟繇异于王献之，褚遂良异于颜真卿，苏东坡异于宋徽宗，全然是个人家数，以至于素有门派门风之别。这样就使学习者有所制约，亦步亦趋临摹，尽其相似，同时又不见异思迁而使笔法混乱。那些千百年来被时间检验并留存下来的作品，因为具备了经典的资格，成为后来人的范本，只有掌握其范式，才有可以具备审美升值的可能性。这么一来，一个书法语言的个人自由价值理所当然地要在现实中受到各种制约，而不能认同那种毫无约束的书写生活的价值观。只有书写而没有审美价值的支撑就难以向前。这使得自觉临摹、忠实范本成为首要，书不可无体亦不可无派，体统显示了出处，成了一个强大的审美标志——如果一个人高自标举不求体统，作为书写语言是可行的，但要成为书法语言却不具备可能性。因为书法艺术活动的自由是有严格的规矩、法则的，需要无限地接近体统，以至于从笔迹中可以看到古人，是颜体、赵体还是柳体、苏体。书法语言要处在一个"场"中，这个场不是没有边界的，它以艺术审美的要求来规范每一个人，限制学习者的自任、自由，而引导到审美场内。审美场许多的规定性、隐秘的环节，使人感到带着镣铐跳舞的不快，总是想解铐而舞，然而正是这种不快，使那些坚持者，获得一种逐渐向上的可能性。

　　如果还原书写语言的把握过程，它一开始就是自由的，而后的过程也是自由的，一直自由到终了。而把握书法语言在很大程度上处于不自由，即便能够很熟练地创作了，他仍然要面对古帖，效仿古法。同时他必须经过一个过程的转化，即从临摹过渡到创作。这都是书写语言的作者们所不必具备的。因此他们一直是处于书写的自由之中，以自由为动力。书法语言所受到的限制正是保证审美创造活动可能进行，可以加深我们对于古代书法史、书法家、书法作品的评价尺度和理解方式。譬如秩序的遵守。许多书写语言的实践者不经楷书而直入行草，对于秩序的漠视，行于无序，也就缺乏基本功的实践。惯常的看法是，基本功是非常重要的，一个人必须具备基本功的良好素质，然后才有可能超越普泛性，进入广阔和丰富。秩序不遵守也就进入无序，也就无从调动功夫积累、功夫经验，在后来的书写上，也必定受到许多局囿。因此书写语言永远存在一种业余状态，没有出处，不明何体，甚至越发世俗，往恶俗路径上滑去而至自闭固化。事实也证明，不管语境如何更变，这一类语言都处于边缘，这也是由它的品位决定的。书法语言由于有体统引导的方向，花费时日磨炼，也就使语言准确到位，雅有门庭，于笔墨畦径上大道直行。所谓接受体统的引导，也就是靠基本功来实现的，如逼真、乱真，就是秩序所起的作用，到了这个程度，可以说，书写者已经走到通衢大道上了。

　　书法语言由临摹的熟练而达到转换，开始了个人独立创作的里程。这个转换有着比临摹更为深刻的意义存在。一个人不能以忠实的临摹为生，一个人临摹得再熟练，终归是以古人话语言说。而以个人的创作表现，就不仅仅是指腕上的熟练了，而是关乎个人的素养，要有审美创造能力，譬如自己的审美判断，使抒情表意功能能够体现，他又需要有语言自觉，营构语言的个人特征。创作相对于临摹是一种新的范式，尽管还需要继续临摹，但创作使人有了在场感，可以自由地选择内容，放手书写；而形制可大可小，全凭兴致。由于前期有范本的引导，头脑中有记忆，指腕中有记忆，在创作中还是能够看到范本之源，是出自王羲之还是赵孟頫，是取法黄庭坚还是杨维桢。崇尚经典，经典是有高度的，也就使学习者素质、技能逐渐得到提升，使一个人的时间与精力不至于虚掷，触摸到了书法家之门，进入了书法艺术的广阔空间。

　　书法语言对于一个学习者而言，从临摹到创作揭示了一个与古人由合到离的过程。从临摹到创作是一个飞跃，创造性的转化之后，自由地从事创作。每一件作品都有两个特点：一是古代经典的特征；二是当代的笔墨情调。书法语言除了体现经典的美感，还在于深化个人的审美活动能力和审美经验，每一个书法家都努力使书法语言具有个性特征，这是最理想的形式。要成为一种富有感染力的人文实践行为，他就必须发现与人不同的审美区域，拓展个人新的语言空间。只有这样，作为专业书法语言的把握才能推向高境。于是学习者不可能基于一种书体，而要博采诸家，在差异中融会贯通，寻找、选择适宜的、默契的部分。此时，从个人的体验和感受来说，对语言世界的认识，无疑更加复杂和富足了。中国的书法史如此漫长，审美语境更替，也使一些陌生的精神景观不断浮现，促使书法家通过个人的精神探求，发掘出其中的意义。博采诸家使书法语言的空间扩大了，思路拓展了，对个人文化素养的高下也是一个挑战——因为书法家运用的是书法语言，它的艺术性因人的文化素养高下也在起变化，使书法家不敢轻易松懈个人的修炼。这也是书法家与书写者的一个重要差距——书法家犹如登高，是追求逐渐上升状态的，不仅技能，且兼及精神因素，他的思想、情怀、格局，还有感悟力、洞察力、创造力都要全面提高，只有这样，他的书法语言才可能有个人的某些特征。

书法语言的超越精神是书法家必须追求的。古代书法经典已经树立了它们的高度，给后来者学习的同时也产生了抑制的作用。因此一位书法家不是与同时代的人一争高下，而是要和古代经典比较，显示当代书法语言的鲜明差异。只有突破了思想的定见以及语言的定法，才会有所创见，超越此时的表现。艺术活动是人类用来寄寓情性的一项超越性活动，是不止于学习经典、表现经典的书写功能的。在一个人的书法生涯中，如果缺乏进化，只是一般笔墨技能的体现，也就走向了重复。无论是感觉上的重复还是表现手法上的重复，写得犹如王羲之、王献之，都是缺乏个人的书写价值的，其审美价值也就十分有限。史上的书法经典就是有创意的书法家艺术生命的最高体现，他们超越了自身的有限，以创造性的实践长存，千百年以来，人已长逝而笔墨长存。今人仍在摹写《兰亭序》《祭侄稿》《黄州寒食诗》，使这些古代书法家的有限化为无限。书法语言是摒弃雷同的、相似的，尽管起始的临摹要求达到形似神似，但却在后来逐渐剥离开来，强调与人不同。因此对书法家而言，要有积极的探索意识，指向未知的领域，不管审美价值如何迁变，都必须持有这样的信心。书法家最终就是一个孤独的个体存在，即颠覆了临摹时代的合群、依傍的目的而追求独异。那些伟大的书法家不是在局部意义上做出一些细微的改良，而是在书体的革新的意义上有所建树自成一格。这样的书法家，这样的书法作品，当然值得景仰。譬如王羲之书法所体现出来的就是这样一种不同寻常的意义，形态、神采、气韵、格调、境界都是独到的，这种创造力当然使他区别于史上任何的书法家。它意味着书法家在越来越深入创作的创作中，除了对技能要进行更精微的探讨，还要对人的自身才能进行挖掘，使一些个人生命的潜能得以激活，钩沉而出。潜能隐于暗处、深处，个人是否有能力挖掘、辨析，发现内在的、陌生的自我、新我，从而产生巨大的作用，也不是一件轻易的事。这也是决定书法作品审美价值高下的一个原因。这样，书法家就不是俗世中的书写语言的书写者，不会成为这一类型的书写大众，而是有着先锋精神的书写小众，在书法艺术这个领域里，发现审美的奥秘，感受艺术的神秘生活。这样的书法家艺术生活有其隐秘的成分，譬如更重视个人内心生活的进行，坚守个体本位、坚持艺术唯美，而警觉向外奔竞，风云趋附。尽管书法家的审美立场无法超越生存的那个时代，但绝不可能以个人的创作去迎合时风，而会在大众化审美的时风面前，有意识地保持了距离。真正的个人创作是去集体化的，人之所重，我之所轻；时之所趋，我之所止。那些有创造性的书法家，每每逸出时代固有的集体审美意识，偏离集体的审美辙轨而自行其道。这也往往是书法语言和书写语言最后的分野，即雅与俗的分野，大众书写者与小众书法家的分野。书法家是以趋雅避俗为主旨的，可以狂可以怪，可以野可以逸，但不可流于俗格。这也是临摹经典时确立下的格调，在越往后的学习中越发得到了坚持。古代书法家认为俗便不可医，也是从格调上给予警诫力求避免。所以，有些书法家的个性之作不为时人所欣赏也是很自然的，因为一般受众审美心理、指向不同，又不具备对书体的追溯、对用笔、结构、章法等的欣赏能力更无从谈及，也就无法进入欣赏的门道。而一篇书写语言、无体统无技能，却可能赢得好评，因为书者与一般受众在同一信息道上，是同频的，故能共振。这样，书法家实际上是受到限制的创造者，限制了向世俗审美发展的可能。正是这样，书法家的独立思考、独立行为，都是从审美意义上来延展的，目的就是成为一个追求审美范式的书写实践者。

当然，在书法史上，如王羲之、王献之、张旭、怀素这一类彪炳千秋的人物固然无多。更多的书法家的书法语言或有个性而不鲜明，或者缺乏个性而不彰显。这也是书法生态发展史上的一个很自然的现象——开宗立派者历来无多，更多的是由于个人才华等原因，虽笔耕一世，最终还是功亏一篑。但是这部分书法家还是与一般书写者有着本质的差别。首先，是这一类型的书法家的书法语言是学习经典的产物，一幅在手，可以察觉效仿的路径及风格特征，有的甚至达到了非常接近的程度。譬如元代的赵孟頫，集晋人书法之大成而自成风范，赵氏书风影响了整个时代。由于赵字圆润、洁净、柔美、优雅，既有很高的艺术性，又有合乎社会欣赏的普遍性，由此效法者众，相似者众。他们的书法语言充满了赵氏书风的元素，美感俨然，自有价值。这一类书法语言当然不能称之为经典，因为它缺乏经典的永恒生命力，亦不可能存在于历代书法爱好者的临摹、欣赏的视野里。后人要学习赵体，只会从赵孟頫的书法作品中选择，选择其相盛时的优秀作品为范，而绝不会弃赵孟頫而效仿俞和、饶介、郭翼、赵岩、沈复、莫昌这些元人书法家的作品，尽管这些书法家笔下酷肖赵氏书风，却只是再现而非个性之表现，而后来人总是要直接效仿赵孟頫以为祖龙。这些书法家虽然少独创，无超越，不能昭示经典的高度，然而笔下有门庭，堪称佳作。其次，这些书法家曾经的刻苦磨砺，于技能上娴熟准确，用笔、结体、章法都循书法之法。譬如用笔精到，于纵横争折中备其规矩。尽管书法家不能为技能而技能，但技能在表现上的重要作用已经被无数次证明。譬如草书，其按提顿转的准确都是由技能来实现的。张旭、怀素之后有过许多草书家，在疾迅中行笔如郢斤之斫蝇翼，毫无错舛，这就是技能的力量。虽不能开宗立派，但持守草法，也就使草书充满美感，这又和狂涂乱抹的书写截然不同。最后，是追随经典后养成的文人气息。观晚清、民国间书法，都可以追溯到效法晋、唐、宋书法的痕迹。文人日常书写，气息儒雅湿润，平和清新，有书卷气。在经典书风中浸染久了，书者心平气和，笔下春风，而戒狂野躁动之气。虽不能与经典比肩，也以其余绪不俗、不媚的面目出现，使后人感受到书法语言的斯文。

古代社会那么一种全民使用毛笔书写的景观早已戛然而止，时下对于毛笔书写日渐陌生，其中就包含书写姿态、书写技能、书写心态的陌生。对于毛笔书写产生的两种结果——书写语言和书法语言的差异理所当然混为一说。故大凡执毛笔而书者皆称为书法家，毛笔之迹皆称书法作品，以至于书法家众多，书法作品众多。从书写的起始就可以确定其本质上的差异，书写者不追经典，不以经典为范而下临摹之功，不知有汉无论魏晋，只是聚墨为形任笔成形，也就止于个人趣味，如此为之，只能以书写语言出现，绝不是审美场中物。而另一类人则在书写中崇尚经典持守不辍，有其源有其体，继而有兴会有抒发，渐渐进入审美场中。最后呈现的结果是：一为书写者，一为书法家；一为书写语言，一为书法语言。

殊途未能同归。